暗黒星

江戸川乱歩

春陽堂

目次

暗黒星
恐ろしき前兆 6／悪魔の声 20／人間蝙蝠 28／写真の怪 35／妖雲 41／塔上の怪 47／美しき嫌疑者 55／名探偵の奇禍 62／空を歩く妖怪 70／壁の穴 80／名探偵の盲点 92／第三の銃声 98／謎又謎 104／麻酔薬 109／綾子の行方 118／狂気の家 127／最後の犯罪 140／闇を這うもの 149／地底の磔刑 155／狂人の幻想 161／誰が犯人か 168／暗黒星 181／論争 187／執念の子 194

闇に蠢く　203
はしがき　／一　／二　／三　／四　／五　／六　／七
／八　／九　／十　／十一　／十二　／十三　／十四　／
十五　／十六　／十七　／十八　／十九　／二十　／
二十一　／二十二　／二十三　／二十四　／二十五　／
二十六　／二十七　／二十八　／二十九　／三十　／
三十一　／三十二　／三十三　／三十四
解　説……落合教幸　397

暗黒星

恐ろしき前兆

東京旧市内の、震災(注一)の大火にあわなかった地域には、その後発展した新しい大東京の場末などよりも、遙かに淋しい場所がいくつもある。東京のまん中に、荒れ果てた原っぱ、倒れた塀、明治時代の赤煉瓦《れんが》の建築が、廃墟《はいきょ》のように取り残されているのだ。

麻布《あざぶ》のK町もそういう大都会の廃墟の一つであった。震災に焼きはらわれた数十軒の家屋のあとが、一面の草原になっていて、その草原に取り囲まれるようにして、青苔《あおごけ》の生えた煉瓦塀がつづき、その中の広い地所に、時代のために黒くすんだ奇妙な赤煉瓦の西洋館が建っている。化けもの屋敷のように建っている。

明治時代、物好きな西洋人が住宅として建てたものであろう。普通の西洋館ではなくて、建物の一方に、やはり赤煉瓦の円塔《えんとう》のようなものが聳《そび》えているし、建物全体の感じが、明治時代の、つまり十九世紀末のものではなくて、それよりも一世紀も昔の、西洋画などでよく見る、まあお城といった方がふさわしいような感じの奇妙な建物であった。

そこは大きな邸《やしき》ばかり並んだ町に囲まれているので、めったに通りかかる人もないような、大都会の盲点ともいうべき場所であったが、若《も》しわれわれが道にでも迷って、その西洋館の前を通ったとすれば、突然夢の世界へはいったような感じがしたに違いない。ああ、これが東京なのかしらと、狐《きつね》につままれたように思ったことであろう。それほど、その場所と建物とは、異国的で、現代ばなれがしていた。

年代をはっきり記すことは差し控えるが、ある年の春も半ばの或るどんよりと曇った夜のことであった。その奇妙な赤煉瓦の建物の中に、五、六人のしめやかな集まりがもよおされていた。といっても、廃墟に巣くう盗賊などのたぐいではない。その西洋館に住む家族たちの集まりなのである。この古城のような建物には、人が住んでいたのだ。奇人資産家として人にも知られた伊志田鉄造《いしだてつぞう》氏一家のものが住んでいたのだ。近所の人はその伊志田氏の姓を取って怪西洋館を「伊志田屋敷」とも「伊志田さんのお城」とも呼んでいた。

「お城」には五、六人の家族と、三、四人の召使とが住んでいるらしかったが、夜になれば、どの窓も明かりが消えて、建物全体がまっ黒な大入道《おおにゅうどう》のように見えた。昼間でも、「お城」はひっそりと静まり返っていて、建物の広いせいもあったのだろうが、二階の窓に人の影の映ることも稀《まれ》で、外からはまるで空家《あきや》のように感じられた。時たま窓から人の顔などが覗《のぞ》いていると、なんだか物の怪《もののけ》のように不気味で、通りかかる附近の人を怖《こわ》がらせるほどであった。

　そういうお城の中の、一ばん広い客間に、五、六人の人影が、声もなく腰かけていた。電燈は消えて、まっ暗な闇の中に、それらの人影はほとんど身動きもせず、じっと静まり返っていた。

「兄さま、どうなすったの？　早くしなくちゃあ……」

闇の中から可愛らしい少女の声が、叱《しか》るような調子で響いた。

「ウン、すぐだよ。なんだか今夜は器械が云《い》うことを聞かないんだ。よしッ、さァ始めるよ」

若々しくやさしい男の声が答えたかと思うと、突然ジーンとモーターの回転する音がして、カタカタカタと歯車が鳴り出した。そして、部屋の一方の壁が一間《いっけん》四方ほどボーッと薄明るくなって、そこに人の姿がうごめきはじめた。

　十六ミリの映写が始まったのだ。なんでもないことなのだ。しかし、それが果してなんでもない映画鑑賞として終わったかどうか。その夜は何かしら家族の人たちを脅《おび》えさせるようなものが、その部屋の闇の中にたちこめていた。

　十六ミリのフィルムには伊志田家の家族の人たちが写っていた。広い庭の樹立《こだち》を背景にして、余りはっきりしない人影が、五十歳ほどのでっぷりした髭《ひげ》のある紳士や、その夫人らしい人や、二十二、三の美しい令嬢や、十六、七歳の可愛らしい女学生や、腰の二つに折れたようになったひどい年寄りのお婆さんなどが、まるで幽霊のように、暗い樹立の前を妙にノロノロと右往左往《うおうさおう》していた。

「ほら、僕の大写しだよ」

器械をあつかっていた黒い影が、又やさしい声で云ったかと思うと、スクリーンの画面がパッと明るくなって、一間四方一杯の大きな人の顔が現われた。まるで女のように美しい二十歳《はたち》余りの青年の顔である。長いつやつやした髪をオールバックにして、派手な縞《しま》のダブル・ブレストを着ている。真っ白なワイシャツの襟《えり》、大柄な模様のネクタイ。「僕の大写しだよ」と云ったのを見ると、今映写器のそばに立って技師を勤めているのが、この美貌の持ち主に違いない。

スクリーンの美しい顔がニッコリした。睫毛《まつげ》の長い一重瞼《ひとえまぶた》が夢見るように細くなって、片頬に愛らしいえくぼが出来て、花瓣《かべん》のような唇《くちびる》から、ニッと白い歯が覗いた。だが、その笑いがまだ完成しない前に、どうしたことか、カタカタと鳴っていた歯車が、何かにつかえたように、音を止めて、同時にスクリーンの巨大な美貌が、笑いかけたままの表情で、生命を失ったかの如く静止してしまった。

美青年の技師が不慣れであったせいか、咄嗟《とっさ》の場合、映写器の電燈を消すのを忘れて、ぼんやりしていたものだから、レンズの焦点の烈しい熱が、たちまちフィルムを焼きはじめ、先《ま》ず美青年の右の目にポッツリと黒い点が発生したかと思うと、見る見る、それがひろがって、目全体を空虚な穴にしてしまった。美しい右の目は内障眼《そこひ》のように視力を失ってしまった。

一瞬にして眼球が溶けくずれ、眼窩《がんか》の漿液《しょうえき》が流れ出すように、その焼け穴は目の下から頬にかけて、不気味にひろがって行き、愛らしいえくぼをも蔽《おお》いつくしてしまった。美青年の半面はいまわしい病《やまい》のためにくずれるように、目も眉も口も一つに流れゆがんでいった。

「兄さま、いけないわ。早く！」

少女の甲高《かんだか》い声と、ほとんど同時に、カチッとスイッチを切る音がして、たちまちスクリーンが闇に蔽われ、醜《みにく》い歪んだ顔の大写しは、幻のように消え去った。やっと技師が映写器の電燈を消したのである。

「電燈をつけましょうか」

これは、闇の中からの中年の婦人の声であった。

「なあに、大丈夫です。すぐ映りますよ」

そして、何かしばらく映写器をいじくっていたが、間もなくカタカタという歯車の音が起こって、スクリーンに次の場面が映りはじめた。

一分ほどは何事もなく、家族らしい人たちの動作が次々と映し出されたが、やがて、又大写しの場面が来た。今度は美青年とほとんど同年輩に見える美しいお嬢さんの顔であった。美青年の美しさを凄艶《せいえん》と云い得るならば、このお嬢さんの美しさは華麗《かれい》であった。桃色の牡丹《ぼたん》の花が今咲きそめたようにあでやかであった。

だが、なんという不思議な偶然であろう。画面の大写しとなるや否や、又しても映写器の回転がピッタリと止まった。そして、人々がギョッとしたようにスクリーンを見つめているうちに、そのお嬢さんの牡丹のように美しい顔の唇の辺に、ポツリと黒点が現われたかと思うと、まるで夕立雲がひろがりでもするように、ジワジワと、しかも非常な速さで、恐ろしい焼け焦げの痕《あと》が唇全体を蔽い消していった。

唇のなくなったお嬢さんの巨大な顔が、目と頬だけで笑っていた。あでやかに笑っていた。だが、それがあでやかであればあるほど、溶けて流れた唇のあとが物凄く恐ろしかった。しかもその溶解は唇だけにとどまらず、ちょうど口からおびただしい液体が流れ出す感じで、見る見る下顎《したあご》全体を蔽い尽くし、たちまち美しい笑顔の下半分を身震いするような化物の形相《ぎょうそう》に変えてしまった。

一間四方の巨大な顔が、しかもそれを見物している人自身の顔が、ハッとする間に、なんともえたいの知れぬ怪物に変わって行く恐ろしさ。フィルム面上の焼け焦げは、二ミリか三ミリなのだ。それがかすかな焔《ほのお》を発して燃えるのだ。しかし、スクリーンの上には、千倍万倍に拡大されて写される。燃えひろがる早さも、焼け焦げ独特のジワジワした感じであるが、それが千倍万倍の速さになって、顔面の皮膚《ひふ》を這いひろがるのだ。溶けただれてゆくように、虫に喰われてゆくように、一瞬にしてわが相好《そうごう》の変わってゆく恐ろしさ。そのなんとも云えぬ恐怖は、自分自身の大写しの映画面が焼けてゆくのを、実際に見た人でなければ、想像出来ないかも知れぬ。

それは、血みどろになって手術を受ける恐ろしさ、わが顔が醜悪なる怪物になって汚されてゆく不気味さ、いや、そういう現実的なものでなくて、思わずうめき声を立てるような悪夢の世界でのみ経験し得る戦慄《せんりつ》であった。

美青年の映写技師は、今度は前よりもすばやく器械のスイッチを切ったのだが、その咄嗟のあいだに、スクリーンの美しい顔は半分以上溶け流れていたのである。

「怖いわ、怖いわ、兄さま」

可愛らしい少女の声が、闇の中から脅えたような甘えるような調子で聞こえた。

「止そう。もう止しましょう。僕もなんだかいやな気持になった。お母さま、電気をつけて下さい」

一つの黒い影が、無言で立ち上がって、壁のスイッチに近づいたかと思うと、パッと室内が明るくなった。今までの暗さに比べて、まるで真昼のように明るかった。

「どうして止すんだ。つづけてやればいいじゃないか」

家族たちの一方の端《はし》に腰かけていた人物が、美青年を詰《なじ》るように云った。その人物は、さいぜんスクリーンの中を歩いていた、あのでっぷり太った、口髭のある五十恰《かっ》好《こう》の紳士であった。この家の主人伊志田鉄造氏である。

「でも、お父さま、僕なんだかいやあな気持なんです。恐ろしいのです」

スクリーンで見たと同じ、あの凄艶といってもよいほど美しい、ダブル・ブレストの青年が映写器のそばを離れながら、青い顔をして答えた。

「恐ろしいって？」伊志田氏は又かと云わぬばかりの苦い顔をした。「一郎、お前この頃どうかしているんじゃないのかい。病気なのじゃないのかい。妙な事ばかり云っている」

「ほんとうよ。一郎さん病人みたいよ。まっ青だわ」

これも今スクリーンで見たばかりのあの美しいお嬢さんであった。この家の長女、美青年一郎の姉、綾子《あやこ》である。

「僕のこの気持は、なんといって説明していいかわからないのです。前兆としか考えられないのです。僕たちのこの家《うち》に、何かしら恐ろしい禍《わざわい》の起こる前兆としか考えられないのです。今もあの映画を写しつづければきっと僕とお姉さまだけでなくて、お父さまも、鞠子《まりこ》も、大写しの顔が出るたびに、同じ事が起こったに違いないんだ。僕はちゃんとそれを知っていたんだ。あの夢で幾度も見て知っていたんだ」

青ざめた美青年は物狂わしく云い張った。

「夢って。お前、どんな夢を見ましたの？」

母夫人が心配そうに顔を曇らして、おずおずと訊《たず》ねた。この人もスクリーンに現われた人物の一人であった。髪形や服装は主人鉄造氏の年配にふさわしい地味なものを身につけていたが、よく見れば、その頬はつやつやしく、まだ四十歳には間のあるらしい、上品な美しい人であった。

「恐ろしい夢です。僕は今まで誰にも云わなかったけれど、それは口に出すさえ恐ろしかったからです」

「止しなさい。お前は本を読み過ぎたのだ。神秘《しんぴ》宗教《しゅうきょう》だとか、心霊学だとか、妙な本ばかり読みふけるものだから、つまらない夢を見るのだ。さァ、もういいから、みんなあちらの居間へ行こう」

主人がそういって立ち上がるのを、青ざめた美青年は真剣に引きとめた。

「いいえ、僕は喋《しゃべ》ってしまいたいんです。みんなに聞いてもらいたいのです」

「あんなに云うんだから、話させるがいいじゃないか。夢というものは、ばかに出来ませんよ」

一郎への助太刀《すけだち》のように、一同のうしろから、不明瞭なしゃがれ声が聞こえて来た。そこの椅子に、身体《からだ》を二つに折ったようにして腰かけている祖母の声であった。まっ白になった髪をオールバックのように撫《な》でつけた下に、歯がなくなっているのに、なぜか入歯をしていないので、ひどく平べったく見える、皺《しわ》くちゃの顔があった。細い目で老眼鏡の上から上目使いをしながら、歯のない口をモグモグさせて物を云う様子は、何か不思議な鳥類のように見えた。恐らく七十歳を下らぬ老年である。

「ああ、お祖母《ばあ》さまは分かってくれますね。僕その同じ夢を三晩もつづけて見たのです。

「どこだかわからない、地の下の洞穴のようなまっ暗な所なのです。そこに僕が坐《すわ》っているのです。僕は石の像になって坐っているのです。石で造った像ですから、血も通わなければ、呼吸もしないのです。そのくせ、目だけはハッキリ見えているのです。

「そのまっ暗闇の空の方から、まるで紐《ひも》でもって吊り下げられでもするように、まっ逆さまになった裸体《はだか》の人の姿がスーッと下へ降りて来るのです。闇の中に、その人の姿だけが、まっ白に浮き上がって、恐ろしいほどハッキリ見えるのです。

「その裸体の人がお父さまなんです。そして、お父さまの両方の目がつぶれて、ドクドクと血が吹き出しているのです。その次にはお姉さまが、やっぱり逆さまにスーッと降りて来るのです。お姉さまは口を真っ赤にしているんです。ちょうどさっきの大写しのように口から顎にかけて血だらけになっていて、その口から地面まで太い毛糸のような一本の血の筋がツーッと流れているのが、闇の中にクッキリと見えるのです。それから鞠子が、鞠子も可哀そうにやっぱり目をやられているのです。そして、綺《き》麗《れい》な裸体になって、逆さまに落ちて来るのです。いや、落ちて来るのじゃありません。ちょうど窓ガラスを雨の雫《しずく》がたれるように、ゆっくりゆっくり降りて来るのです。

「僕は恐ろしさに叫ぼうとしても、石像ですから声を出すことが出来ません。駈け寄ろうとしても、立ち上がることが出来ません。ゆっくりゆっくりと降りて来るお父さまやお姉さまや鞠子の死骸を、いや、まだ死骸ではないのかも知れませんが、それを身動きもせず、じっと見ていなければならないのです。それが三晩も続いたのです。僕がどんな気持だったか、おわかりになりますか。

「それだけじゃないのです。まだ上の方から降りて来るやつがあるのです。まっ逆さまに大の字になって、右の目が空《うつ》ろになって、その穴からタラタラとまっ赤な液体を垂らして。それが誰だと思います。僕なのです。僕自身なのです。僕はこの目で僕の無残な姿を見たのです。おわかりになりますか、この気持。

「僕は夢の中でギャッと叫びました。石像は口がきけないけれど、あまりの恐ろしさに、ギャッと叫んだのです。そして目を覚ますのがおきまりでした。びっしょり脂汗を流していました。だから、僕は三晩とも、夢の終わりまで見ていないのです。降りて来るのは僕でおしまいかどうかわかりません。きっとそのあとにまだ誰かの恐ろしい姿があるのです」

一郎はそこまで云って、ピッタリ口を閉じ、物狂わしくギラギラ光る目で、家族の人たちを見まわした。

誰も物を云わなかった。あまりの不気味さに、おてんばの鞠子でさえ、悲鳴を上げることを忘れたように、ポカンと口をあけて、青ざめた顔の中に、おびえきった目を、大きく見開いているばかりであった。

夫人も綾子も、白蠟《はくろう》のように青ざめていた。主人も妙な顔をして、物忘れでもしたようにぼんやりしていた。気のせいか天井の電燈がひどく薄暗くなっていた。一同が目を見かわしていると、お互いの目の中に恐怖の青い焔がチロチロと燃えているように感じられた。

「怖い夢を見たんだね。三晩もかい。前兆だよ。何か恐ろしい事が起こる前ぶれだよ」

祖母が念仏でも唱えるように、歯のない口の中で、ブツブツ呟《つぶや》くのが、異様に薄気味わるく聞こえた。

「でも夢だけなれば、僕はそれほどに思わないのですが、もっと変なことがあるんです。僕はこの家に目に見えない魂《たましい》みたいなものが忍び込んでいるんじゃないかと思うんです。そいつがいろんなことをするんです。今に僕たちをみなごろしにするんじゃないかと思うと、ゾーッとしないではいられません。

「何者かがこの家の中をうろつき廻っている証拠には、僕の部屋に変なことが起こったのです」

そこまで聞くと、綾子の目の色がおびえたようになって美しい唇からかすかな声が漏《も》れた。

「あらッ、一郎さんのお部屋にも？」

姉と弟とは、今の先スクリーンの上で、恐ろしくくずれたあの顔を見合わせて、ギョッとしたようにお互いの目の中を覗き合った。

「じゃお姉さまの部屋にもかい。僕の部屋では、ほら、あのベートーヴェンのデスマスクね、あれが壁の上を独りで歩きまわるんだよ。ずっと右側の壁にかけてあったのが、朝部屋にはいってみると左側の壁にかかっているんだ。元の場所へ直しておくと、又その翌日《あくるひ》は反対側へ移っているんだ。誰に聞いても知らないっていうんだよ。第一、僕は部屋へ誰もはいらせない癖《くせ》だろう。夜寝る時にはちゃんとドアに鍵を掛けておくんだ。それにそんな妙なことが起こるんだからね。それだけなら、まだいいんだよ。今朝そのデスマスクを見るとね、こちらの目に」と彼は自分の右の目を指し示して、「ポッカリと黒い穴があいているんだよ」

人々はさいぜんの映画の恐怖を思い起こして、背筋が寒くなった。あの映画でも、一郎の美しい右の目にゾッとするような異変が起こったのではないか。

「あたしの部屋では、机の抽斗《ひきだし》がいつもあべこべに差してあるのよ。右の抽斗が左に、左の抽斗が右に、別に中のものはなくならないの。鞠ちゃんのいたずらかと思ったけれど、聞いて見るとそうじゃないというし、他の人も誰も知らないっていうのよ。あたし、一郎さんのように、気になんかしていなかったのだけれど、あなたの部屋もそうだっていうと、おかしいわね」

「お父さま、これでも僕の読書のせいだっておっしゃるのですか」

「なるほど。それは妙だね。お前たちの思い違いじゃないのかい。自分で物の位置を変えておいて、ヒョッと胴忘《どうわす》れしてしまうということもあるもんだよ。化物屋敷じゃあるまいし、独りで物が動くなんて、ばかなことがあるもんか。ハハハハハ」

主人はわざと気軽に笑って見せたが、誰もそれに応じて笑顔を見せるものはなかった。人々の顔は前にもまして青ざめてゆくように見えた。

「むろん独りで動くはずはありません。誰かが動かすのです。目に見えないやつがこの家の中を勝手に歩きまわっているのです。僕はなんだか、すぐ側《そば》にそいつがいるような気がするんです。こうして話しているのを、どっかその辺で、ニヤニヤ笑いながら聞いているのじゃないかと思うのです」

一郎はそう云いながら、脅えたようにガラス窓の外の闇の中を見つめた。すると、人々はその闇の木立の中に、朦朧《もうろう》と黒い人影が現われて、室内の様子を窺《うかが》っているような気さえするのであった。

悪魔の声

名探偵明智小五郎《あけちこごろう》は、書斎の肘掛椅子《ひじかけいす》にグッタリともたれ込んで、無闇《むやみ》に煙草《たばこ》を吹かしながら、考えごとにふけっていた。あたりには、煙草の煙が濛々《もうもう》と立ちこめて、部屋じゅうが靄《もや》に包まれているように見えた。

伊志田屋敷で不気味な映画事件があった翌々日《よくよくじつ》の夕方のことである。

煙の中の明智の頭には、今、あの古城のような赤煉瓦の建物が浮かんでいた。その奇妙な建物を背景にして、女のように美しい青年の顔が、二重写しになって頰笑《ほほえ》んでいた。

その前日、名探偵は美青年伊志田一郎の突然の訪問を受けたのであった。そして、古城の中に起こった奇妙な出来事と、一郎の恐ろしい夢の話を聞いたのであった。

明智はこの美青年に不思議な興味を感じていた。その顔が異様に美しいためばかりではない。今の世に珍しいその性格に惹《ひ》きつけられたのだ。彼は肉体から遊離《ゆうり》した心霊の存在を語った。そして呪詛《じゅそ》とか前兆とかいうものを、心の底から信じているように見えた。

「僕は怖いのです。誰かにすがりたいのです。父は唯物論者《ゆいぶつろんしゃ》ですから、僕のいうことなど取り上げてくれません。僕はふと先生の事を思い出したのです。これは犯罪ではないかも知れません。しかし、少なくとも僕の家族の生命に関する事件なのです。何かしら恐ろしいことが起こるに違いないのです」

美青年は応接室のアーム・チェアに腰を浮かすようにして、物に憑《つ》かれた目で明智を見つめながら、真剣な調子で名探偵の判断を乞うた。

「不思議な青年だ。胸の中に冷たい美しい焰が燃えている感じだ。その焰が瞳に写って、あんなに美しくかがやいているのだ」

明智はその時の青年の異様に熱心な表情を思い浮かべて心の中に呟いた。

「私は君の恐怖を取り止めもないものだなどと云わない。何かあるのかも知れない。しかし、ただそれだけの出来事では、まだ私がどうかする時期でないように思う。このまま何事もなく済んでしまえばいいし、若《も》し更《さ》らに何か妙なことが起こるようだったら、すぐ報告して下さい。その報告によって私の考えをきめることにしよう」

結局明智はそういう意味の答えをして、青年を帰したのであった。それからつい先程まで、他の事件の処理に追われて、青年のことは忘れるともなく忘れていたのだが、仕事が一段落して、アーム・チェアにもたれ込み、煙草と放心《ほうしん》の一《ひ》と時《とき》を楽しむうち、なぜか明智の頭の中に、美青年の姿とその言葉と、彼の住んでいる古城のような建物とが、異様に鮮明に浮き上がって来たのである。

探偵は訳《わけ》のわからぬ不安を感じた。妙な胸騒ぎをおぼえた。あの美しい青年の上が、なぜかひどく気遣われた。

「変だぞ。こんな気持は久しく経験しなかったが……」

明智がそんなことを心に呟いて、又煙草の煙を深く吸い込んだ時であった。突然卓上電話がけたたましく鳴り響いた。

彼はその音を聞くや否や、「ああ、やっぱりそうだったか」というような感じがした。彼にも似げなくギョッとしたのだ。

急いで受話器を耳に当てると、先方は予感の通り伊志田一郎であった。

「先生ですか。今父も母も皆不在なのです。僕は父の書斎に一人ぼっちで留守番をしているのです。先生、聞こえますか。もっと声を低くします。あいつに聞こえるといけないからです」

「エッ、あいつって、誰かそこにいるんですか」

明智が聞き返しても、先方は構わず話しつづける。例によって物に憑かれた調子だ。

「廊下にかすかな足音がしたのです。女中などとは違います。まだ見たこともないあいつの足音です。確かにあいつです。先生ッ、早く来て下さい。僕を助けて下さい。僕はもう身体がしびれたようになって、身動きが出来ないのです。卓上電話の受話器をはずすのがやっとでした。

「ああ、あいつの息の音が聞こえます。ドアの鍵穴から覗いているのです。先生、もっと声を低くしますよ」

そして、先方の声はほんとうの囁《ささや》きに変わった。

「ア、いけない。もう駄目です。先生、早く、早く来て下さい。ドアが開きはじめました。少しずつ少しずつ開いているのです」

しばらく無言がつづく。

「ア、やっぱりそうです。あいつです。あいつがはいって来ました。手に短刀を持っています。先生、先生……」

そこで言葉が途切れてしまったが、今駈けつけたところで間に合うはずはないので、なお受話器を耳につけて、どんな物音も聞き逃がすまいと注意を集めていると、何か物の擦《す》れ合う音が聞こえて来た。青年が誰かと組み合ってでもいる様子だ。烈しい息遣いさえかすかに聞こえる。

手に汗を握って、聞いている身には、非常に長い時間に感じられたが、その無言の格闘は恐らく五分とはかからなかったであろう。やがて、受話器から、なんとも云えぬ悲痛な呻《うめ》き声が耳をつんざくように響いて来た。一郎の声だ。あの美青年の声に違いない。

明智は心臓をしめつけられるような気がした。青年は救いを求めたのだ。その声をまざまざと聞きながら、助けてやることが出来なかったのだ。確かに深傷《ふかで》を負っている。若しかしたら一命を失ったかも知れない。あの美しい顔はもう二度と頰笑むことがないかも知れぬ。

だが、その時であった。放心したように握ったままの受話器から、妙なしゃがれ声が聞こえて来た。ハッとして、耳を当てると、確かに誰かが喋っている。ついさいぜんまで一郎青年が救いを求めていたその同じ電話で、何者かが喋っている。

「お前は明智だね。ウフフフフ、間に合わなくて気の毒だったねえ。オイ、明智、よくこの声を聞いておくがいい。わかるかい、この声が。ウフフフフ」

悪魔の声だ。一郎を殺害した犯人の声だ。犯人が名探偵を嘲笑《ちょうしょう》しているのだ。だが、それは何という不思議な音調《おんちょう》であったろう。男とも女とも、老人とも若者とも、まったく見当のつかぬ調子はずれの声であった。まるで九官鳥《きゅうかんちょう》が人声を真似《まね》しているような妙に間の抜けた感じなのだ。

「オイ、そこにいるのは誰だ。何が起こったのだ」

探偵は無駄とは知りながらも、送話口に怒鳴って見ないではいられなかった。しかし、むろん返事のあろうはずはない。犯人は云うだけのことを云っておいて、その場を立ち去ってしまったのであろう。いくら耳をすましても、再び人の声は聞こえなかった。

ぐずぐずしている場合ではない。何はともあれ現場へいって見なければならぬ。明智は、急いで身支度をすると、助手の小林《こばやし》少年を呼んで自動車を命じさせるのであった。

R町の探偵事務所から、K町の伊志田屋敷までは、自動車で十分とかからぬ近距離であった。

伊志田屋敷の苔むした煉瓦塀の門前で車を降りて、玄関に駈けつけ、呼鈴《よびりん》を押すと、二十歳あまりの学生服を着た青年が、ドアを開いてノッソリと顔を出した。何事も知らぬ様子である。

明智は、その青年がこの家の書生であることを確かめた上、名を名乗って、一郎青年に会いたいと告げると、書生はそのまま奥へはいっていったが、間もなく顔色を変えて飛び出して来た。

「た、大変です。一郎さんは大怪我をして倒れていらっしゃいます。早く、早く来て下さい」

書生は明智の腕をとらんばかりにして、奥へ案内する。主人をはじめ家族が不在なので、初対面とは云え、折よく来合わせた探偵にすがるほか分別もないのであろう。

「君は家《うち》にいて、その騒ぎを少しも知らなかったのですか」

廊下を急ぎながら、明智が訊ねると、書生は申し訳ないという表情で、

「実はちょっと外出していましたので、今帰ったところなのです。何がなんだかさっ

ぱり訳がわかりません」

「女中さんは？」

「女中はいるはずです。それに御隠居さまもいらっしゃるのですが、一郎さんの部屋とはずっと離れていますので、まだお気づきになっていないのでしょう。ちょっとお知らせして参ります」

「いや、それはあとにした方がいいでしょう。怪我人の介抱が第一だ」

せかせかと話し合いながら、薄暗い階段を上がって、二階の廊下を少し行くと、そこが主人の書斎であった。一郎はその父の書斎で兇漢《きょうかん》に襲われたのである。

書生を先に書斎へはいって見ると、夕暮れ時の上に、窓の少ない古風な建物なので、部屋の中は非常に薄暗かったが、その床に倒れている人の姿はたちまち目にはいった。

薄闇の中に一郎のあの美しい顔が血に染まって浮き上がって見え、肩から胸にかけて手傷を受けたらしく、その辺を血まみれにして、身をくねらせて横たわっていた。

予感はむごたらしくも的中したのだ。恐ろしき前兆は今やそのまま現実となって現われたのだ。だが、美青年伊志田一郎はすでに息絶えたのであろうか。妖魔《ようま》はその第一の犠牲者を完全に屠《ほふ》り去ったのであろうか。

明智と書生とは、部屋に一歩踏み込んだまま、薄闇の中の血の色の生々《なまなま》しさに、犠牲者に駈けよることも忘れて、しばらくは茫然《ぼうぜん》とその無残な光景を打ち眺めるばかりであった。

人間蝙蝠《こうもり》

「一郎さん、しっかりして下さい」

書生が近づいて、大声に怒鳴っても、美青年は身動きさえしなかった。

明智はその側にひざまずいて、一郎の呼吸と脈搏《みゃくはく》を調べた。

「かすかに脈がある。大丈夫だ。君、すぐ電話をかけて医者を呼ぶんだ。ア、その卓上電話を使っちゃいけない。犯人の指紋が残っているかも知れないのだ。ほかに電話があるんだろう」

明智の注意深い指図に、書生はアタフタと廊下へ出て行った。階段を駈け降りる音が聞こえて来る。電話室は階下にあるのだ。

あとには、広い書斎に瀕死《ひんし》の負傷者と明智探偵とただ二人であった。夕闇は刻々《こくこく》に夜の色を加えて、部屋の隅々はもう見分けられぬほどとなり、負傷者の美しい顔を彩《いろど》った血の色が、墨でも塗ったようにドス黒く見えていた。

一郎は目をやられていた。右の目であった。映画の前兆はそのまま実現したのだ。右の目から頬にかけておびただしい血潮が溢《あふ》れていた。しかし、負傷はむろん目だけではなかった。胸を刺されたらしく、まっ赤なワイシャツを着ているのではないかと疑われるばかりであった。絨毯《じゅうたん》にもドス黒い大きな斑点《はんてん》が出来ていた。

不気味な生人形《いきにんぎょう》のように、微動《びどう》もしない負傷者を眺めていると、なんだか妙な感じがした。負傷者ばかりでなく、夕闇の鼠《ねずみ》色に塗りこめられた広い部屋全体が、生命《いのち》を失ったように寂然《じゃくねん》と静まり返っていた。窓は一カ所半開《はんかい》になっていたけれど、部屋の空気は少しも動いていなかった。まったく風のない日であった。

明智探偵は負傷者の側にひざまずいたまま、しかし、目は凝然《ぎょうぜん》と部屋の一方の隅を見つめていた。何かしらそこを見ないではいられないような不思議な感じがあったのだ。

そこにかすかに揺れているものがあった。まったく風のない夕闇の室内にそよぐように、揺れ動いているものがあった。壁の書棚と書棚のあいだに、何か物を入れる押入れのような箇所があって、その前に垂れた鼠色のカーテンがかすかに動いているのだ。

むろん風ではない。カーテンの蔭《かげ》に何か生きものがいるのだ。この家には猫が飼ってあるのかしら。いや、そんな小さな動物ではない。もっと大きいものだ。恐らくは、そこに人間が隠れているのだ。

明智はさいぜん自宅で聞いた電話の声を思い出していた。男とも女とも、老人とも若者とも判じがたい不気味なしわがれ声であった。犯人なのだ。一郎を刺した殺人者なのだ。あいつがカーテンの蔭に身を潜《ひそ》めているのではないか。

明智はそのものに向かって、何か言葉をかけようとしたが、思い止《とど》まった。それではこちらの負けになってしまう。黙っている方がいい。黙って相手の出ようを見守っている方がいい。

夕闇の中、息づまるような、烈しい無言の闘争がつづいた。互いにそれを知っていたのだ。そして、脂汗を流しながら黙り返っていたのだ。明智は武器を持たなかった。相手は少なくとも一《ひ》とふりの短刀を持っているはずだ。探偵の側《がわ》は一段の精神力が必要であった。

睨《にら》み合いは、結局犯人の負けであった。それほど明智探偵は落ちつきを失わなかったのだ。犯人は恐らく、ただ凝然と見つめられている不気味さに堪えられなくなったのであろう。カーテンがひときわ烈しく揺れはじめた。そしてその蔭から、サッと黒いものが姿を現わし、風のようにドアに向かって走った。

それは巨大な蝙蝠のようなものであった。咄嗟に見分けることが出来なかったが、あとで考えて見ると、その怪物は頭部全体に黒布を巻きつけ、両眼の部分だけに小さな二つの穴をあけていた。ダブダブのインバネスのようなもので、全身を包んでいた。その裾がすっかり足を隠していたのを見ると、人並よりは背の低いやつのように思われたが、若《も》しかしたら、足を曲げて、わざと低く見せているのかも知れなかった。

それが、背中を丸くして、サッと走っていく後姿に、なんとも云えぬ醜怪な兇悪なものが感じられた。黒いインバネスの両袖は翅《はね》のようにひるがえって、ちょうど蝙蝠そっくりの、いやらしい姿であった。

その大蝙蝠の翅の中に、血に濡《ぬ》れた短刀が隠されていることはわかっていたが、明智探偵は少しも躊躇《ちゅうちょ》しなかった。直《ただ》ちにあとを追って走り出した。

ガランとした薄暗い廊下、怪物は表階段を降りないで、奥の方へ走って行く。猫のように足音を立てない走り方だ。まるで、蝙蝠が宙を羽搏《はばた》いているような感じだ。

出発の時に、追うものと追われるもののあいだに、五、六間《けん》のひらきがあった。それが、怪物が廊下の突き当たりの狭い裏階段を駈け降りる頃には、二、三間に縮められていた。

大蝙蝠は、裏階段を一とすべりに駈け下りて、階下の廊下を更《さ》らに奥へ奥へと走った。

少し行くと、廊下が鈎《かぎ》の手になっていた。怪物はその角を曲がりながら、背を丸めて、ヒョイとこちらを振り返った。黒布の二つの切れ目が、薄闇の中にキラリと光った。その目が、気のせいか、意味ありげに薄笑っているように見えた。

「待てッ！」

明智探偵が初めて声をかけた。相手を射すくめるような烈しい気合いのこもった一と声であった。

だが、怪物はひるまなかった。妙な恰好でお辞儀でもするような仕草をしたかと思うと、そのまま曲がり角の向こうに姿を消してしまった。

云うまでもなく、明智は直ちにあとを追って、同じ角を曲がった。見ると、鈎の手廊下はそこが行き止まりになっていた。だが、曲者《くせもの》は？　わずか数秒おくれたばかりなのに、もうそこには人の影さえなかったではないか。

廊下の左側に窓があって、その外は庭園の木立であった。明智は窓に駈け寄った。ガラス戸は閉まっていた。それを引きあけて、もう暮れきった庭園を見渡したが、怪物の姿はどこにもなかった。

蒸発してしまったのだ。幽霊のように消え失せてしまったのだ。

さすがの明智も、ややうろたえて、キョロキョロとあたりを見まわした。窓の外には、どこにも逃げ道はないのだ。しかし、廊下の片側にただ一つドアがある。誰かの部屋らしい。探偵はいきなり把手《とって》をひねって、そのドアを開いた。

覗き込むと、薄暗い部屋はシーンと静まり返っている。狭い控えの間《ま》があって、その奥に広い部屋があるらしい。踏み込んで、控えの間と奥との境のカーテンを引きあけた。

「おや、どなたですね」

とがめるようなしわがれ声が聞こえて来た。

よく見ると、そこは畳敷きの日本間になっていて、向こうの窓寄りに蒲団《ふとん》が敷いてあった。その蒲団の中にモグモグと動いているものがある。皺くちゃのお婆さんであった。

「ア、失礼しました。今ここへ、誰か逃げ込んで来ませんでしたか。黒い覆面《ふくめん》をして、インバネスを着たやつです」

明智がドギマギして訊ねると、老人は寝間着姿で床の上に起き上がって、あきれたようにこちらを見つめた。

「いいえ、誰もはいって来ませんが、あなた、いったいどなたですね」

それは一郎の祖母であった。老年のこととて、昼間も蒲団の中にはいって、うたた寝をしていたのであろう。

明智は名を名乗って、簡単に挨拶すると、スイッチのありかを訊ねて、天井の電燈をつけた。だが、パッと明るくなった部屋の中には、別段怪しむべき点もなかった。そこには二た棹《さお》の箪笥《たんす》と小机と鏡台が置いてあるばかり、人の隠れる場所とてもない。老人の許しを受けて座敷に上がり、押入れを開いて見たが、そこにも別条はなかった。

部屋の窓の外にも、庭園が見えていたが、そのガラス戸もぴったり閉めてあった。いくらうたた寝をしていたといって、その窓が開閉されたとすれば、老人が気づかぬはずはない。

そうしているところへ、騒ぎを知って、書生や女中が駈けつけて来たので、更らに手分けをして屋内屋外を調べて見たが、結局大蝙蝠の行方はまったく不明であった。庭にもなんの足跡も残っていなかった。

写真の怪

それから二時間ほど後、危うく一命をとりとめた一郎は、医師の手当てを受けて、寝室のベッドの上に横たわり、明智の知らせによって駈けつけた警視庁捜査課長北森《きたもり》氏の取調べを受けていた。人を遠ざけて、室内には一郎と捜査課長と明智探偵の三人だけであった。

主人の伊志田夫妻や、一郎の姉妹たちも、もう帰宅していたが、医師の手当てがすむと、別室に退《しりぞ》いたのである。

一郎の負傷は思ったよりも軽かった。胸部の傷は短刀が肋骨《ろっこつ》の上をすべったものと見えて、肺臓には達していなかったし、右の目も、瞼《まぶた》の下に裂傷を負ったばかりで、眼球そのものには別条なく、危うく失明をまぬがれていた。出血は可なりひどかったけれど、輸血を要するほどではなかった。

「どうです。話が出来ますか。苦しくはありませんか。苦しければもっとあとにしてもいいのですよ」

北森捜査課長は、いたわるように云いながら、ベッドの負傷者を覗き込んだ。

「大丈夫です。大変楽になりました。少しくらいお話し出来そうです」

一郎は低い声ではあったが、案外しっかりした口調で答えた。胸部は繃帯《ほうたい》にふくれ上がり、頭部から右の目にかけても厚ぼったく繃帯が巻きつけてあった。

「苦しいでしょうけれど、これは捜査上どうしてもお聞きしなければならないのです。なるべく正確に答えて下さい。あなたは犯人を知っていますか」

「わかりません。僕は犯人の顔を見なかったのです」

「覆面をしていたのですね。しかし声だとか身体の恰好だとかに、何か心当たりはなかったですか」

「少しも心当たりがありません。まったく聞いたこともない声でした」

「誰かに恨みを受けているようなことはないのですか。少しでも疑わしい人物はないのですか」

「ありません。僕はなぜこんな目に遭《あ》ったのか、まるで見当もつかないのです」

「そうですか。それで犯人は不意に書斎へはいって来たのですね」

「ええ、まったく不意でした。もっとも、僕はなんだか恐ろしい予感がしていたのです。すると、廊下を聞き覚えのない足音が近づいて来たのです。それで、明智さんにあんな電話をかけたのです」

「犯人は口をききましたか。なぜあなたを殺そうとするのか、その訳を云わなかったですか」

「何も云いません。一《ひ》と口《くち》も物を云わないで、いきなり短刀で突きかかって来たのです」

「あなたは防ぎましたか」

「ええ、死にもの狂いで防ぎました。しかし、とても敵《かな》わなかったのです。僕はあまりの恐ろしさに、力も抜けてしまったようになって……」

「なぜそんなに恐ろしかったのです」

「あいつの姿が怖かったのです。黒い覆面の中から覗いている二つの目が、無性《むしょう》に恐ろしかったのです。それに、僕の目です。組み合っているうちに、あいつの短刀の先が、僕の右の目ばかり狙っていることを知って、ゾーッとしたのです」

「そんなに目ばかり狙ったのですか」

「ええ、この右の目をグイグイと突いて来るのです。私は力の限り防ぎましたが、あいつの力が少し強くて、短刀の先が、ジリジリと私の目に迫って来ました。僕はあんな怖い思いをしたことはありません。ほかの場所ならそれほどでもないでしょうが、目ですからね、ほんとうに心臓が止まるような気持でした。

「そして、とうとう突かれたのです。あいつの狙いが狂ったのか、僕が顔をそむけたためか、幸い、眼球を傷つけられないですみましたが、僕が『アッ』と声を立てて目をおさえたものですから、目的を達したと思ったのでしょうね、しわがれ声で、さも嬉しそうに、ウフウフ笑いながら、今度は止《とど》めを刺すように、胸を突いて来たのです。

「僕は目をふさいでいたので、何がなんだかわかりませんでしたが、胸にはげしい痛みを感じると、ああ、もう駄目だと思いました。そして、そのまま気を失ってしまったのです」

語り終わって、一郎は疲れたようにグッタリと目をふさいだ。繃帯のあいだから見えている半面が、発熱のためにポッと赤らんで、閉じた目の長い睫毛がかすかに震えている。

明智探偵はその美しい顔に、じっと目を注いでいた。何かしら吸い込まれるように、瞬《また》きもせず見つめていた。

北森氏も腕組みしたまま物を云わなかった。こいつは難事件だぞと云わぬばかりに、唇を嚙んで瞑目《めいもく》していた。

「明智先生、僕の予感が当たったのです。あれはたしかに前兆だったのです。あいつはやっぱり私の目を狙いました。右の目を狙いました。映画の通りでした。私のいつかの夢とそっくりでした」

一郎が静かな調子で、独《ひと》り言《ごと》のように云いながら、パッチリと左の目を開いた。そして、痛々しそうに肯《うなず》いて見せる明智の顔をじっと見ていたが、ふと視線がそのうしろの壁に注がれた。

すると、彼はビックリしたように二、三度烈しく瞬いたが、そのまま視線が釘づけになってしまった。力なくうるんでいた目が、異様な輝きを放ち、見る見る大きく見開かれていった。

「あれ、あれはなんでしょう」

おびえた声で云いながら、その壁の上部を指さした。

捜査課長と探偵とは、思わずうしろを振り返った。

その壁には小型の額《がく》がかかっていた。額の中に一郎の美しい顔が笑っている、引伸ばし写真であった。

だが、おお、これはどうしたというのだ。その美しい写真の顔の右の目から、まっ赤な液体が流れ出しているではないか。電燈の光をギラギラ反射しながら、今傷つけられたばかりのように、タラタラと頰を流れ落ちているではないか。

死物《しぶつ》の写真が血を流すはずはない。しかし血はまさしく流れているのだ。生々しい液体が糸を引いてしたたり落ちているのだ。

「おお、血です。右の目から血が流れている。あいつだ。あいつが失敗を悟って、もう一度こんな目にあわせてやるぞと、僕に知らせているのです」

一郎はベッドの上に半身を起こして、悲鳴のような叫び声を立てた。その叫び声のなんとも云えぬ恐ろしさに、明智も北森警部も、思わずゾッとして顔を見合わせたほどであった。

明智はいきなりその写真の前に近づいて、目の下に流れている血潮に指を触れて見た。

「血じゃない。赤い絵の具だ。だが、いつの間にこんな悪戯《いたずら》をしたのだろう」

悪魔は透き通った気体のような身体を持っていたのであろうか。いつの間にこの部屋に忍び込み、こんなお芝居気たっぷりな悪戯をしたのであろう。絵の具はまだ乾きもやらず、タラタラと写真の上に糸を引いて流れていたのだ。

えたいの知れぬ犯人の、この傍若無人《ぼうじゃくぶじん》の振舞いには、さすがの名探偵も捜査課長も度肝《どぎも》を抜かれたように、顔見合わすばかりであった。

再び大がかりな家捜しが始まった。天井から、縁の下から、庭園の樹木の茂みまで、残る所なく捜索されたが、やはり怪しい人影はどこにも発見されなかった。

妖雲

犯人は一郎青年を傷つけたばかりで満足するものでないことは、よくわかっていた。もう一度ほんとうに目をえぐりたいのだ。心臓を刺して息の根を止めたいのだ。

孤独を愛する奇人伊志田氏も、この恐怖には抗しかねたと見え、邸内には俄《にわ》かに屈竟《きょう》な書生の数がふえた。一人であった書生が五人に増した。腕に覚えの猛者《もさ》どもが、狩り集められたのだ。その中には北森課長が推薦した刑事上がりの壮年者も二人までまじっていた。

三日間が何事もなく経過した。さすがに怪物も厳重な警戒におびえたのか、ついに姿を現わさなかった。その四日目の夜のことである。一郎青年の病室にはただ一人、ロイド眼鏡《めがね》と三角に刈り込んだ顎髯《あごひげ》の目立つ医師が、負傷者の見とりをしていた。

「ウフフフフ、どう考えてもおかしいですよ。僕はまさかあなたにこんな看病をしていただこうとは、夢にも思いませんでした」

ベッドに横たわった一郎青年は、傷の経過もわるくないと見えて、元気な様子でクスクス笑いながら、ロイド眼鏡の医師を見上げるのであった。

「僕だって、こんな真似は初めてだよ。変装というようなことは好きじゃないのだが、君があんなに頼むものだからつい負けてしまったんだよ」

医師もにこやかに笑って、青年の美しい顔を覗き込むようにした。

「でも、僕は安心ですよ。先生がいつも僕のそばについていて下さるんですもの。もうあいつが来たって平気ですよ」

三角髯の医師は名探偵明智小五郎の変装姿であった。一郎青年と主人伊志田氏とのたっての頼みを拒みかね、主治医の友人というふれ込みで、有本《ありもと》医師と名乗って、一郎の看病と護衛のために、とうぶん邸内に泊まり込むことになったのである。その秘密を知っているのは、当の一郎青年と伊志田氏と主治医の三人だけで、他の家族や召使たちは明智をほんとうの医師と思い込んでいた。明智は変装嫌いではあったが、決して変装下手ではなかったからだ。

明智は負傷者一郎青年に、異様に惹きつけられていた。最初彼が探偵事務所を訪ねて来た時から、その類《たぐ》い稀《まれ》なる美貌と、陰火《いんか》のような押し殺された情熱が、探偵の心を打った。嫌いな変装までして、伊志田邸に泊まり込むことになったのも、この美青年の不思議な牽引力《けんいんりょく》によるものであった。

しかし、探偵がこの異例な挙《きょ》に出《い》でたのは、ただそれのみのためではなかった。彼は風変わりな伊志田家そのものに妙な興味を抱いていた。この古風な西洋館の中には、何かしら廃頽的《はいたいてき》な、まがまがしい匂いが満ちていた。犯罪は外部からではなく、むしろ内部から発生しそうな、一つの別世界が感じられた。

「一郎君、だいぶ気分がよさそうだね。少し質問しても差支えないかね」

明智の有本医師は、更《あらた》まった調子になって、やさしく訊ねた。

「ええ、僕も先生に聞いてほしいことがあるんです。お訊ねになりたいというのは、若《も》しや僕の家庭のことではありませんか」

「そうだよ、僕はあの事件が起こった時から、それを一度よく聞きたいと思っていたのだ」

「じゃ、先生は、今度の事は、僕の家庭の内部に、何か原因があるとでもお考えなのですか」

美青年は異常にするどい神経を持っているように見えた。話し相手の云おうとしている事を、皆先廻りして云ってしまうようなところがあった。

「必ずしもそういうわけではないがね。しかし、一応君のご両親や姉妹のことを聞いておきたいのだ」

明智は乗り出している負傷者の背中へ、ソッと毛布をかけてやった。

「僕の家庭を妙にお思いになるのでしょう。こんな化物屋敷みたいな西洋館に住んで、皆が何もしないでブラブラ遊んでいるのですからね。でも、僕の父がどういう人だかは、世間の噂《うわさ》でご存知でしょう。人嫌いの変人なんです。どのくらいあるのかよく知りませんが、僕らはお金持だと云われています。ですから、こんなわが儘《まま》な、風変わりな生活も出来るのですね。

「先生は、僕らの親子兄妹《きょうだい》の関係が、どんなふうだかという事をお聞きになりたいのでしょう。父は、僕の知っている限りでは、僕ら三人の兄妹のほんとうの父です。しかし母は違うのです。僕なんかと似ていないでしょう。僕ら三人とも今のお母さまの子ではないのです。僕たちのほんとの母は、八年前に亡くなったのですよ」

「で、君たち三人の兄妹は皆その先《せん》のお母さんの子なの？」

「そうです。僕の知っている限りでは、そうです。しかし、僕たち三人は顔も気質も少しも似てないでしょう。まるでみんな別々の母のお腹《なか》から生まれて来たようじゃありませんか」

一郎の口辺に嘲笑《ちょうしょう》の影のようなものが浮かんだ。

「何かそんな疑いでもあるの？」

「別に何もありません。でも、父はそういう事はまるで非常識なんです。どんな秘密があるか知れたものではありません。亡くなったお母さんは、気の毒な人だったのです」

「それで、今のお母さんと、君たちとはうまく行っているの？」

「ええ、表向きは円満です。しかし、みんなの心の中はわかりません。ほんとうは誰も彼も憎み合っているのかも知れません。僕たち兄妹だって、決して仲がよくはないのです。

「先生、こんな家庭ってあるでしょうか。上《うわ》べは皆親しそうにしていて、腹の中では、何を考えているかわからないのです。まるで化物屋敷です。僕たちはみんな、世間の人とは違うのです。まったく別の生きものみたいな気がします。

「先生、僕の思っていること云ってもいいでしょうか。先生、僕怖いんです。それを云うのが恐ろしいのです」

「いいよ。云わなくてもいいよ。そんなこと考えるもんじゃない。君はあんな事があったので、興奮しているんだ。ありもしない幻を描いているんだ」

明智がなだめるように云うのを、一郎は押し切って、ついにそのことに触れてしまった。

「あいつは、ほんとうに外部からやって来たのでしょうか。先生、若しかしたら、あいつはこの家の中に住んでいるのじゃないでしょうか。僕らのよく知っている誰かじゃないのでしょうか」

半面を繃帯に包んだ美青年の顔が、恐ろしいほどまっ青になっていた。毛布の中から出ている華奢《きゃしゃ》な手首が、熱病やみのようにブルブル震えていた。

「探偵というものは、そういうことも一応は疑って見なくてはならない。僕は今あらゆるものを疑っている。君の家族内の人たちだって決して例外ではないのだ。しかし、僕はまだ何も摑《つか》んでいない。安心したまえ、まさかそんなことはないだろうと思うよ」

明智の有本医師は強《し》いて鈍感を装いながら、一郎青年をなぐさめようとした。

「ああ、やっぱりそうなんですね。先生も僕たち一家の誰かを疑っていらっしゃるのですね。誰です。それはいったい誰です」

一郎の顔は興奮のあまり泣き出しそうにゆがんで見えた。

「ばかな、僕がいつそんなことを云った。取り越し苦労もいい加減にしたまえ。さァ、一《ひ》と眠《ねむ》りするんだ、そして、もっと明るい気持になるんだ。睡眠剤を上げようか」

名探偵はまるで看護婦のようにやさしかった。一郎の毛布の肩の辺に手を置いて、母親のように子守歌でも歌い出しそうな様子に見えた。有本医師の一挙一動には、美しい負傷者へのこまやかな愛情が満ちあふれていた。

塔上の怪

しかし、一郎は眠ろうとはしなかった。眠らないばかりか、一そう大きな目を見開いて、向こうのガラス窓の外を見つめていた。何か物に憑かれたように、いつまでも同じ所を見つめていた。

「どうしたんだ、何をそんなに見ているの?」

明智もその方へ目をやった。窓の外にはただ夜の闇があるばかりであった。その闇の中に、闇よりも黒い大入道のようなものが聳えていた。伊志田屋敷の名物の円塔である。西洋の城郭《じょうかく》にあるような、煉瓦造りの円形の塔である。一郎の目は、どうやらその円塔のあたりに注がれているらしいのだ。

「あれをごらんなさい。僕は昨夕《ゆうべ》もあれを見たのです。なんだか恐ろしいのです。僕の幻覚じゃないでしょうか」

「あれって、なに? どこを見ているの?」

「塔の頂上の窓です。じっと見ていてごらんなさい……ほら、あれです、先生、あの光です。先生には見えませんか」

それは決して一郎の幻覚ではなかった。円塔の頂上の部屋の窓にボーッと蛍火《ほたるび》のような光が射している。室内の電燈がついたのではない。何かもっと小さな白っぽい光だ。若《も》しかしたら、どこか外部からの光が、ガラスに反射しているのではないかと考えたが、そうではなくて、やはり室内からの光らしい。かすかに揺れている。

「ね、見えるでしょう。さっきから光ったり消えたりしているのです。ほら、消えてしまった。きっと今に又光りますよ」

見ていると、案《あん》の定《じょう》一秒もたたぬうちに又ボーッと光り出した。そして、光っては消え、消えては光り、まるで、その円塔の壁に巨大な蛍がとまって息づいているような感じであった。

「懐中電燈のようだね」

「ええ、僕もそう思うのです」

二人は円塔から目を離さず、必要以上に声を低めて囁きかわした。

円筒の内部は久しく使用せず、荒れるにまかせてあった。その廃墟のような建物の中に、何者かが潜んでいるのだ。

「誰かが、ああして外部の者と秘密の通信をしているのじゃないでしょうか」

「ウン、そうかも知れない」

「このあいだ、家捜しをした時には、あの塔の中もむろん調べたのでしょうね」

「調べたのだよ。別に異状はなかった。人の隠れているような気配さえなかった」

しかし、今は確かに人がいるのだ。あいつかも知れない。黒覆面の中から目ばかりを光らせているあの怪物かも知れない。

「待っていたまえ。ソッと塔へ行って調べて見よう」

明智の有本医師はあわただしく囁いて立ち上がり、壁のベルのボタンを押した。

「先生、大丈夫ですか。僕、なんだか心配です」

一郎青年はベッドの上に半ば起き上がって、青ざめた顔で名探偵を見上げながら、引き止めたいように両手をさし出すのであった。

「心配しなくってもいい。さァ、じっと寝ていたまえ」

有本医師は、青年の手を取って、元のように横にならせ、毛布をかけてやった。

そこへ、ベルを聞いて、書生の一人がはいって来た。北森捜査課長が世話をした、刑事上がりの男だ。

「君、少しのあいだ、この部屋にいてくれたまえ。僕が帰って来るまで、見張りを頼む。油断をしないようにね」

書生が肯くのを見て、明智はもう廊下へすべり出ていた。そして、円塔の方へと足音も立てないで、風のように走り出していた。

円塔へは曲がりくねった廊下つづきになっていたが、母屋を離れると、にわかに廊下が狭くなり、電燈もついていないので、まるで穴蔵へでもはいって行くような感じであった。

塔に近づくにしたがって、明智は速度をゆるめ、足音を忍ばせ、油断なく身構えしながら、前方の闇の中を見すかすようにして進んで行った。

塔の入口のドアは開いたままになっていた。ほとんど手探りでそこをはいり、しばらく息を殺して様子を窺っていたが、冷たい塔の内部は墓場のように静まり返っている。

こういう時のために、常に用意している懐中電燈を取り出して、チラッとそのあたりを照らして見た。誰もいる様子はない。部屋の右手に、埃《ほこり》のつもった頑丈な木製の階段が見える。明智は懐中電燈を消して、音を立てぬように注意しながら、その階段を登って行った。

円塔は三階造りになっていたので、同じような階段を二つ登らなければならなかった。第二の階段は、呼吸《いき》さえ殺すようにして、一寸《すん》ずつ一寸ずつ、虫の這うように這い上がって行った。そして、やっと階段の頂上にたどりつき、ソッと首を出して部屋の中を覗いて見た。

そこはただ一面の暗闇であった。光もなく音もなく、円塔全体が深い地の底の穴蔵ででもあるように感じられた。空気は土と黴《かび》との廃墟の匂いに満ちて、古沼《ふるぬま》のように淀んでいた。

冒険に慣れた明智探偵にも、こんな経験は珍しかった。そこには、暗さのほかに、何かえたいの知れぬ不気味なものがあった。この世のほかの幽鬼《ゆうき》とか怨霊《おんりょう》とかいうようなものが、闇の中の空気を重苦しくし、一種異様の匂いを与えていた。

探偵は、背筋を虫が這うような悪寒《おかん》を、じっと我慢しながら、闇の中を見つめていたが、やがて、目が慣れるにつれて、窓の輪郭がほんのりと薄明るく見分けられるようになった。そして、それと同時に、土と黴の匂いの中に、何かしらかすかな香気《こうき》がただよっているのが感じられた。ヘリオトロープ(注2)。それは美しい女性を連想させるヘリオトロープの匂いであった。

この部屋には、最近、身に香料をつけた女性がはいったとしか考えられなかった。いや、最近ではない。今現にその女性はここにいるのかも知れない。あの懐中電燈を点滅していた怪人物は、女性なのかも知れない。

目を凝らすと、窓からの、ほの明かりを受けて、その窓のそばに、幽霊のような白いものが、スーッと突っ立っていた。かすかに身動きしている。おやッ、若しかしたら、あれは洋装の女性ではないのか？

と思ううちに、ほの白い影が、やや大きく身動きしたかと思うと、その胸のあたりから、パッと光が湧いた。その光が窓のガラスに反射して、室内がにわかに明るくなった。

それは白衣《びゃくえ》の婦人であった。襞《ひだ》の多い、白っぽい絹の洋装をした若い女性であった。胸のあたりに手提げ電燈をかかげて、その光線を窓の外へ向けている。彼女が身動きする度に、強い光がチロチロ動いて、洋装の腕や胸の辺をかすめ、影絵のように、若々しい肉体の一部が透き通って見える。

こちらからは後姿しか見えないのだが、ふと気がつくと、窓ガラスに、反射光を受けた彼女の半身が、ぼんやりと映っていた。そして、明智探偵は、そこに思わずアッと叫びそうになるほど意外なものを見たのである。

深夜円塔の階上にたたずむ白衣の怪女性は、ほかならぬ伊志田綾子であった。一郎青年の姉に当たる、薔薇《ばら》のようにあでやかな、あのお嬢さんであった。

若しそれが見知らぬ人物であったなら、たとい、かよわい女性であろうと、明智は躊躇せず飛びかかって行ったに違いない。だが、一郎の姉さんとわかっては、迂闊《うかつ》に手出しをするわけにはいかぬ。相手は伊志田家の一員なのだ。気づかれぬよう、ソッと様子を見届けるほかはない。

それにしても、うら若い女性の身で、この不気味な場所へ、深夜ただ一人忍び込んでいったい何をしているのであろう。さいぜんから長いあいだ、手提げ電燈を点滅しているのを見ると、誰か外部のものと、光による秘密の通信を取りかわしていたとしか考えられない。塀を越えて通信しなければならないので、邸内では一ばん高い、この塔の頂上の部屋を選んだものであろう。

ひょっとしたら、外部でこの通信を受け取っている相手というのが、例の黒覆面の怪人物ではないのか。綾子はその怪人物にあやつられて、邸内の様子を内通しているのではあるまいか。だが若しそうだとすると、この美しいお嬢さんは、実の弟を殺害しようとした犯人の相棒を勤めているわけではないか。そんな恐ろしいことが、いったいこの世にあり得るのだろうか。

手提げ電燈の合図は、今のが最後だったと見えて、部屋は再び明るくならなかった。そして、その暗闇の中に、網膜《もうまく》の残像でもあるように、異常にクッキリと浮き上がって見える白衣の女性は、もう帰るのであろう。宙をただようように、足音もなく、こちらへ近づいて来る様子だ。

明智は気づかれては大変と、大急ぎで階段を這い降りて、二階の部屋の片隅に身を潜めた。

白衣の人は、度々ここに出入りしているのか、闇の階段を踏みはずしもせず、静かに降りて来た。かすかな絹ずれの音、ほのかなヘリオトロープの匂い、そして、息を殺す明智の目の前を、白い靄《もや》のようなものがスーッと通りすぎたのだが、その時、まるで胸の底から絞《しぼ》り出すような「ハーッ」という深い溜息《ためいき》が聞こえたのである。

明智はそれを聞くと、背筋に水をあびせられたように、ゾーッとしないではいられなかった。地獄の底から響いて来る幽鬼の歎息《たんそく》かと疑われるばかり、引き入れられるように陰気な溜息であった。

想像に違《たが》わず、この異様な西洋館には、妖気がこもっているのだ。その妖気が一つに凝り固まって、白衣の女性の姿となって、円塔の闇の中をさまよっているのではないかと怪しまれた。

明智は、しかし、気を取りなおして、忍び足に、綾子の異様な姿を追った。

白衣の人は、塔を出ると、夢遊病者のような放心状態で、暗い廊下をたどり、明るい母屋へと近づいて行く。

明智は彼女がまぶしい電燈の光の中へ現われるのを見た。そして、それがやっぱり一郎の姉綾子に違いないことを確かめた。

綾子は母屋の廊下へ一歩踏み込むと、にわかに正気づいたように、敏捷《びんしょう》になった。彼女は追われる獣物《けだもの》のようなすばやさで、キョロキョロとあたりを見まわし、廊下に人のいないことを確かめた上、サーッと白い風のように走って、向こうの曲がり角に消えてしまった。

急いで後を追って、その曲がり角からソッと覗いて見ると、廊下にはもう人影もなくて、その中ほどのドアが、音もなく閉められているところであった。白衣の人はそのドアの中に姿を消したのに違いない。あとでわかったのだが、そこはほかならぬ綾子の寝室の入口であった。

美しき嫌疑者《けんぎしゃ》

一郎青年は、犯人はこの家の中にいるかも知れないという、恐ろしい疑いを明智に漏らした。明智もまたひそかにそういうことを想像しないではなかった。この奇怪な邸内に住む変わり者の富豪の一家には、何かしら不気味な秘密があった。家族のものが、お互い同士で疑い合っているような、異様に気づまりな空気がただよっていた。

まさか綾子が実の弟の一郎を傷つけた殺人鬼だとは考えられない。だが、男さえ薄気味わるく思う円塔に深夜ただ一人登って、あんな妙なことをしていたのを見ると、彼女は何かしら事件に関係を持っているらしく思われる。若《も》しかしたら共犯者ではないのか。あの黒覆面の怪人物の相棒ではないのか。

明智は彼女が自分の寝室へはいるのを見届けた上、その足で二階の主人伊志田氏の部屋を訪ねた。相手は若い娘さんなのだから、明智自身が直接詰問《きつもん》するよりは、お父さんに話して、おだやかに訊ねてもらう方が穏当《おんとう》であり、有効でもあると考えたからだ。

主人はまだ起きていて、パジャマの上にナイト・ガウンを羽織って、明智を書斎に通した。一郎が怪物のために傷つけられた、あの書斎である。伊志田氏はそこを平気で使用しているのだ。

明智が綾子の異様な行動を詳しく報告すると、さすがに伊志田氏も顔色を変えて、すぐ呼鈴を押して、書生に綾子を呼んで来るようにと命じた。

しばらくすると、ドアが静かに開いて、あの白い洋装のままの綾子がはいって来た。あでやかな顔が少しひきしまって、心持ち青ざめているほかには、少しも取り乱した様子がない。この夜更けになんの用事かと、けげんらしい表情さえ浮かべている。明智はそれを見て、まだうら若い綾子の名優ぶりに感嘆しないではいられなかった。

彼女はほのかなヘリオトロープの匂いを発散させながら父のデスクのそばに近づくと、そこに立っている有本医師に軽く頭を下げて会釈《えしゃく》した。伊志田氏と一郎青年のほかは、有本医師が明智小五郎であることを、誰もまだ知らなかったのだ。

「そこへお掛け。お前今塔の中へはいっていたそうじゃないか。この夜更けに、あんな所でいったい何をしていたんだね」

伊志田氏は、いきなりそれを訊ねた。彼は娘の行動を深くも疑わず、訳もなくその理由を説明して、明智探偵の疑念をはらしてくれるものと、信じ込んでいる様子であった。

綾子はそれを聞くと、チラッと有本医師を眺めた。さてはこの人があれを見ていたのかと、咄嗟に察して、彼がただの医師でないことを疑った様子である。だが、彼女は別にうろたえることもなく、ごく自然な驚きの表情を示して、ぬけぬけと嘘《うそ》を吐《つ》いた。

「エッ、塔の中へ？　まあ、いやですわ、お父さま。あたしあんな気味のわるい所、昼間だって、はいって見たことさえありませんわ。どうしてそんなことお聞きになるの？」

実に名優である。それに、この娘は父に対して、なんだか妙によそよそしい口のきき方をするではないか。

「綾子、嘘ではないだろうね。まさかお父さんに、この方の前で恥をかかせるのではあるまいね。お前は知るまいけれど、この有本先生は、実は素人探偵の明智小五郎さんなのだ。わしと一郎とでお願いして、家《うち》の警戒に当たっていただいているのだ」

それを聞くと、綾子の美しい目が、何かギョッとしたように、すばやく明智を盗み見た。ヘリオトロープの匂いが、一そう強く明智の鼻孔《びこう》を刺戟《しげき》した。

「綾子、この明智さんが、お前が塔で妙なことをしているのを、ごらんになったのだよ。わしは、明智さんの前で、お前の弁明を聞かなければならない。こういう際だから、つまらない真似をすると、どんな疑いを受けるか知れないのだよ。さァ、訳を話してごらん」

綾子は聞いているうちに、だんだん青ざめていった。心の騒ぎを外に現わすまいと一生懸命になっている様子が、痛々しいほどであった。だが、彼女は結局その闘争に打ち勝った。あくまでしらを切ろうとしているのだ。

「まあ、あたしが塔の中で？　それを有本先生がごらんになったのですって？　妙ですわねえ。あたしちっとも覚えがありませんわ。塔なんかへ近づきもしませんわ。有本先生、あ、明智先生、ほんとうにあたしをごらんになりましたの？」

彼女は又元の名優に立ち帰って、大胆にも名探偵に挑戦するかのような態度をとった。

「見たのです。まことに不作法なことですが、職務上致し方がなかったのです。僕はあなたが塔の三階でなすっていたことを、闇の中からすっかり見てしまったのです」

「まあ、三階で？　あたし何をしていましたの？」

「手提げ電燈をつけたり消したりして、窓の外の誰かへ通信をしていらしったのです」

「まあ、思いもよらないことですわ。あたし、今晩はずっと、お部屋で本を読んでいて、どこへも出ませんでした。何かの間違いですわ。明智先生、誰かほかの人とお見違えなすったのじゃありません？」

「いいえ、僕はハッキリあなたの姿を見たのです。服装もその通りでした。そして、その人は塔を出てから、確かにあなたの部屋へはいっていったのです」

「まあ、あたしの部屋へ？……」

綾子はゾーッとしたように、ソッとうしろを見て、恐怖に耐えぬ様子をした。

「でも、あたしの部屋へは誰もはいって来ませんでしたし、あたしは本をよんでいたのですから、何かの間違いですわ。そんなことあるわけがありませんわ」

「あなたがそれほどにおっしゃるのでしたら、僕の見違いだったかも知れません。しかし、この家に、あなたと同じ服装をした、同じ背恰好《せかっこう》の、しかも顔まで同じ人が、ほかにいるとも思えませんし、又僕が起きながら夢を見ていたとも考えられませんからね」

明智はおだやかに反駁《はんばく》した。

「まあ、あたしとそっくりの人なんて。……あたしはほんとうに覚えがないのですから、若しかしたら、あたしと同じ服装をした幽霊みたいなものが、家《うち》の中をさまよっていたのじゃないでしょうか」

綾子が青ざめた顔で、オズオズと囁くようにそれを云った時には、二人の大人もつい誘い込まれて、ふと怪談めいた恐怖を感じないではいられなかった。

綾子と寸分違わないもう一人の娘が、この広い建物のどこかに隠れているのだろうか。そして、その娘が犯人の手先となって、邸内をさまよい歩き、さまざまの奇怪な行動をしているのではないだろうか。

だが、明智はあの時綾子の顔を見たのだ。たといよく似た娘が変装していたのだとしても、明智ともあろうものに、その見分けがつかなかったとは考えられぬ。

「綾子、お前そんなことを云って、わしをごまかすのじゃないだろうね。ほんとうのことをいうんだよ。どんなこみ入った事情があるにもせよ、お父さんに隠し立てをしてはいけない。さァ、すっかり話してごらん」

　伊志田氏は唯物論者であった。怪談を信ずることは出来ない。綾子は何か秘密を持っているのかも知れないと考えたのである。

　綾子はそういう父の顔を、恨めしげにじっと見つめていたが、突然、恰好のよい唇の隅が、笑い出しでもするように、キューッと引きつった。

「お父さま、まだ疑っていらっしゃるの？……」

　烈しい口調で云ったかと思うと、悲しみにゆがんで来る顔を、ハッと両手で蔽い隠し、そのまま肩を震わせて泣き入るのであった。

　初めは声を噛み殺していたが、耐えられなくなったのか、ついには子供のように声を立てて泣き出した。顔を蔽っている両手の指が見る見る涙で濡れて行く。

「あんまりだわ……あんまりだわ……あたしが、一郎さんをあんな目にあわせたやつと、ぐるだなんて……そ、そんなことが、出来るとお思いになって？……」

　押し殺しても押し殺しても、突き上げて来る泣き声のあいだに、恨みの言葉が、ほとんど言葉を為《な》さぬほど途切れ途切れに聞こえた。

　この感情の爆発には、冷静な伊志田氏もつい慌《あわ》てないではいられなかった。彼は思わず椅子から立ち上がって、綾子の背中に手を当てながら、やさしくなだめるのであった。

「何も泣く事はない。もういい。もういい。お父さんは、お前が犯罪に関係があるなんて考えたわけじゃないよ。そんなことがあるはずはない。ただ、お前がどうして、塔の中へなぞはいったか、訊ねて見ただけさ。さァ、もう泣くんじゃない」

「だから、だから、あたし、塔なんかへ、はいった覚えはないと云っているのに……」

綾子はあくまで冤罪《えんざい》の恨み言を云い立てる。

「よしよし。それもわかった。お前のいうように、何かの間違いだろう。さァ、もう行ってお寝《やす》み。お父さんにはよくわかったのだから。ね、さァ、部屋へお帰り」

困り果てて、駄々子《だだっこ》をなだめすかしているところへ、泣き声を聞きつけたのか、伊志田夫人の君代《きみよ》がはいって来たので、伊志田氏はそれをよい潮《しお》にして、君代に手短かに仔細《しさい》を語り、綾子をなだめて、部屋へ連れて行くように命じるのであった。

名探偵の奇禍《きか》

結局、その夜は有耶無耶《うやむや》に終わってしまった。家庭は裁判所ではないのだし、伊志田氏も明智探偵も裁判官ではないのだから、泣き入る綾子を無慈悲に追及することは出来なかった。

「飛んだお騒がせをして、申《もう》し訳《わけ》ありません」

明智が詫《わ》びると、伊志田氏は極《きま》りわるそうにしながら、それを打ち消して、

「いや、大きななりをして、まるで子供です。ああ泣かれては始末《しまつ》にいけません。あなたが確かにごらんになったのですから、綾子には何か私に隠している秘密があるのかも知れません、が、まさか共犯者というような事はありますまい。まあ、もう少し様子を見ることにしましょう。あなたも、それとなく気をつけていて下さるようにお願いします」

と穏当な意見であった。

明智が一郎青年の病室へ戻ると、負傷者は熱心に塔の出来事を訊ねたが、明智は伊志田氏との約束もあったので、綾子の名は出さず、怪しい人影を見たが、つい取り逃がしてしまったとのみ答えておいた。

それから三日のあいだは、別段のこともなく過ぎ去った。綾子はあれ以来、自室にこもって神妙にしているし、塔の窓に怪しい光りものするようなことも起こらなかった。

一郎の胸の傷も案外経過がよく、二、三日もすれば繃帯が取れるほど肉が上がって

いた。目の下の傷はほとんど快癒《かいゆ》して、鬱陶《うっとう》しい顔の繃帯はすでに取り去っていた。

もう看病の必要もなく、明智の有本医師は、この上伊志田邸に泊まり込んでいる口実がないほどであったが、しかし、探偵としての職務は終わったわけでなく、一日でも永く邸内にとどまっていたかったし、それに一郎がしきりに引きとめるので、つい滞在を延ばしているのであった。

さて、黒覆面の怪物の殺人未遂事件があってから七日目の夜のことであった。伊志田家の人は、緊張に慣れて、いくらか高《たか》をくくるような気持になっていた。五人に増した書生のうち、二人までが家庭の都合で暇を取って、七日目には、元からいた書生を合わせて三人しか残っていなかったが、人々はさして心細がるような事もなく、主人の伊志田氏などは、騒ぎのために延ばしていた用件を果たすために、午後から外出して夜が更けても帰らなかった。

だが、悪魔は、そういうふうに一同が気をゆるすのを待っていたのだ。そして、その夜、主人の不在を見すまして、第二の犠牲者を屠るべく、再びあのいやらしい姿を現わしたのである。

明智の有本医師は、その晩もいつものように、邸内の巡回をおこたらなかった。一郎青年が眠るのを見て、自分にあてがわれた客用の寝室に引き取ったが、そのままベッドにもはいらず、十一時頃には、部屋を出て、人々の寝静まった廊下を、足音を忍ばせながら歩きまわるのであった。

階下を一巡して、洗面所にはいるために、(注3)湯殿《ゆどの》の前を通りかかると、そのガラス窓の中に電燈がついてボチャボチャと湯を使う音が聞こえていた。家内の誰かが湯にはいっているのであろう。だが、少し遅すぎるようだなと思いながら、さして気にも止めず、洗面所にはいり、しばらくしてそこを出ると、もう湯殿のガラス窓はまっ暗になっていて、今そこのドアを出たらしい人影が、廊下を曲がって行く後姿が、チラッと目にはいった。

明智はその後姿を見て、おやッと思った。気のせいか、それは伊志田家の人ではないように感じられた。なんだかまっ黒なものを着て、その裾が外套《がいとう》のようにフワフワしていた。男とも女とも想像がつかなかった。

明智は足音を盗んで、そのあとを追った。廊下の角《かど》を曲がると、遠くの電燈の薄暗い光の中を、影のようなものが、音もなく走って行くのが見えた。おお、あいつだ。黒覆面に黒いインバネスを着たあの怪物だ。

しかし、明智はあわてて声を立てるようなことはしなかった。相手が気づいていないのを幸い、どこへ行くのか突きとめてやろうと考え、あくまでも忍びやかに追跡した。
五、六間《けん》行くと又曲がり角があった。黒い怪物はさすがに用心深く、その角を曲がる時、ヒョイとうしろを振り返った。そして、たちまち追跡者の姿を認めてしまった。いくら機敏《きびん》な探偵でも、どこに隠れる場所もない狭い廊下では、咄嗟の場合どうすることも出来なかったのだ。
悟られてしまったからには、もう躊躇していることはない。明智は俄かに恐ろしい速度で駈け出しながら、「待てッ」と怒鳴りつけた。

その角を曲がると、廊下は行き止まりになっていた。右側は壁、左側にはただ一つ住む人もない空部屋がある。追いつめられた怪物は、その空部屋の中へ逃げ込んでしまった。

明智は一《ひ》と飛《と》びにドアの前に近づきながら、ふと数日前この建物を家捜しした時の記憶を呼び起こした。この空部屋の窓には確かに鉄格子がはめてあった。若《も》しその記憶が誤りでないとすれば、怪物は袋の鼠なのだ。

「しめたぞ」

思わず呟いて、ドアに手をかけると、中から押さえている様子もなく、わけもなく開いた。だが、部屋の中はまっ暗だ。電燈は引いてあるに違いないが、空部屋のことだから、電球がついているかどうかわからない。入口に近い壁をさぐって見ると、幸いにも、スイッチが手に触れたので、ともかくもそれを押しこころみた。すると、ア、うまいぐあいに、パッと電燈がついたのである。

急いで部屋の中を見まわすと、怪物はどこへ隠れたのか姿もない。片隅にこわれかかった椅子が三脚ほうり出してあるほかに、なんの調度もないガランとした部屋だ。怪物は又しても妖術を使って、消え失せてしまったのであろうか。

いや、そうではない。窓の前に厚いカーテンが懸けたままになっていて、それが風もないのにかすかに揺れているではないか。隠れているのだ。あいつは窓の格子にさえぎられて、そとへ逃げ出すことも出来ず、カーテンの蔭にじっと身を潜めているのだ。明智はツカツカとその前に近づいていった。

だが、明智は少し大胆すぎはしなかったであろうか。怪物はなぜ逃げ道もないこの部屋に隠れたのだ。これまでの手際でもわかるように、犯人はそれほど無考えなやつではない。若しかしたら、彼は逃げると見せかけて、明智をここへおびきよせたのではないのだろうか。さすがの名探偵もそこまでは考え及ばなかった。怪物を追いつめた興奮に夢中になっていた。

「オイ、もうだめだよ。君は袋の鼠だ。さァ、そんな所に隠れていないで、ここへ出て来たまえ」

明智はいつもの癖で、まるで友達にでも対するようにおだやかに声をかけた。

相手は答えなかった。答える代わりにカーテンの隙間から、あの不気味な覆面の顔をヌーッと出して、クックックッと笑った。男とも女とも、老人とも若者とも判断のつかぬ、異様な声でクックックッと笑った。

おお、なんという大胆不敵なやつだ。顔を出したばかりでなく、彼は黒マントの全身を現わして、逆に明智の方へジリジリと詰めよって来た。二人のあいだは三尺とは隔《へだ》たぬ近さになった。相手の肩が呼吸のたびに静かに動いているのがわかる。

怪物は更《さ》らに一歩前進した。そして、蝙蝠のようなインバネスがフワリと揺れたかと思うと、おおあの匂いが、ヘリオトロープの匂いが、ほのかに明智の鼻孔をくすぐった。

「おお、君は……」

思わず叫んで、その肩を掴もうとした時、インバネスの下から、チカッと光るものが覗いた。そして、何か烈しい物音がして、部屋の空気が恐ろしく動揺した。

アッという叫び声と共に、倒れたのは明智の方であった。怪物は今度はピストルを用意していたのだ。そのピストルの丸《たま》が名探偵を倒したのだ。

明智が倒れたのを見ると、怪物は蝙蝠のように、マントをひるがえして、サッと部屋を飛び出して、どことも知れず逃げ去ってしまった。

やがて、ピストルの音に驚いた書生たちが駈けつけて来た。そして、意外な空部屋に重傷にうめく有本医師を発見した。右手で押さえた左の肩口から血があふれ、手の甲を染めて、ポタポタと床にしたたっていた。

「先生、しっかりして下さい。あいつですか。あいつが又現われたのですか」

刑事上がりの書生が、有本医師を抱き起こしながら叫んだ。

有本医師は痛手に口をきく力もないように見えた。だが、失神せんとする気力を奮い起こして、僅《わず》かに唇を動かした。

「湯殿を、早く、湯殿を調べてくれ」

なんの意味かわからなかったけれど、他の二人の書生はいきなり湯殿の方へ駈け出した。途中の廊下で、騒ぎを聞きつけて、病床から起き出して来た一郎青年に出会った。

「どうしたんだ。何事が起こったんだ」

「有本先生が大変です。ピストルで撃たれたのです」

「エッ、有本先生が？」

一郎はさっと顔色を変えて、教えられた空部屋の方へ飛んで行った。

二人の書生は湯殿の前に駈けつけたが、恐ろしくて、急にドアを開く気にはなれなかった。その前に見張り番のように立ちはだかったまま、意味もない言葉争いをしながら、誰か応援者が来てくれるのを心待ちにしていた。

そうしているところへ、一郎青年が息を切らして走って来た。やはり負傷者の指図で恐ろしい予感におびえながら、湯殿へ駈けつけたのだ。

「君たち、何をしているんだ。早く中へはいって調べて見るんだ」

応援者に力を得て、書生の一人が思いきってドアをあけた。三人は脱衣場になだれ込んだ。一郎がスイッチを押すと、パッと電燈がついた。

だが、まだ浴場とのあいだに磨《す》りガラスの扉《とびら》がある。ガラガラと音を立ててそれが開かれた。そして、タイル張りの浴槽《よくそう》を一と目見たかと思うと、三人の口からギョッとするような叫び声が漏れ、化石したかのように、その場に立ちすくんでしまった。

空を歩く妖怪

タイル張りの浴槽の中にはまっ赤な湯があふれていた。そして、その血の池の中に、一人の女性が屍体《したい》となって浮き上がっていた。

「君たち、少し遠慮してくれたまえ。そして、お父さまや綾子にこの事を知らせ、女中たちをよこしてくれたまえ」

一郎青年は書生たちを、両手で湯殿の外へ押し出すようにしながら叫んだ。

被害者は一郎たちの義母の君代であった。まだ三十歳を少し越したばかりの美しい君代であった。悪魔の掟《おきて》にしたがって、彼女もやはり目をやられていた。そして、心臓の一《ひ》と抉《えぐ》りが、彼女の生命を完全に奪い去っていた。

やがて、父の伊志田氏と綾子と女中たちがかけつけ、美しい義母の屍体に何枚かの湯上がりタオルがまきつけられて、彼女の寝室へ運ばれた。

重傷の明智探偵は、すぐさま外科病院へ運ばなければならなかった。明智自身の希望によって、彼の友人の医学博士が経営している外科病院に電話がかけられ、時を移さずそこから寝台自動車が来て、名探偵を運んで行った。

一方警視庁にこの事が急報されたのは云うまでもない。間もなく北森捜査課長が、部下を引きつれて駈けつけ、綿密な調査をとげたが、結局犯人については、なんの手掛りを掴むことも出来なかった。邸内の人々は一人一人取調べ、あらゆる出入口を検査したが、黒い怪物はどこから侵入しどこから逃げ去ったのか、まったく不明であった。庭にも足跡らしいものさえ残っていなかった。

悪魔は一郎青年を傷つけ、名探偵を倒し、ついに伊志田夫人の生命を奪ったのである。主人の伊志田氏は元より、家族のものの悲歎《ひたん》と恐怖とは極点に達した。

何よりも恐ろしいのは相手の正体がまったくわからぬ事であった。今の世に妖怪を信じることは出来ないが、やはり妖怪の仕業《しわざ》とでも考えるほかに解釈の下しようがなかった。頼みに思う名探偵さえ病床の人となってしまった。警察もこれという意見を立て得ない様子である。今は神仏に頼りでもするほかには、この恐怖をまぎらす手段もないような有様であった。

そういう頼るところもない不安と焦慮《しょうりょ》のうちに、三日間が過ぎ去っていった。それでも、君代の葬儀がすむまでは人の出入りも多く、邸内がざわめいていて、何かと気もまぎれていたが、それも済んでしまうと、いよいよ堪えがたい淋しさがおそって来た。古い西洋館の隅々に悪鬼の怨念が潜んでいるかと疑われ、殊《こと》にあの三階の円塔は、魑魅魍魎《ちみもうりょう》の棲《す》みかのようにさえ思われて、誰もその附近へ近よるものもない有様であった。

浴場殺人事件の翌々日に葬儀がおこなわれ、その翌日、すなわち事件から三日後の夜八時頃のことであった。一郎青年はもうすっかり床払いをして、二階の書斎で父の伊志田氏と今後の邸内の警戒について、いろいろと話し合っていた。

　書生は元の通り五人にふえていたし、その上、北森課長の計らいで、警視庁の腕きの刑事が一人、邸内に泊まり込んで警戒に当たっていてくれた。それほどにしても、一郎はまだ安心は出来ないというのである。

「しかし、もうこれ以上、どうも仕方がないじゃないか。お前に何か名案でもあるのかね」

　伊志田氏は一郎ほどは神経質でなかった。

「引越しをするんです。僕はこの陰気な広い建物がいけないと思うんです。あいつはこの古い西洋館にずっとつきまとっている何かの怨霊かも知れません。僕はこうしていても、あいつが、邸のどこかの隅に身を潜めて、じっと機会を狙っているような気持がして仕方がないのです。お父さま、僕たちは引越しをするわけにはいかないのでしょうか」

　一郎は熱心に転宅を勧めるのであった。

「ウム、それはわしも考えないではない。しかし、あんなやつ一人のために、永年住み慣れたこの家を引越すというのも、なんだかあいつに負けて逃げ出すようで、気が進まないのだよ。

「お前はじき怨霊などと云うが、そんなものがあるはずはない。やはりあいつも人間なのだ。ただ少しわる賢い人間というだけのことだ。人間を人間の力で防げぬはずはない。

「わしの気持ではね、一郎、あいつがもう一度現われるのを待っているのだよ。そして、今度こそ引《ひ》っ捉《とら》えて目に物見せてくれようと、それを楽しみに思っているくらいだ。わしは君代の敵《かたき》が討ちたいのだよ」

伊志田氏は何か心中深く決するところあるもののように、強い調子でいうのであった。

「しかし僕は……」

一郎は何か云いかけて、突然ギョッと黙り込んでしまった。そして、父と子とは、刺すような目でお互いの顔を見つめた。

それは銃声であった。邸内のどこかから、ピストルらしい銃声が聞こえて来たのであった。

「下のようですね」

「ウン、見て来てごらん」

短い言葉をかわして、一郎は飛ぶように部屋を出て行った。

階段を駈け降りて、廊下へ出ると、向こうから、一人の書生が、顔色を変えて走って来た。

「鞠子さんが……」

「エッ、鞠子が？　撃たれたのか」

「部屋に倒れていらっしゃるのです」

鞠子の勉強部屋は姉の綾子の部屋の隣にあった。一郎は先《ま》ずその綾子の部屋のドアを開いて見たが、彼女の姿は見えなかった。

鞠子の部屋へ飛び込むと、部屋のまん中に、女学生服の少女が、俯伏《うつぶ》せに倒れたまま、じっと身動きもしないでいた。

「鞠ちゃん！　どうしたの？」

大声で呼んで、肩に手をかけ、引き起こそうとしたが、その手がたちまち血に染まった。よく見ると、鞠子は胸の心臓のあたりを撃たれて、まったくこときれていることがわかった。

「オイ、斎藤《さいとう》君」

一郎は廊下に立っている書生を呼んで訊ねた。

「君はあいつを見たのか」

「いいえ、誰も見ません。廊下を見まわっていますと、突然この部屋の中でピストルの音が聞こえたのです。すぐドアをあけてはいって見ましたが、鞠子さんが倒れていらっしゃるばかりで、ほかには誰もいませんでした」

書生がけげんらしく答えた。

「フム、じゃ窓から逃げたのかな」

すぐ庭に面した窓へ行って、調べて見たが、ガラス戸はちゃんと閉まっていた。その上内部から掛け金さえかけてあった。窓を除くと、その部屋には廊下に開いているドアのほかには、まったく出入り口がないのである。

「変だなあ。窓は中から閉まってるぜ。君は、その音を聞いた時、このドアの見える場所にいたのかい」

「ええ、つい一間《けん》ほど向こうを歩いていたのです。逃げ出すやつがあれば、私の目にはいらぬはずはなかったのです」

「ドアは閉まっていたのかい」

「そうです。ちゃんと閉まったままでした。私がここへはいるまで誰も開いたものはないのです」

黒覆面の怪物はカーテンのうしろに姿を隠す癖があった。だが、この鞠子の部屋には、そんな大きなカーテンは無かった。机の下や箪笥のうしろなども調べて見たが、どこにも怪しいところはなかった。

一郎は更《さ》らに、天井を見廻したり、絨毯《じゅうたん》をめくって床板を調べたりしたが、秘密の出入り口があるようにも見えなかった。

伊志田氏もおくればせにはいって来て、鞠子の死骸を抱き上げていた。さすがの伊志田氏も、矢つぎ早におそいかかる不幸に、すっかりうちのめされているように見えた。

「やっぱり、あいつは幽霊です。どこにも出入りした跡がないのです。窓の外からピストルを撃ったとすればガラスが割れていなければなりませんし、ほかに弾丸《たま》のはいって来るような場所はありません。これでも、あいつは骨と肉を持った人間なのでしょうか」

一郎は現実家の父を反駁するように云って、伊志田氏の青ざめた顔を見つめるのであった。

「一郎さん、ちょっと、ちょっとあれを……」

突然、書生の斎藤が囁くように云って、一郎の腕を取って、庭に面した窓のそばへつれて行った。

窓の外にはまっ暗に庭樹《にわき》が茂っていた。常夜燈の淡い光が、立木の茂みをボンヤリと照らし出していた。

書生の目は、それらの木々の枝を越して、邸を囲む煉瓦塀の上に注がれているように見えた。

その部分は樹木が少しまばらになって、古い煉瓦塀の一部が、黒い堤《つつみ》かなんかのように見えすいていた。

一郎が書生の目を追って、そこを注視すると、煉瓦塀の頂上に、何か黒い影がうごめいていた。闇夜だったので、空も暗く、そのものは闇の中から闇が抜け出したような感じで動いていた。

目が慣れるにしたがって、その黒いものが人間の形をしていることがわかった。常夜燈の光にも遠いので、非常にボンヤリした姿ではあったが、決して人間以外の生きものではなかった。

そのものは、まるで綱渡りでもするように、身体で調子を取りながら、高い塀の頂上を、直立して右から左へと、ゆっくりゆっくり歩いていた。

白いはずの顔もまっ黒であった。覆面をしているのだ。着物の裾が広くダブダブして、足を隠しているように見えた。黒いマントを着ているのに違いない。

ああ、あいつだ。覆面の怪物だ。悪魔は第二の犠牲を屠って闇の空をいずれへか立ち去ろうとしているのだ。

「お父さん、あいつです。オイ、君たち早く!」

そこに集まっていた書生の二、三は、躊躇せず窓を開いて、庭へ飛び出して行った。警視庁から来ている刑事も時を移さず庭へ出て行った。

樹木の中に懐中電燈の光が交錯し、黒い人影が右往左往するのが眺められた。いつの間にか煉瓦塀を乗り越して、外へ出ているものもあるらしく、内と外から呼びかわす声が不気味に聞こえた。

だが、怪物はどこをどう逃げたのか、いくら探してもその姿を捉えることが出来なかった。

刑事や書生たちが無駄な捜索を打ち切って、がっかりして元の部屋に引き返し、不思議だ不思議だと云いかわしているところへ、外出姿の洋装の綾子が、どこからか帰って来た。そして、妹の変死を知ると、いきなりその屍体にすがりついて、鞠子の名を呼びながら、むせび泣くのであった。

「姉さん、どこに行っていたの? 夜外出なんかして物騒《ぶっそう》じゃないか」

一郎が詰問するように云うと、綾子は涙に濡れた顔を上げてじっと弟の顔を見つめたが、何も云わず、ただ一種異様の謎のような微笑を浮かべるばかりであった。

壁の穴

その翌日、一郎青年は新しい出来事を報告して、今後の処置を相談するために、同じ区内の篠田《しのだ》外科病院に明智小五郎を訪ねていた。

明智の傷は思ったより重傷であったけれど、ベッドに寝ながら人に会うくらいの事は許されていた。一郎は看護婦を遠ざけて探偵の枕元に腰かけ、昨日の出来事を詳しく報告した。

「ホウ、あいつが塀の上を歩いていたんだって?」

明智はなぜかひどく興味を覚えたらしく、無事な方の手で例のモジャモジャの頭をかき廻しながら云った。

「たぶん塀を越して逃げるところだったのでしょうが、それにしても、少なくとも一《いっ》間《けん》か一間半は、塀の頂上を綱渡りのように歩いていたのです。なぜあんな真似をしたのか不思議で仕方がありません」

「君たちに姿を見せるためなんだよ、ほかの者がやったんじゃない、この俺がやったんだということをね。

「ピストルはどこから撃ち込まれたか、まったくわからない。犯人の出入りした形跡がない。それにもかかわらず、俺はちゃんと目的を果たしたんだ。俺の腕前はどんなものだということを、君たちに見せびらかしたんだね。で、其の後別に発見もなかったの？」

「それですよ。先生、僕は実に驚くべきものを発見したんです。あいつの犯罪手段がわかったのです」

「エッ、君が発見したって？」

「そうです。警視庁の刑事さんではなくて、この僕が発見したんです」

一郎は得意らしく、頬を赤らめて云った。

「僕は鞠子の部屋を、今朝早くから調べて見たのです。

「すると、鞠子の部屋と綾子姉さんの部屋との境の壁のまん中に、小さな穴があいていることを発見しました。ご承知の通り二人の部屋は隣合わせなのです。

「なんのためにあけた穴かわかりませんが、以前あの家に住んでいた西洋人がそういう穴をこしらえておいたのでしょう。穴の上には、両側とも壁の装飾のように木彫りの動物の顔で蓋《ふた》をして、ちょっとわからないように隠してあるのです。妙な家で、どの部屋にもいろいろな彫刻がついているので、その穴隠しの彫刻も、少しも目立たないようになっているのです」

「フーム、面白いね。秘密の覗き穴というわけだね。君の家はそういう仕掛けのありそうな建物だよ。綾子さんや鞠子さんはその穴のあることを知っていたのかね」

「知っていたらしいのです。姉に聞いて見ると、二人はそこの蓋をあけて、電話でもかけるように、両側から話し合って遊んだことがあるというのです」

「なるほど。で、君はその穴について、どういう考え方をしたんだね」

明智は非常に熱心な面持《おもも》ちで、じっと一郎の顔を見つめながら訊ねた。

「最初は、あいつが綾子姉さんの部屋に隠れていて、その穴から鞠子を撃ったのではないかと考えました。その彫刻のある蓋というのは、上部だけ壁にとりつけてあって、一度開いても、手を放せば、バタンと閉まってしまうような仕掛けになっているのです。

「ですから、あいつは、綾子姉さんの声を真似て、鞠子にあの穴の蓋を開かせたのかも知れません。そして、鞠子が何気なく例の電話遊びをするつもりで、蓋を開いたところを、狙い撃ちにしたとも考えられます。穴の蓋は自然に閉まってしまうので、あとにはなんの痕跡も残らないのですからね」

「フム、そうも考えられるね。で、綾子さんの部屋の窓は中から締りはしてなかったの？」

「ああ、先生、お気づきになりましたね。僕もそれを調べて、行き詰まってしまったのです。窓にはちゃんと、中から掛け金がかけてあったのです。つまり、犯人は姉の部屋の窓からも逃げ出すことは出来なかったのです。

「姉の部屋も、やっぱり、窓のほかには廊下のドアしか出入口はないのですが、そのドアは鞠子の部屋と同じがわの廊下に開いているので、そこからあいつが逃げ出したとすれば、書生の斎藤が気づかぬはずがないのです」

「やっぱり密室の犯罪だね。で君はそれをどう解釈したの？」

「僕は恐ろしいことを想像したのです。口に出していうのも恐ろしいことなんです。それで、今日ここへ来たのも、その僕の想像を先生に聞いていただいて、正しい判断を下してほしいと思ったからなのです」

「いってごらん。君はその壁の穴の中に、何かの痕跡を発見したんじゃないのかい」

「そうです。僕はそれを見つけたのです。穴の内側に太い釘《くぎ》を幾つも打ちつけた痕があるんです。その痕の様子では何か小さなものを、穴の中へしっかり取りつけるために、釘を打ったとしか思えないのです。釘を打って針金を巻きつけて、何かを取りつけたのです」

「小型のピストルを？」

「ええ、僕もそう思うのです。そして、綾子の部屋のがわの蓋の裏に、針金を引っぱるか何かして、鞠子がそれを開く途端に、ピストルが発射するような仕掛けをしておいたのじゃないかと思います。穴の位置はちょうど鞠子の胸くらいなのですから、この想像は突飛《とっぴ》なようでも、決して不可能ではないのです。

「ピストルが発射して、鞠子が倒れると、蓋は元の通りふさいでしまうのですからね」

「鞠子さんの倒れていた位置は」

「ちょうどその隠し穴の前なのです」

「フーム、君の想像が当たっているかも知れないね。そういう手段で人を殺した例は、外国にもあるんだからね。で、君は誰がそれを仕掛けたかという想像を組み立てて、その想像の恐ろしさに悩まされているというのだろうね」

「そうです。僕はそれを先生にお話しするさえ怖いのです。云ってはいけないことじゃないかと思うのです
「しかし、ともかくお話しして見ます。出来ることなれば先生に僕の間違いを指摘していただきたいのです。

「それを発見して、先《ま》ず僕が考えたのは、誰がその装置をしたかということです。そういう仕掛けを人知れず取りつけることの出来る立場にいたものは、誰かということを考えたのです。

「それから、鞠子に適当な時にあの蓋を開かせるためには、前もってそのことを鞠子に云い含めておかなくてはなりませんが、そういうことの出来る立場にいるもの、又その命令を鞠子が素直に承知するような立場にいるものは、いったい誰かということです」

さまざまの事情が彼の想像を裏書きしていたので、明智も一郎の説明を聞いて、その推論に同意を表しないわけにはいかなかった。

だが、この考えが正しいとすると、実に意外な人物を、犯人として疑わねばならないのだ。その壁の穴に人知れずそういう仕掛けをすることが出来るものは、前後の事情から判断して、鞠子の隣室を居間としている綾子——被害者の実の姉の綾子——のほかになかったからである。

一郎は論理の筋道をたどって行って、結局わが姉の綾子を疑わねばならぬ窮地《きゅうち》に立った。彼はさすがにそれと名差して云うことは出来なかったけれど、その恐ろしい結論をもたらして、敬慕《けいぼ》する明智探偵の判断を仰《あお》ごうとしたのである。

一郎の美しい顔は今にも泣き出しそうにゆがんでいた。日頃から青白い顔がひとしお青ざめて、病人のように見えた。

「で、君はその人を真犯人と疑っているのだね」

ベッドの明智が思いやり深く、静かな声で訊ねた。

「僕は信じられないのです。しかし、あらゆる可能性を排除していって、あとに残ったたった一つの結論がこれなのです。僕の推理が間違っているのでしょうか。出来るならば、先生にその間違いを指摘していただきたいのです」

一郎は恐ろしいほど真剣な表情であった。

「僕は君が考えているほど、決定的だとは思っていない。しかし……残念なことに、あの人にはほかにもいろいろ困った情況が揃っているのだし……」

明智はそれを云おうか云うまいかと躊躇しているように見えた。

「エッ、ほかにもいろいろって、それはどんなことですか」

「君にはまだ云わなかったけれど、お父さんはもうご存知のことなんだ。隠しておいても仕方がない。それよりもすっかり話し合って君の考えも聞く方がいいかも知れない。いつかの晩、君があの塔の窓に妙な光りものを見つけて、僕が塔へ調べにいったことがあるね」

明智はその夜の異様な光景をまざまざと思い浮かべているもののように、宙を見ながら云った。

「ええ、覚えています。あの時先生のお帰りが大へん手間どったので、何があったのかと、僕はうるさくおたずねしたのだけれど、先生はなぜか曖昧《あいまい》にしかお答えにならなかったのです」

「君に聞かせて興奮させては、身体にさわると思ったからだよ。実はあの時、塔の三階の窓から、邸の外にいる誰かに懐中電燈で合図をしていたのは、綾子さんだった。僕は顔も見たし、その人が綾子さんの居間へはいったのも見届けた。綾子さんの愛用しているヘリオトロープの匂いが、なぜかふだんよりも強く匂っていた」

明智はそれから後の、読者がすでにご存知の出来事を詳しく物語った。

「お父さんは綾子さんを呼びつけて、きびしく問いただされたのだが、綾子さんはまったく塔にのぼった覚えはないと云って、しまいには、ひどく泣き出してしまった。

「綾子さんがあまり興奮するので、それ以上問いつめるわけにもいかず、そのままになってしまったが、僕の見た事は間違いないのだから、たとい殺人事件に関係はないにしても、綾子さんが塔にのぼって、妙な合図をしていたという事実は動かせない」

「そうですか。姉さんがそんなことをしたんですか。でもそれは怪しい行動をしたというだけで、直接の証拠ではありませんね」

「ウン、その晩の出来事だけを云えばね」

明智は気の毒そうに一郎の美しい顔を見た。

「エッ、じゃ、まだほかにも何かあるんですか」

「湯殿の事件の時にね、僕はあの覆面のやつを空部屋の中へ追いつめて、面と向き合ったのだが、その時、又ヘリオトロープの匂いが烈しく僕の鼻を打ったのだよ」

明智はそこで言葉を切って、じっと相手の顔を見た。一郎はギョッとしたように目の色を変えて明智を見返した。しばらく異様な沈黙がつづいた。

ああ、それではあの覆面の怪物は最初から綾子だったのであろうか。男か女か老人か若者か、まったく見当のつかぬ声、身の丈を隠したダブダブのインバネス、あのインバネスの中には、思いもよらぬかよわい女性の肉体が包まれていたのであろうか。

この考えは、その人の弟である一郎は元より、事に慣れた明智小五郎をさえ、慄然《りつぜん》として我が理性を疑わせるようなものであった。ああ、如何《いか》にしてかくの如きことが可能なのであろう。あの牡丹のように美しい二十歳を越したばかりの娘が、人を殺し得るであろうか。しかもその被害者は、皆彼女の家族なのだ。弟を傷つけ、母を殺し、妹を殺す。そこに如何なる動機を想像し得るのであろうか。

「僕は信じられません。百の証拠があっても、あの人にそんな恐ろしい真似が出来るとは考えられません」

一郎は唇をワナワナと震わせながら、自分自身の心を説き伏せようとするかの如く、強く言い放った。

「一つ最初から考えて見よう。君はあいつの襲撃を受けてとっ組み合ったことがあるんだね。その時の手ざわりが思い出せないかね。いくら興奮していても、男の骨組と女の身体との区別ぐらいつくと思うが」

一郎はそれを聞いて、なぜかハッとしたように見えた。そして、少しのあいだ返事を躊躇していたが、妙に力のない声で、

「妙にお思いでしょうが、まったく記憶がないのです。むろんその時は、相手が女だなんて思いもよらなかったのですが……」

と曖昧に答えた。やっぱり相手の肉体に女を感じたのかも知れない。それをそうとは云い得ない様子である。

「すると、最初の事件には、綾子さんの嫌疑をはらす積極的な証拠はないわけだね。

「あの時、僕はカーテンの蔭の曲者を発見して追いかけたが、ご隠居の部屋の前で、かき消すように姿を見失ってしまった。

「僕はすぐご老人の部屋へはいって、誰か逃げ込んで来なかったかとお訊ねしたんだが、御老人は誰も来ないというご返事だった。

「僕はその時、ご老人が犯人を知っていて、部屋へはいって来たのを、窓から庭へでも逃がしてやって、素知らぬ顔をしていらっしゃるのじゃないかと、妙な邪推《じゃすい》をした。君だからこんなことまで話すのだが、僕は大へん礼を失することだけれど、ご老人を疑いさえした。

「だが、それはただ想像に過ぎない。確証があるわけではない。しかしね、若《も》し犯人が今僕らが問題にしている人だったとしたら、ご老人は孫をかばってやろうという気持になられなかったとは云えないね。あの時の情況は綾子さんに取って決して有利ではないわけだよ。

「綾子さんはお祖母《ばあ》さんに可愛がられているのだろうね」

「ええ、僕ら兄妹のうちでは一ばん気に入りです」

そして、二人は少しのあいだ黙ったまま顔を見合わせていたが、やがて明智は又始める。

「第二の事件の湯殿の場合に、僕が犯人を追って、ヘリオトロープの匂いを嗅《か》いだのだから、これも不利な情況だ。

「第三の鞠子ちゃんの場合は、君が壁の穴のからくりを発見した。そして、そういう仕掛けの出来るのは、さし当たって、あの人のほかにはない。

「鞠子ちゃんの事件があった時、覆面のやつが庭の煉瓦塀の上を歩いて、君たちに姿を見せた。そして、それからしばらくして綾子さんが外出から帰って来た。ここでもアリバイは成り立たないわけだね。

「そのほかに、塔の上の怪しい行動もあるのだから、若しこれが君の姉さんでなかったら、さっそく被疑者としての処置を講じなければならないのだが……」

考えるほど、綾子の嫌疑は濃厚になるばかりであった。

だが、綾子へ疑いが深まれば深まるほど、この推定は化物じみたものになっていった。二十歳の娘と、そんな大犯罪と結びつけることは、どう考えて見ても気違いじみていた。彼女にそれほどの大それた腕前があろうとも思えなかったし、又想像し得べき動機がまったく無いと云ってもよかった。

「僕は兄妹の感情としては、微塵《みじん》も疑う気持にはなれません。しかし、理論はやっぱりあの人を指さしているようです。この矛盾をどう解いたらいいのでしょう。僕は外見には少しもわからない精神病というものを、ふと考えて見たのですが……」

一郎は沈んだ声で、問題に更らに新しい方向を与えた。思いあまった挙句、精神病にまで考え及んだのであろう。

「二重人格《にじゅうじんかく》だね」

「ええ、そうとでも考えなければ、この謎は解けないような気がするのです」

ああ、一郎は彼の姉にジーキル・ハイドの二重人格を想像せんとしているのだ。伊志田邸に立ちこめる悪鬼の呪いは、うら若き女性の心に巣喰うハイドであったのだろうか。昼間は世に聞こえた大学者、夜は殺人の野獣と変わる、あのジーキル・ハイドの魂が、都会の盲点に隠れる中世風の建物の古塔の中へ、今や再生したのであろうか。

名探偵の盲点

「ああ、君はそこまで考えていたのか」

明智は驚いたように美しい青年の顔を見つめた。

「むろん、そういう場合も考えられないではない。しかし僕はそういうことを考える前に、まだ一つ、この謎を解くいとぐちが残っていると思うのだよ。それはね、この犯罪には共犯者がなかったかという事だ。いや、共犯者というよりも、一人のうら若い女性を傀儡《かいらい》として、心にもない行動を取らせた、恐るべき蔭の人物が存在するのではないかという事だ。

「綾子さんは塔の頂上から、邸の外の誰かに、懐中電燈の合図をした。あれはただ一《ひ》晩《ばん》のことではなくて、その前にも、その後にも、人知れず同じ合図を繰り返していたかも知れない。その合図を受けていたのはいったい何者だろう。

「僕は犯人の断定を下す前に、先《ま》ずこの秘密を探らなければならないと思うのだよ」

「ああ、そうでした。僕は塔の出来事を知らなかったのでそこまで気がつきませんでしたが、先ずそれを確かめて見なければなりませんね」

一郎は、少しでも姉の罪の軽くなることを願うかのように、やや明るい表情になっていうのであった。

「むろん僕は塔の出来事があってから、君の家《うち》に泊まっていた三日のあいだ、毎晩それに注意していたが、三日間は何事もなかった。

「それからここへ入院して、二日ほど何を考える力もなかったが、一昨日《おととい》そのことを思い出して、助手のものに、毎晩君の家を外から見張らせてあるのだよ。若《も》し塔の窓に合図の光を見たら、その受信者を探し出すようにね」

「そうでしたか。こんなお身体で、そこまで気を配っていて下さるとは思いもよりませんでした」

一郎は驚きの色さえ見せて、名探偵の周到な用意を感謝するのであった。

「あいつがなぜ僕を撃ったか。むろん追いつめられた苦しまぎれでもあったのだが、一つは、僕が君の家に泊まり込んでいては、思うように行動出来ないので、しばらく僕を遠ざけるためではないかと思うのだよ。

「あいつは決してヘマをやらないやつだ。僕を殺そうと思えば充分殺せたのだ。それをわざと急所をさけて、ここを撃ったのは、僕はあいつの殺人予定表にはいっていなかったからだと思うよ。

「そうして僕を遠ざけておいて、その間に、あいつはすっかり予定の行動を終わるつもりかも知れない。だから、僕はこうしていても気が気ではないのだよ。

「君も充分身辺に注意していてくれたまえ。あいつは決して君を殺すことを諦めたわけじゃないのだからね。

「お父さんやお祖母さんにも気をつけて上げなけりゃいけない。夜の見張りは大丈夫だろうね」

「ええ、鞠子のことがあったので、北森さんのお計らいで又家の警戒が厳重になったようです。

「僕はあんな不気味な家にいるよりも、いっそ転宅した方がよくはないかと、父に勧めたのですけれど、父は母の敵を捉えるまで、意地にもこの家に頑張っているんだといって、聞かないのです」

「ウン、転宅するのも一案だが、あいつにかかっては、たとい住まいを変えて見たって同じことかも知れない。何よりも警戒が大事だよ。そして、さし当たっては、綾子さんの行動によく注意することだ。又塔の中へはいるようなことがあったら、決して見逃がさないようにしてくれたまえ」

明智はまだ傷口が癒《い》えていなかったし、食欲も進まず、体力も衰えていたので、これ以上の会話は苦痛らしく見えた。それに、ちょうどその時、遠ざけてあった看護婦がはいって来たので、一郎はそれをしおに暇《いとま》をつげることにした。

「それじゃお大事に」

「ウン、君もよく気をつけてね」

一郎はベッドの明智の顔の上にかがみ込むようにして、親しげに挨拶した。その様子には事件の依頼者と探偵との関係ではなくて、何かしら父と子、或いは兄と弟のようなうちとけたものが感じられた。

一郎が立ち去ると、明智は楽な姿勢に寝返りをして、一《ひ》と言《こと》二た言看護婦に口をきいたが、そのまま目をふさいでしまった。眠ったのではなくて、何か深い考えに沈んでいる様子である。

若い看護婦は所在なく椅子にかけ雑誌を読み、明智は仰臥《ぎょうが》して瞑目《めいもく》したまま、春の日の三十分ほどが、深い沈黙のうちに流れていった。

「アッ、そうだ。あれが俺の盲点にかかっていたんだ」

突如として、ベッドの明智の口から、譫言《うわごと》のような叫び声が漏れた。

「まあ、どうなすったのです。夢をごらんになったの？」

看護婦がびっくりして椅子を立ち、ベッドのそばへ寄って来た。

「ヤ、失敬失敬、なあに、夢じゃないのだよ。考えごとをしていたのさ。そしてね、大発見をしたものだから、つい口に出してしまったのさ」

「あら、そうでしたの？　でも、あまり考えごとなすっちゃ、お身体にさわりますわ。少しお寝《よ》りになっては……」

看護婦はむろん明智の盛名《せいめい》を聞き知っていた。

「フフフフフ、とても寝られないよ。考えごとは僕の恋人なんだからね。今すばらしい恋人を発見したというわけなんだよ。

「君はいろいろな人の家庭を見ているんだから、この世の裏に通じているはずだね。裏ってもの、面白いとは思わないかい。殊に僕の仕事ではね、その裏に又裏があるんだよ。そのもう一つ奥の裏だってあるんだよ。ハハハハハ」

明智はモジャモジャ頭を、無事な方の手で、乱暴に引っかきまわしながら、有頂天《うちょうてん》の有様であった。青白い顔が桃色に紅潮《こうちょう》して、目がキラキラとかがやいていた。

明智ほどの人物をこんなに興奮させる発見とは、そもそも何事であったのか。むろん伊志田家の犯罪についてであろうが、今一郎と論じつくしたばかりのその事件に、いったいどんな新解釈が可能であったのか。

「君、すぐ電話をかけてくれないか。いや、僕の家じゃないよ。麻布《あざぶ》のね、二七一〇番、有明荘《ありあけそう》というアパートだ。そこの越野《こしの》という人を呼び出してね、僕からだといって、すぐここへ来るように頼んでくれたまえ。わかったかい。越野というのは、僕の仕事の手伝いをしてくれる男なんだよ」

看護婦ははしゃぎきっている明智の様子に面喰《めんくら》いながら電話番号を暗記して、部屋を出て行った。

「ああ、俺はなぜそこへ気がつかなかったのだろう。外形にまどわされていたんだ。非常な失策だ。殺さなくてもいい人を殺してしまった。

「だが、越野にうまくやれるかしら。俺が動けるといいんだが、この身体ではとても外出は許されないし」

明智はさももどかしげに、一そう乱暴に髪の毛をかきまわしながら、声に出して独《ひと》り言《ごと》をいうのであった。

第三の銃声

お話はその翌日の夜更け、伊志田邸の塀外に移る。それまでは、同邸には別段の異変も起こっていなかった。だが、その夜、又しても新しい怪事件が突発したのである。伊志田屋敷の裏手には、建物を取毀《とりこわ》したまま永いあいだ空地になっている原っぱがあった。夜更けの十一時、闇の原っぱの立木の茂みの蔭に、人の息遣《いきづか》いが聞こえた。大人ではない。鳥打帽子に紺の詰襟《つめえり》を着た十六、七歳の可愛らしい少年である。木蔭に身を隠して、何かを待っている様子だ。時々立ち上がって、背伸びをして、伊志田邸の例の三階の円塔のあたりを、じっと見つめている。

この少年は明智探偵の助手の小林であった。子供とはいえ、これまでにも明智を助けて、いろいろの手柄を立てた名助手である。病院で明智が伊志田一郎に、塔の合図の見張りをさせてあると語ったのは、この小林少年のことであった。

小林は昨日も一昨日も、同じ場所に宵《よい》から夜明けまで、辛抱強い見張りをつづけていた。だが、円塔の窓にはいっこうそれらしい光も見えないのであった。

「今夜も無駄な見張りをするのかしら。ああ、早く合図の光が現われてくれればいいのに」

暖かい春の夜。野外に夜を明かすのもさして苦痛ではなかったが、ちゃんと昼寝がしてあるのに、何事も起こらない退屈のあまり、ともすれば眠気がきざすのであった。

だが、その夜は睡魔《すいま》に襲われなくてすんだ。夜光時計《やこうどけい》のちょうど十一時、ついに円塔に光りものがしたのである。

「おやッ、あれだなッ」

目をこらせば、闇夜にひときわ黒く聳《そび》え立った円塔の上部、三階の窓とおぼしきあたりに、チラチラと消えては光る電光があった。その点滅の仕方が確かに信号である。あの信号は誰に向かって送られているのか。それを探り出すのが小林少年の役目なのだ。

彼は広っぱの方に向きなおって、闇の彼方をキョロキョロと探し求めた。

すると、おお、見つけたぞ。広っぱの左手の隅の一軒の家の前に、やはり懐中電燈とおぼしき光が、チカチカと点滅しているではないか。

円塔の光と、広っぱの光とは、しばらくのあいだ、相呼応《あいこおう》して、チカチカと瞬きを送り合っていたが、やがて、パッタリとそれが消えてしまった。

小林少年は、闇の中から、じっと双方の光り物を観察していたが、両方とも「信号終わり」という調子で消えてしまったので、今こそとばかり、原っぱの隅の家の方へ歩き出した。相手に見とがめられては大変なので、闇とはいえ、身をかがめ、地物《ちぶつ》を伝うようにして、ソロソロとその方へ近づいて行った。

ところが、そうして二十歩ほども歩いた時である。突然、行く手の闇の中に、ポーッと人の姿が浮き上がって来た。誰かがこちらへ歩いてくるのだ。ひょっとしたら、電光信号を取りかわしていたやつかも知れない。こいつこそ、綾子さんの背後に潜む邪悪の張本人かも知れない。

ハッと身を伏せて窺っていると、相手は小林少年には気づかなかった様子で、急ぎ足に伊志田屋敷の方へ歩いて行く。

身を伏せているつい二、三間《けん》先を通り過ぎたので、夜目ながら、その姿をおぼろに認めることが出来た。それはスラッと背の高い、若い男であった。背広服を着て、ソフト帽をかぶっていた。顔はよく見分けられなかったけれど、眼鏡はかけていないし、口髭もなく、なんとなくノッペリした青年のように感じられた。

見ていると、その青年は、原っぱに捨ててあった毀れかかった荷造り用の木箱を拾い上げて、それを伊志田家の煉瓦塀の下に運んで行った。そして、その木箱を踏み台にして、高い煉瓦塀に飛びつき、モガモガと足を動かしていたかと思うと、とうとう塀の頂上に登りついてしまった。

「さては、あいつ塀を越して、邸内に忍び込むつもりだな」

小林少年は胸をドキドキさせて、その様子を見つめていたが、やがて、青年の姿が塀の中へ消えてしまうと、さてどうしたものかとためらった。表門に廻って邸内の人にこの事を知らせるのも一策だ。又、そのまま青年の跡を追って塀の中へ忍び込み、彼が何をするかを見届けるのも一策だ。

やがて、小林少年は後の方の策をえらぶことにきめた。明智探偵の日頃の教訓に、怪しい人物が現われたら、急いで騒ぎ立てないで、そいつが何をするかをよく観察するがいいという一カ条があったのを、思い出したからである。

そこで、少年はやはり同じ木箱を踏み台にして、塀に飛びつき、器械体操《きかいたいそう》の仕ぐさで難なく頂上に登った。頂上に腹這いになって、庭を見おろすと、十間ほど向こうの木の下を、あの青年が背を丸めて忍んで行くのが見えた。

小林は塀の内側へぶら下がって、音を立てないように注意しながら、邸内に降り立った。そして、やはり木蔭を伝いながら、五、六間の隔たりをおいて、怪青年のあとを追った。

しばらく行くと、眼の前にまっ黒な大入道のような円塔が現われた。青年はその円塔に向かって歩いて行く。目をそらして塔を見ると、その一階の窓にボンヤリと白いものがうごいていた。人の姿だ。どうやら女らしい。

「さては、あれが綾子さんだな。あすこで男の来るのを待っていたんだな」

少年はさかしくも肯きながら、なるべく塔に近い木の茂みをえらんで、身を隠し、じっと監視を続けた。

青年はもうその窓の下に立っていた。かすかに囁きかわす声が聞こえて来る。むろんその意味はわからないけれど、白い人影は窓框《まどがまち》によりかかり、青年は背伸びをして、何かヒソヒソと話し合った。

二《ふ》た言《こと》三言話し合って、しばらく声がとぎれたが、その次に聞こえて来たのは、今までとは違って、低いながらも妙に烈しい口調であった。

「おやッ、畜生ッ」

ハッキリわからないが、なんだかそんなふうに聞きとれた。

そして、その次の瞬間、小林少年はいきなり脳天をうちのめされたような衝撃を感じた。

突如としてどこからか銃声のような恐ろしい音が響いたのである。ハッとして、あたりを見まわしたが、別に怪しい人影もない。ただ、窓の外の青年がクナクナと地上にくずおれて行くのが眺められた。

小林少年は何がなんだか訳がわからなかった。暗さは暗し、青年が倒れたように思ったのも、気のせいかも知れない。ただうずくまっているのかもしれない。

窓の中の人はと見ると、なぜかもう姿が見えなかった。ひっそりと静まって、囁き声も聞こえなければ、物の動く気配もない。

小林は不審のあまり、大胆にも隠れ場所からソロソロと這い出して、耳をすましながら、窓の下へ近づいて行った。

すぐ目の前に妙な恰好で倒れている青年の姿が見えた。死んだように黙り込んで、身動きもしない。

思い切ってそのそばに這い寄り、洋服の腕にさわって見たが、何の反応も示さない。腕から胸へと手を伸ばして行くと、たちまち生温《なまぬる》い液体を感じた。

ハッとして、手を引いて、手についた液体の匂いをかいで見ると、それはまぎれもない血の匂いであった。青年は胸を撃たれて息絶えていたのである。

小林少年はもう何を考える余裕もなく、その辺をウロウロと駈けまわりながら、いきなり大声を立てた。邸内の人々に変事を知らせるための、甲高いわめき声を立てた。

謎又謎

「誰かいませんか。早く来て下さい。大変です」

叫んでいると、やがて、母屋の窓にパッと光がさして、どこかの戸の開く音がしたかと思うと、二、三人の足音があわただしく近づいて来た。先頭に立つ一人が懐中電燈を振り照らしている。屈強な書生たちだ。

「どうしたんだ。オイ、君はいったい誰だ。こんなところで何をしているんだ」

刑事上がりの中年の一人が、小林少年を怪しんで怒鳴りつけた。

「それはあとで云います。それよりも、この人が撃たれたんです。傷をしらべて下さい」

「エッ、撃たれた？　じゃ、今のはやっぱりピストルの音だったのか。おやッ、これは誰だ。見たこともない青年だが、どうしてここへはいって来たんだろう」

懐中電燈をさしつけて、調べて見ると、心臓のあたりを撃たれていて、素人目《しろうとめ》にも、もう手のほどこしようがないことがわかった。

そこへ主人の伊志田氏も、手提げ電燈を持って飛び出して来た。

「御主人、この青年をご存知ですか」

刑事上がりの男に訊ねられて、伊志田氏は死体を入念に観察していたが、

「いや。知らん。見たこともない男だ」

と、不思議そうに答えた。

「この子供が知らせてくれたのですが、この子供もご存知ありませんか」

「フーン、これはいったい、どうしたことだ。君はどこからはいって来たんだ。この男の仲間なのかね」

伊志田氏は二人を夜盗とでも考えたらしい口振りであった。

「いいえ、僕は明智探偵事務所のものです。小林っていうんです」

小林少年は、伊志田氏の手提げ電燈の光の中に顔をさし出して、不服らしく答えた。

「エ、明智さんの？　ウン、少年助手がいるということは聞いていた。だが、君がどうしてここにいるんだね。そして、いったいこの男はどうしたんだ」

伊志田氏はまだ不審がはれなかった。

小林はそこで、塀外の見張りからの一伍《いちぶ》一什《しじゅう》を手早く説明した。

「フーン、それじゃ、この塔の上から懐中電燈で合図をしたものがあるというんだね

……オイ、君、一郎と綾子を呼んでくれたまえ。今応接間の方へ帰るから、そこで待っているように云うんだよ」

書生の一人が駈け出して行ったが、しばらくすると息せき切って帰って来た。

「一郎さんもお嬢さんも、どこを探してもいらっしゃいません。ベッドは空っぽなんです。女中たちも知らないっていうんです」

「何を云っているんだ。そんなばかなことがあるもんか。それじゃ、ここは誰か一人見張り番に残って、みんな部屋へ引き上げよう。そして、警察に電話をかけるんだ。それから、一郎や綾子をもっとよく探すんだ。さァ、小林君も一緒に来たまえ」

伊志田氏は何かイライラした調子で云って、先に立って母屋の方へ歩き出した。

それから時ならぬ家捜しがはじまった。応接間で伊志田氏が小林少年になお詳しいことを質問しているあいだに、四人の書生と女中たちとが手分けをして、母屋はもちろん、円塔の中から、湯殿や手洗所まで探しまわったが、不思議なことに一郎と綾子の姿はどこにも発見されなかった。

間もなく所轄《しょかつ》警察署から係り官がやって来る。引きつづいて警視庁の北森捜査課長が部下の刑事を伴なって到着する。深夜の伊志田屋敷は、部屋という部屋に煌々《こうこう》と電燈が点じられ、庭には懐中電燈の光が交錯して、物々しい光景を呈した。

警察医の検診によって、怪青年は心臓を直射されて即死していることが確かめられ、屍体は一応邸内の空部屋に移された。

一郎と綾子の行方は依然として、まったく不明であった。ピストルは塔の中から発射されたらしいという小林少年の証言によって、塔の内部が綿密に捜索されたが、なんの手掛りも発見出来なかった。

北森課長は書生や女中を一室に集めて、厳重な取調べを行なった。一郎と綾子とが外出するのを見かけたものはないか、二人の寝室に何か怪しい物音でもしなかったかということを、雇い人たちの一人一人に当たって、入念に質問したが、誰もはっきりした答えの出来るものはなかった。

二人の寝室には別に取り乱した跡もないし、玄関のドアはちゃんと内側から締りがしてあった。強いて想像すれば、二人は窓から庭に出て、煉瓦塀をのり越して外出したとでも考えるほかはないのだが、一郎にしても綾子にしても、そんなばかな真似をするはずがなかった。

一方、怪青年の身元については、小林少年の証言によって、北森課長の部下の二人の刑事が、深夜ながら、伊志田邸裏の空地に面した小住宅を訪ねまわった結果、案外たやすく、彼の自宅をつき止めることが出来た。

彼は附近の印刷工場の会計係を勤めている荒川庄《あらかわしょう》太郎《たろう》という二十五歳の青年で、年取った父母と三人でみすぼらしい(注4)長屋《ながや》住《ずま》いをしていた。五十歳にあまる父親は同じ工場の職工であった。

父も母も倅《せがれ》の奇怪な行為については、まったく何も知らぬ様子であった。庄太郎は不良青年というほどではなかったが、どこか風変わりなところがあって、時々勤め先を休んでフラッとどこかへ遊びに行くことがあり、又夜遅く外出することも珍しくなかったという。家にいる時は本ばかり読んでいて、悪友というようなものもなく、これまで悪い噂も立てられたことはないということであった。庄太郎の部屋の本箱を覗いて見ると、主としてフランス物の翻訳文学書がギッシリ詰まっていた。いわゆる文学青年型の男らしいのである。

結局その夜は、怪青年の身元がわかったほかには、これという発見もなく、翌日あらためて捜査を開始することにして、北森課長をはじめ、一同はうやむやのうちに引き上げることになったが、事件はいよいよ奇怪な相貌《そうぼう》を呈して来た。塔上から懐中電燈の合図をしたのは、恐らく綾子であろうが、その合図が何を意味したのか。怪青年荒川は何の目的で邸内に忍び込んだのか、彼を撃ったのは果たして綾子であろうか、だが青年が綾子の共犯者とすれば、なぜ彼女は共犯者を無きものにしなければならなかったのか。

若し綾子が荒川を撃ったとすれば、彼女が行方をくらました理由はわかるが、しかし、若い女の身でいったいどこへ身を隠したのであろう。それよりも不思議なのは、一郎青年の行方不明であった。彼は綾子の犯行を知り、姉に同情の余り、運命を共にして家出を決行したのであろうか。だが、それは日頃の一郎の性格からはなんとなく信じがたい行動ではないか。

麻酔薬

その翌日の午後になって、昨夜顔見知りになっている北森捜査課長の部下の三島《みしま》という古参《こさん》刑事が一人の同僚をつれて、伊志田家を訪ね、もう一度あらためて邸内外の捜索をしたいと申し入れた。

伊志田氏はむろん喜んで承諾した。妻を失い、鞠子を失い、今また一郎と綾子が行方不明となって、残るは老母と伊志田氏とただ二人、さすが強情な伊志田氏も、茫然自失為《な》すところを知らぬ体《てい》であった。

三島刑事は、伊志田氏の案内によって、犯罪現場の庭から、円塔内部の各階、一郎、綾子の寝室と、順序よく調べて行ったが、昨夜同様、何一つ手掛りらしいものを発見することが出来なかった。

「念のためにほかの部屋も一《ひ》と通《とお》り見て廻りたいのですが」

刑事の言葉に、伊志田氏は又先に立って、まず階下の部屋部屋を案内した。階下には大小八つの部屋があったが、七つ目までは別段の発見もなく、あとには母屋から円塔への通路に接した空部屋が残っているばかりであった。

「ここは物置きになっているのです。不用の机や椅子などがほうり込んであるのです」

「そうでしたね。昨夜も確かここは調べたのですが、何ぶん懐中電燈の光ですから、充分というわけにはいきませんでした」

三島刑事はそんなことを云いながら、ドアを開いてその部屋へはいって行った。

いろいろながらくた道具がゴタゴタと並べてある一方の隅に、厚いカーテンが下がっていた。刑事はまっ先にそのカーテンに進み寄って、サッと開いたが、開いたかと思うと、アッと叫んで、思わずあとじざりをした。

そのカーテンの蔭の道具類のあいだに、一人のパジャマ姿の男が、俯伏せに長々と横たわっていたからだ。

伊志田氏も刑事の叫び声に驚いて、その場に近づいて来た。そして、一と目倒れている人の姿を見ると、

「アッ、一郎だ。一郎、どうしたんだ」

と大声を立てて駈け寄った。

「この方が一郎さんですか」

「そうです。やられているのかも知れない。見てやって下さい」

刑事も手伝って、倒れている人を仰向けにして、身体じゅうを調べて見たが、別に負傷している様子もない。

「一郎、しっかりしなさい。オイ、一郎、一郎」

伊志田氏は烈しく肩を揺り動かすと、一郎は何か訳のわからぬことを呟きながら、目を開いて不思議そうに父の顔を見た。

「ア、気がついたな。さア、しっかりするんだ。いったいこれはどうしたというのだ」

なお身体をゆすって、力をつけると、一郎はやっと正気を取り戻したらしく、もそもそと身動きをして、父に助けられながら、上半身を起こした。

「この方は？」

目で刑事たちをさし示す。

「警察の方だよ」

それを聞くと、一郎はびっくりしたように目を見はった。

「じゃ、何かあったのですか……綾子姉さんはどうしました」

「なぜそんなことを聞くのだ。綾子がどうかしたのか。お前はそれを知っているのか」

伊志田氏は一郎が綾子の行方を知っているのではないかと考えた。

「いいえ、なんでもないのです。でも、姉さんに変わったことは起こらなかったのですか。今どこにいるんですか」

「それはあとで話そう。それよりも、お前はどうして、そんな妙な所に倒れていたんだ。先《ま》ずそれを思い出してごらん」

「どうしてここにいるのか、僕にもよくわからないのです。なんだか永いあいだ睡《ねむ》っていたような気がしますが、今日は何日《いつか》なんですか」

「何日といって、お前昨夜の食事はわしと一緒にたべたじゃないか」

「そうですか。じゃ今はあの翌日なんですね。すると僕は一と晩ここに睡っていたわけです。昨夜の十一時少し前までのことは覚えているんだから」

「ホウ、十一時といえば、ちょうどあの事件の頃ですね」

三島刑事は思わず呟いた。

「エッ、あの事件って、じゃ、やっぱり何か事件があったんですね。それを聞かせて下さい。誰がやられたのです」

「ともかくあちらの部屋へ行こう。そして、ゆっくり話そう。お前歩けるかい」

伊志田氏がやさしく訊ねると、一郎はやっとの思いでフラフラと立ち上がった。

「なんだか目まいがするけれど、なあに大丈夫です」

伊志田氏と三島刑事が両方から腕を支えて、応接室までたどりつき、一郎をそこの長椅子に掛けさせた。伊志田氏の指図で、女中が葡萄酒《ぶどうしゅ》と水とを運んで来た。

先ず伊志田氏から、昨夜の出来事をかいつまんで話して聞かせると、一郎は驚きの目をみはって聞いていたが、やがて、葡萄酒に唇を湿しながら、彼の記憶を語り出した。

「僕は昨夜十一時少し前、僕の寝室の前を誰かが通り過ぎる足音を聞いたのです。みんなもう寝たはずだし、手洗所へ行くのには、僕の部屋の前を通らなくてもいいんだし、変だなと思ったのです。足音の消えていった方角には、空部屋か、そうでなければ塔の入口しかないのですからね。

「僕は、ひょっとしたら誰か塔の中へ忍んで行くのじゃないかと思いました。綾子姉さんが、塔の三階から懐中電燈の信号をするらしいことは、明智さんに聞いていたのです。そして、それとなく姉さんの挙動を注意するように云われていたんです。

「むろん、僕は姉さんが今度の事件の犯人だなんて考えられません。そんなことはあり得ないと思うのです。誰かほかのやつが姉さんの姿に化けていたのかも知れません。ええ、きっとそうです。でなけりゃ、あんなことが出来るはずはありません。姉さんがあんなことするなんて、想像出来ないのです」

一郎は何事か思い出したらしく、急に興奮の色を見せた。

「あんなことというのは？」

伊志田氏が不安な面持ちで聞き返した。

「それはこうなんです。その足音を不審に思ったので、僕は明智さんから云われていたことを思い出し、ベッドを降りて、音を立てないように、ソッと廊下へ出て見たのです。

「足音をやりすごしておいてから、廊下へ出たので、もう人の姿は見えなかったけれど、誰かが塔の方へ行ったことは確かなんです。ですから、僕も壁を伝うようにして、足音を忍ばせながら、その方へ歩いて行きました。

「塔の通路には、電燈がついていないので、僕の部屋から一つ角を曲がると、突然廊下が暗くなります。僕はその暗い廊下へはいって行きました。

「そして今考えて見ると、あの僕の倒れていた物置部屋の前あたりにさしかかった時に、僕は背中の方で、スーッと空気の動くのを感じたのです。誰かうしろに人がいるのです。

「僕は前の方ばかり注意していたので、うしろから人が近づいて来る気配を感じて、ギョッとしました。それで、思わず立ち止まって、うしろを振り向こうとしたのですが、それよりも先方《むこう》がすばやかったのです。

「僕は誰かわからないやつに、うしろからグッと抱きしめられました。それと同時に、僕の鼻と口が何かに濡れた布のようなもので、ピッタリ塞がれてしまったのです。

「なんとも云えぬいやな匂いでした。僕はその烈しい匂いを腹一ぱい吸い込んでしまったのです。すると、なんだか、身体が深い海の底へでも沈んで行くような気持がしました。今考えて見れば、麻酔剤だったのです。

「それから僕は怖いような美しいような、訳のわからない夢を見つづけていたのですが、正気を失った僕は、そいつのために、あの物置部屋のカーテンの蔭へ連れ込まれたのに違いありません。

「これが僕の知っている全部です。綾子姉さんが僕に麻酔剤を嗅がせるなんて考えられないことです。第一、姉さんはそんな薬を持っているはずもないのですからね」

一郎は語り終わって、グッタリと長椅子に身を沈めた。

「フーン、そうでしたか。すると、犯人はあなたが邪魔をしないように、麻酔させておいて、それから塔に上って信号をはじめたわけですね。その信号に応じて、荒川という青年が塔の下まで忍んで来る。それを犯人が何かの理由で射殺したという順序ですね。しかし、それにしても、どうもわからないところがある。あなたもおっしゃるように、お嬢さんが、あなたを麻酔させたり、荒川を撃ったりなさるというのは、まったく想像出来ないことですからね」

三島刑事が眉に皺をよせて、小首をかしげながら考え深い調子で云った。

「そうです。私も綾子がそんな真似をするとは、どうにも考えられない。明智さんは、綾子が塔に上って信号しているのを見たというのだが、何かそこに間違いがあるのじゃないかと思うのです。

「その時も、綾子を呼んで、明智さんの前で、充分問いただしたのですが、綾子はまったく覚えがないというのです。自分の娘を庇《かば》うわけじゃありませんが、どうも綾子が嘘を云っているようには思わぬ。それに、第一、あの子が、母や妹を殺すなんて、そんなばかばかしいことがあるわけはないのですからね」

伊志田氏は、昨夜そのことが小林少年の口から漏れて以来、綾子がまるで犯人のようにあつかわれているのが、忿懣《ふんまん》に耐えないのであった。

「いずれにしても、お嬢さんの行方を探さなければなりません。犯人がお嬢さんをどこかへ連れ去ったとすれば、一刻もぐずぐずしてはいられないわけですし、若《も》しそうでないとしても、お嬢さんさえ探し出せば、恐らくあの荒川という不思議な青年のことも、何かわかるかも知れません。この際何をおいても、お嬢さんの行方を突きとめるのが、第一の急務です」

「しかし、綾子がどこへ連れ去られたのか、まったく手掛りもないのですからねえ」

伊志田氏は憮然《ぶぜん》として云うと、三島刑事は気の毒な父親を力づけるように、それを打ち消した。

「いや、まだ失望なさることはありません。われわれは捜査らしい捜査はしていないのです。これからですよ。それには又いろいろ手段もあるのです。

「例えばですね、犯人がお嬢さんを誘拐したとすれば、いくら夜更けでも、まさか担いで行くわけにはいきませんから、必ず乗り物を利用しているに違いありません。恐らく自動車でしょう。ですから、先ず自動車のガレージなり運転手なりを調べて見るという手段があるわけです。

「それから、この附近の通行人を調べる方法もあります。夜更けの事ですから、町内の夜番とか、支那蕎麦屋《しなそばや》とかですね。又附近の住宅を虱《しらみ》つぶしに調べて行けば、まだ十二時前だったのですから、この辺を歩いていた人がないとも限りません。その中にお嬢さんをつれた怪しい人物を見かけたものでもあれば、それが出発点になって、だんだん捜索の歩《ほ》を進めて行くことが出来るのです。

「われわれはこれからすぐ、その方面の調査を始めて見ようと思うのですよ」

綾子の行方

ちょうどそのとき、書生がはいって来て、三島刑事に北森捜査課長から電話がかかって来たことを告げたので、刑事は中座して電話室へ立って行ったが、間もなく、明るい顔になって戻って来た。

「やっぱり僕の考えた通りでした。自動車が見つかったのですよ」

「エッ、自動車が？」

伊志田氏と一郎青年とが、ほとんど同時に、叫ぶように聞き返した。

「そうです。うまいぐあいに、向こうから名乗って出たやつがあるのです。昨夜の事件が第一夕刊に出たのを見て、今警視庁へ訴えに来た運転手があるんだそうです。

「その運転手をここへよこしてもらうことにしました。警官がつき添って、すぐそちらへ行くからということでした」

「綾子を乗せたというんですか」

「ええ、それらしい洋装の若い女をこの附近で乗せたというんだそうです。服装もよく合っていますし、時間もちょうど十一時少し過ぎだったというのです」

「犯人に連れられていたのですか」

「それが妙なんです。その女は一人きりで、誰も連れてはいなかったと云っているのです。この点が少し腑《ふ》に落ちませんが、しかし、ほかのことはよく符合しています」

「で、どこへ行ったのです。行く先は？」

「芝《しば》の高輪《たかなわ》の辺だというのですが、運転手も町の名を知らないのです。もう一度行って見ればわかるだろうというのだそうです。

「その女は、どこへとも云わないで、ただ品川《しながわ》の方角へ走ってくれと命じて、高輪辺で、突然車を止めさせると、ここでいいからといって降りてしまったのだそうです。

「その運転手は自分の自動車に乗って警視庁へ出頭しているというので、それじゃ、一度ここへ来てもらって、われわれがその車に乗って、昨夜通った道をもう一度走らせて見ようということになったのです」

伊志田父子にとって、それは吉報というよりは、むしろ凶報のように感じられた。綾子がただ一人自動車に乗ったとすれば、想像していたような誘拐ではなく、自由意志と見るほかはなく、したがって彼女は逃亡したということになるからであった。ああ、やっぱり綾子は恐ろしい罪を犯していたのであろうか。その罪の発覚を恐れて身を隠す決心をしたのであろうか。

伊志田氏と一郎とは、それを口に出して云うことは出来なかったが、不安に耐えかねて、青ざめた顔を見かわすのであった。

それから三十分ほど後、その運転手が、自分の車に監視の警官を乗せて、伊志田邸に到着した。

三島刑事は、運転手を応接間に呼び入れ、伊志田氏に綾子の写真を借りて、それを見せると、

「その娘さんはなんだか顔を隠すようにしていたので、はっきりしたことは云えないけれど、この人とよく似ていたように思う」との答えであった。なおいろいろ質問したが、電話で聞いていた以外には、これという新しい申立てもなかった。

そこで、二人の刑事は、伊志田氏に暇《いとま》を告げ、監視の警官と共にその自動車に乗って、綾子らしい女の下車した場所を確かめるために出発した。

途中別段のこともなく、車は京浜《けいひん》国道を一直線に走った。高輪を過ぎ品川に近づいていた。

「確かここいらの横町へ曲がったんです。ア、そうだ、あの薬屋の看板に見覚えがあります。あの横町でした」

運転手は半ば独り言のように、そんなことを云って、車を横町へ乗り入れたが、ゆるゆると運転して、やや一丁ほども進んだ頃、

「ここです。このポストです。ポストを越してすぐ止めよと云われたんです。ちょうどここいらだったと思います」

町のまん中に車がぴったり止まった。

「で、君はその女がどちらへ行ったか、気がつかなったのかね」

三島刑事が訊ねると、運転手は頭をかいて、

「さァ、それがわからないのですよ。なんでもあちらへ歩いて行ったように思うのですが、僕はガレージへ帰る時間が迫って、急いでいたものですから」

「その頃、この辺の商店はまだ店をあけていたかね」

「おおかた閉めていました。でも、いくらかまだ戸締りをしない店もあったようです」

「ともかく、降りて見よう。君はここで待っていてくれたまえ」

三島刑事は同僚の刑事を促して車を降り、その辺の商店をジロジロ眺めながら歩き出した。

「君、女はここで何をしたと思うね。一つ逃亡した娘の気持になって、考えて見ようじゃないか」

「友達の家がこの辺にあるんじゃないでしょうか。それとも宿屋かな」

若い刑事が小首をひねりながら答えた。

「この辺に宿屋はないよ。友達の家というのも、なんとなく腑に落ちない。僕はもっと別の事を考えているんだよ。あの娘は何よりも先《ま》ず行方をくらまそうとしたに違いないね。それにはどんな素人でも、第一、気づくことがある。

「ああ、ここだ。僕はさっきからこの店を探していたんだよ。あの娘はここへはいったに違いない」

三島刑事が立ち止まったのは、一軒の古着屋の前であった。さすがに老練な刑事は逃亡者の心理を解していた。逃亡者は何よりも彼自身の服装が気になるのだ。服装さえ変えてしまったら、人目をくらますことが出来ると考えるのだ。

刑事はツカツカとその店にはいって、そこに坐っている主人らしい老人に、肩書のある名刺を出した。

「少し訊ねたいことがあるんですが、あなたのところは昨夜十二時頃、まだ店をあけていましたか」

「ヘエ、その頃まであけていたように思いますが……」

老主人は商売がら警察の取調べには慣れているので、さして物おじするふうもなく答えた。

「たぶん十一時半から十二時までのあいだだと思うが、若い女の客はなかったでしょうか。洋装をした二十歳ぐらいのお嬢さん風の娘なんだが」

「ああ、あれですか。お見えになりました。わたくしも、なんだか変だと思いましたが、お客様ですから、お断わりするわけにもいきませんので……」

「その娘は何を買ったのです」

「銘仙《めいせん》の袷《あわせ》と帯と、それに襦袢《じゅばん》から足袋《たび》まで一《ひ》と揃《そろ》い売りました」

「ここで着替えをしたのではありませんか」

「いいえ、包みにしてお持ちになりました。仮装会があるんだとかおっしゃいましてね。今朝になって、上総屋《かずさや》というこの並びの履物屋さんに聞いたのですが、その娘さんは、手前の店を出てから、その上総屋さんで、草履《ぞうり》を一足買って行ったらしゅうございますよ。

「わたくしも、あとになって、なんだか変だと思っていたところでございます」

三島刑事の想像は見事に的中した。やっぱり逃亡者は先ず変装のことを考えたのだ。恐らく着物と草履を買い求めた直後、どこかで、公園の闇の中とか、若《も》しくは蕎麦屋の二階というような場所で、着替えをしたのであろう。

刑事たちは、古着屋の売ったという着物と帯の柄を手帳に控えて一応自動車に戻ったが、それから先の足取りを確かめるのが、また一と仕事であった。

「さて、着替えをすませた娘さんがどこへ行ったと思うね。僕は今度こそ宿屋だろうと考える。田舎娘《いなかむすめ》か何かに化けて、安宿に泊まったんだね」

三島刑事は同僚に話しかける形式で、実は自問自答するのであった。

「本来なれば宿屋なんかに泊まらないで、すぐ汽車に乗って高飛びしたいところだが、東京の駅はどこへ行っても、十二時すぎに発車する汽車はない。夜の明けるのを待たなければならぬ。

「夜更けに泊まって怪しまれない宿屋といえば、さしずめ駅前の旅館だ。駅前なれば、翌朝になって汽車に乗るのにも便利なわけだからね。

「そこで、僕は、娘さんが目ざしたのは品川駅だと推察するんだ。ここから品川駅はすぐなんだからね。わざわざここまで来て、東京駅や新宿《しんじゅく》、上野《うえの》などへ戻るということは、先ず考えられない。高輪の古着屋を選んだのは、ただ品川に近いからなんだ。

「どうだい、この僕の考えは、あの娘さんは品川駅のそばの安宿に泊まったのじゃないのだろうか」

「そうですね。どうもその辺が図星らしいですね」

若い刑事は、先輩の想像力に感服したように合槌《あいづち》を打った。

「じゃ品川だ。駅の近くの旅人宿を片っぱしから調べるんだ。運転手君、迷惑ついでに品川駅までもう一と走りしてくれないか」

「ようござんす。こうなったからには、どこまでもご用をつとめますよ」

運転手は気さくな男であった。

「ホテルなんかじゃない。あの地味な和服は安ホテルにもしろ、ホテルへ泊まるという柄じゃない。やっぱり日本宿だ。なるべくみすぼらしい日本宿を探すんだ」

二人の刑事は品川駅の附近で自動車を降りると、交番の巡査に聞き合わせて、次々と旅人宿を調べて行った。品川駅近くには旅館が軒を並べているというわけではないが、しかし、表通り裏通りにチラホラと点在して、十数軒の旅人宿がある。

尋ね尋ねて十一軒目、とある裏通りの、尾張屋《おわりや》という古風な日本旅館には、玄関をはいらぬ先から、なんとなくそれらしい匂いが感じられた。

土間に立って名刺を出すと、五十あまりの番頭が、うやうやしく敷台《しきだい》にうずくまった。三島刑事は声を低くして、綾子の人相風体を告げ、昨夜遅くそういう娘が泊まらなかったかと訊ねた。

「ヘエ、そのお方なら、お泊まりでございますが、何か……」

番頭はニヤニヤ笑って揉《も》み手《で》をした。

「エッ、泊まっている？　じゃ、まだいるんだね」

三島刑事は思わず弾む声を抑えるのがやっとであった。この喜びは刑事でなくては味わえない。

「ヘエ、二階でお寝みでございます。お加減が悪いとおっしゃって」

「君、間違いないだろうね。確かに今云った着物を着ていたかい」

「ヘエ、着物も帯もおっしゃる通りでございます」

「宿帳は？」

老番頭がさし出す宿帳には、なんだか筆蹟《ひっせき》を隠したようなぎこちない字で、

静岡県三島町宮川五六、井上《いのうえ》ふみ、二十歳

と記してあった。

「寝ているんだね」

「ヘエ」

「それじゃ、一つその部屋へ案内してくれないか。少し調べたいことがあるんだ」

「ヘエ、それではどうぞ」

老番頭は唯々諾々《いいだくだく》として、みずから案内に立った。二人の刑事は、靴をぬいで、足音を忍ばせるようにして黒光りのする広い階段を、番頭のうしろから上がって行った。

狂気の家

二人の刑事は案外易々と、目的を達した幸運を喜びながら、番頭を先に立てて、二階の綾子の部屋を襲った。

三島刑事の指図で、先《ま》ず番頭が襖《ふすま》をあけた。

「ごめん下さいまし」

猫撫《ねこな》で声で、静かに部屋へはいって行ったが、二《ふ》た言三言《こと》なにか云っていると思ううちに、おやッという、唯《ただ》ならぬ叫び声が聞こえて来た。

「旦那、もぬけの殻《から》です。これごらんなさい。こんなもので、まるで寝ているようにごまかしてあるんです」

刑事たちが踏み込んで調べて見ると、蒲団を人の寝ているような形にふくらまし、頭のところには丸めた座蒲団を入れて、それに手拭《てぬぐい》をかぶせてあった。綾子の持ち物は何一と品残っていない。

さっそく係りの女中を呼んで訊ねて見ると、この部屋の客は、昨夜おそく、少し加減が悪いので、朝寝坊をするから、昼頃まで起こさないようにと女中に云いつけたことがわかった。

「でも、あんまりお目ざめにならないので、さっきから二度ばかり、襖を細目にあけて覗いて見たのですけれど、向こうをむいてよくおよっていらっしゃるようでしたので、そのままにしておいたのです。まさかこんな細工がしてあるとは気がつかなかったものですから」

女中は極《きま》りわるそうに弁解するのであった。

玄関の履き物を調べさせて見ると、綾子のはいて来た草履が、いつの間にか無くなっていることがわかった。

結局、綾子は、昨夜おそくか、今朝あけがたに、宿の者の目を盗んで、草履を持ち出し、裏口からでも立ち去ったものとしか考えられなかった。

三島刑事は、最後の土壇場《どたんば》でまんまと裏をかかれた口惜《くや》しさに、躍気《やっき》となって附近を調べまわったが、綾子らしい姿を見かけた者は一人もなかった。

足跡もなければ、遺留品もなく、附近の人にも見られていないとあっては、捜査の手段も尽きたのであるが、なお念のために品川駅の改札係などに、綾子の風体《ふうてい》を告げて、その朝の列車に乗り込まなかったかと訊ねまわって見たが、誰一人そういう娘を記憶にとどめているものはなかった。

かくして、伊志田綾子は、巧みにもこの世から姿を消してしまったのである。警視庁は、東京全市(注5)はもちろん、東海道沿線の各駅の警察署に、綾子逮捕《たいほ》の手配をしたことはいうまでもないが、二日たち三日たっても、どこからも吉報はもたらされなかった。信じがたいことであるが、二十歳の小娘は、どんな大犯罪者も及ばぬ恐ろしい智恵を持っているように見えた。警察を出し抜き、名探偵明智小五郎を病院のベッドに呻吟《しんぎん》せしめ、まんまと三重の殺人を犯して、ついに気体の如く消え失せてしまったのである。

綾子の美貌はあらゆる新聞に写真版として掲げられ、この美しい娘がと、全読者を仰天させ、戦慄させたが、世間の騒ぎもさることながら、当の伊志田家の人々の悲歎と焦慮とは、その極点に達し、あの陰々《いんいん》たる赤煉瓦の建物の内部は、今やこの世ながらの地獄であった。狂気の世界であった。

さすがに強情我慢な主人の伊志田氏も、妻を失い、子を失い、しかもそれらの殺人の下手人《げしゅにん》が綾子であったと聞かされ、確証を見せつけられ、その綾子は今どことも知れぬ他国の空に、ジリジリと狭まって来る警察の網の中に、ただ一人身を悶《もだ》えているのかと思うと、何をどう考えていいのだか、物思う力も尽きはて、ただ茫然と、狂気の一歩手前に踏みとどまっているばかりであった。

七十八歳の祖母は今やまったく狂人であった。彼女は何を思ったのか、古い白無垢《しろむく》の着物を着て、昼も夜も仏間《ぶつま》に坐りつづけていた。

仏壇の扉を左右にあけ放ち、何本となく蠟燭《ろうそく》を立てつらねて、一心不乱に経文《きょうもん》を読《どく》誦《じゅ》しながら、絶え間なく伏鉦《ふせがね》を叩きつづけ、誰が言葉をかけても、憑きものがしたように振り向きもしなかった。

一郎青年は、一郎青年で、負傷がやっと治ったかと思うと、麻酔薬に倒れて、一夜を物置に過ごした疲労から、ほとんど放心状態で、昼もベッドに横たわっていた。

だが、伊志田一家の不幸はそれで終わったわけではない。綾子が尾張屋を抜け出したことが確かめられてから三日目の夜、又しても恐ろしい呪いの影が、取り残された三人の上におそいかかって来た。

その夜八時頃、伊志田氏の書斎の卓上電話のベルがけたたましく鳴り響いた。居合わせた伊志田氏が受話器を取ると、突然、妙にしゃがれた笑い声が聞こえて来た。

「伊志田さん、お前さんが今どんな気持でいるか、俺にはよくわかるよ。ハハハハハ、俺は愉快でたまらないんだ。もう少しで俺の目的がすっかり果たせるのだからね。というのはね、つまり俺の仕事は……お前さんの不幸はまだ終わっていないという意味だよ。ハハハハハ、想像がつくかね。俺のほんとうの相手はお前さんなんだよ。これまでの仕事は、いわばその前奏曲《ぜんそうきょく》みたいなものさ。ハハハハハ、せいぜい用心するがいいぜ」

切れ切れにそんな意味のことを云って、声が途絶えてしまった。ひどくしゃがれた声で、男とも女とも老人とも青年とも見当がつかなかった。

伊志田氏はそれを聞くとほんとうに気が違いそうになった。殺人犯人から電話がかかって来たのだ。しかも、その犯人というのは娘の綾子としか思われないのだ。ああ、なんということだ。たといあの娘に地獄の悪鬼が憑いているにしても、正気を失って、悪鬼の命ずるままに行動しているにしても、こんな恐ろしいことが世にあり得るのであろうか。伊志田氏は、自分の頭がどうかして、ほんとうの声ではなくて、幻聴《げんちょう》におびやかされているのだとしか考えられなかった。

だが、それが幻聴でなかった証拠には、その同じ夜、伊志田氏は悪魔の声の主を見たのである。例の影のような黒覆面の人物をまざまざと見たのである。

九時半頃であった。伊志田氏は就寝前に入浴する慣《なら》わしだったので、その夜も湯殿のタイルの浴槽に浸《つか》っていた。その後充分洗い清めたとはいえ、亡妻の血を流したあの浴槽である。別に湯殿を造るつもりではあったが、重なる不祥事《ふしょうじ》のために、まだその暇が無かったのだ。

廊下には書生が見張り番を勤めていた。窓の外の庭も、ほかの書生が巡廻をおこたらなかった。

伊志田氏は浴槽に浸って、ガラス窓の外の闇を見つめていた。今しがた書生の姿が、その前を歩いていったばかりだ。怪しい者が、いるはずはない。だが、そう信じながらも、おびえた目を闇に向けないではいられなかった。

すると、今立ち去ったばかりの書生の黒い影が、窓の外へ戻って来るのが見えた。どうしたのかと眺めていると、その黒い影は必要以上に窓に接近してきた。接近するにつれて、浴室の電燈の光で、そのものの姿がだんだんハッキリした。

「おやッ、あいつ気でも違ったのじゃないか」

伊志田氏は吹き出したくなった。どういうわけか腹の底から、おかしさがこみ上げて来た。

書生はインバネスのようなものを羽織《はお》って、黒い布で頭を包んでいた。そして、その布の中から目だけを出して、じっとこっちを見つめながら近づいて来た。伊志田氏の顔から笑いの影が消えて行った。そして、なんとも云いようのない恐怖の色が浮かんだ。

覆面の人物は鼻の頭がガラスに着くほど、窓の外に接近していた。黒布をくり抜いた二つの穴から、誰かの目が、瞬きもせず伊志田氏を睨みつけていた。

さきほど電話をかけたやつが姿を現わしたのだ。では、このガラス窓にくっついている、まっ黒な怪物があの「綾子」なのであろうか。伊志田氏が咄嗟にそれを考えたことはいうまでもない。

父は浴槽に首だけを出し、娘は覆面に顔を包んでガラスの外から父を覗いている。この気違いめいた、怪談めいた事実が、伊志田氏を極度に惑乱《わくらん》させた。

恐ろしいけれど、叫んでいいのかどうかわからない。書生が来て怪物を捕えてくれることが望ましいようにも思われ、絶対にそんなことがあってはならないようにも思われた。

だが、ガラスの外にいるやつは、人情を解しないのだ。何か途方もないものに憑かれているのだ。黙っていたら、いきなりピストルを発射するかもしれない。

「そこにいるのは、綾子じゃないのか！」

伊志田氏は、熱病にうなされているような声で、気違いめいたことを叫んだ。

相手は黙っていた。ただ黒布の穴の両眼が異様に光っているばかりであった。

たっぷり一分間ほど、異様な睨み合いがつづいた。覆面の人物の気持は推察の限りでないので、伊志田氏の方は、その一分間に、四、五日分の思考力を一気に使い尽したような感じで、たちまちゲッソリと痩せ衰えるほどの疲労を覚えた。

伊志田氏は湯の中に浸ったまま、身動きも出来ないでいたが、いよいよ思い切って、浴槽から飛び出そうと考えた。だが、彼が、それを実行する前に、窓の外の怪物が、突然妙な声で笑い出した。内しょ話のようなかすれ声で、嘲《あざ》けるが如く、憐《あわ》れむが如く、ともすれば泣いているのではないかと思われるような不思議な声で、笑いつづけた。

伊志田氏は、怪物がたとい我が娘にもせよ、その人でなしの笑い声の恐ろしさに、慄《ふる》え上がった。彼は、いきなり大声に救いを求めながら、浴槽から飛び上がり、裸体のまま、廊下の方へ走り出さないではいられなかった。

たちまち書生たちが駈けつけて来た。庭にも書生の叫ぶ声が聞こえた。そして騒がしい怪物追跡が始まったが、覆面の人物は、いつの間に、どこをどうして逃げ去ったのか、庭じゅうを探しまわっても、ついにその姿を発見することが出来なかった。

伊志田家の娘としての綾子は、行方をくらましてしまった。そして、再び帰って来た時には、まったく悪魔と化身《けしん》していた。ただ覆面の怪物として、邸内をさまよった。彼女はなぜ家出したのか。それは一切の人界の絆《きずな》を断ち切って悪魔になりきってしまうためではなかったか。そういう考えが、伊志田氏は元より一郎青年を、恐怖と非歎のどん底におとしいれた。

翌朝、このことが警視庁に報ぜられたのは云うまでもない。そして、北森捜査課長の計らいで、伊志田家の警戒は更《さ》らに一そう強化されたが、黒い怪物は、物質界の法則を無視するかの如く、思いもよらぬ時、思いもよらぬ場所へ、その不気味な姿を現わした。

ある時は、着替えをするために、洋服の戸棚を開くと、かけ並べた洋服にまじって黒い釣鐘インバネスが下がっていた。よく見ると、それには黒い頭部があり、くり抜いた二つの目が光っていた。そして、あの内しょ話のような笑い声を立てた。

しかし、伊志田氏はその怪物を捉えることが出来なかった。

黒いやつはピストルをつきつけて、老人のような笑い声を立てながら、立ちすくむ伊志田氏を尻目に、悠々と部屋の外へ姿を消してしまった。そして、書生たちが現場に駈けつけた頃には、例によって、怪物は蒸発したかの如く影も形も見せないのであった。

ある夜更け、伊志田氏が何か妙な物音に、ふと目を覚ますと、寝ているベッドの下から、黒い影のようなものが、スーッと這い出して来て、覆面の頭をこちらに向けて、嘲けるような笑い声を立てた。

又ある時は、伊志田氏の書斎の入口の、ドアの上の通風窓に、黒い人影が猿のようによじのぼって、そこからじっと部屋の中を見おろしていた。

一郎青年はたまらなくなって、ある日、病院の明智小五郎に電話をかけた。

「先生、助けて下さい。僕はもうどうしていいかわからなくなりました」

彼は電話口で悲鳴を上げた。その声には何かしら狂気の前兆のようなものが感じられた。

「あいつが又戻って来たんだろう」

明智の静かな声が聞こえた。傷もほとんど癒えて、もう電話室へ歩いて来られるほどになっていたのだ。

「そうです。先生もお聞きになったのですか」

「ウン、北森君が知らせてくれた。だが、知らせてくれなくても、僕にはわかっていたのだよ。なぜといって、あいつは僕の所へも電話をかけて来たんだからね」

「エッ、先生に電話を？」

「ウン、例の老人とも、若者とも判断のつかない変な声でね。いよいよ悪魔の事業の最後の段階にはいったのだと知らせて来たよ」

「最後の段階ですって？　それは……」

「それは多分、一家の中心である君のお父さんと、それから君自身への危害を意味するのだろうと思う」

「そうです。そうに違いないのです。先生、助けて下さい。あなたはいつ退院なさるのですか」

「あさってあたりお許しが出そうだよ。そうすれば、すぐ君の所へ行って上げる」

「明後日《あさって》ですって。そんなに待てるでしょうか。僕はなんだか、あしたまでも生きていられないような気がします」

「充分用心していたまえ。今日と明日と二日間、君が自分で身を守りさえすれば、その次の日には、僕が必ず犯人を捕えて見せる。君に約束しておいてもいい、今度こそ間違いないよ」

　明智が子供らしいことを云った。日頃の彼の調子ではない。いったい何を考えているのであろう。

「それはどういう意味でしょうか。何かお考えがあるのですか」

「ウン、少し考えていることがあるんだよ」

「しかし、先生、僕は犯人が捕えられることを喜んでいいんだか、悲しんでいいんだかわからないのです。犯人が誰だかということは、もう間違いないのですからね」

「君は、それを少しも疑わないのかい。確信しているのかい」

「ええ、出来るなら信じたくないのですけれど、こんなに不利な証拠が揃っちゃ、もう疑うわけにはいかなくなりました」

一郎は悲しげに溜息を吐いた。

「しかし、僕はまだ信じてやしないんだよ。そんなことは人間の世界には起こり得ないと思うんだ。神が許さないと思うんだ。どこかに非常な錯誤《さくご》がある。僕は必ず錯誤を発見して見せるつもりだよ。ああ、早く病院を出たいもんだなあ」

「先生、それを聞いて僕はなんだか、少し明るくなったような気がします。でも、あさってというのは待ち遠しいですね。僕たちはそれまで無事でいられるでしょうか」

「多分大丈夫だろうと思うよ。なぜといって、今度は、あいつはただ姿を見せるだけで、少しも危害を加えようとしないじゃないか。あいつはしばらくのあいだ、君たちの恐怖を楽しむつもりなんだよ」

「そういえば、そうですね。しかし、いつ気が変わらないとも限りませんし……」

「だから、充分用心するんだ。書生たちのほかに、警視庁からも人が行っているんだろう」

「ええ、それは、物々しすぎるくらいです」

「じゃ、君たちはいつもその人たちを側へおくようにするんだ。お父さんにしろ、君にしろ、一分間も一人きりにならないようにするんだ。なあに心配することはないよ。僕の考えが間違っていなければ、今日明日のうちには、何事も起こらないはずだ。僕が請合《うけあ》って上げてもいい」

明智は何か頼むところあるものの如く、きっぱりと云いきるのであった。

この電話による奇妙な会話は、冷静な第三者には、なんとなく腑に落ちぬところがあった。この重大な事柄を電話などで話し合う一郎も非常識であったが、それに応じて、退院の日取りだとかそのほか大切なことを、軽々しく口にするというのは、日頃の明智に似ぬ軽卒な態度であった。

だが、名探偵の言動にはいつも裏がある。この一見軽卒に感じられる会話にも、何か深い裏の意味がこもっていたのではなかろうか。

最後の犯罪

さて、その翌朝八時頃のことである。

伊志田氏の寝室の前の廊下に、一脚の肘掛椅子が置かれ、そこに書生の中では最年長者の刑事上がりの男が、グッタリと腰かけて、正体もなく眠っていた。

彼は徹夜して主人の部屋を守護する役目であったが、それがまるで酒にでも酔いつぶれたように、鼾《いびき》さえかいて眠っているというのは、なんとも変なことであった。

そこへ、階段に足音がして、別の書生が、交代のためにやって来たが、一《ひ》と目《め》そのありさまを見ると、びっくりして肘掛椅子に駈け寄った。

「オイ、どうしたんだ。起きたまえ。もう八時だよ」

肩を小突かれて、年長の書生は何か訳のわからないことをムニャムニャ云いながら、目を開いた。

「おい、しっかりしたまえ。何を寝ぼけているんだ。昨夜は別状なかったのかい」

なおも小突きまわすと、やっと正気づいたらしく、

「おや、朝だね。いつの間に眠ったんだろう。変だなァ」

寝言のようにつぶやくのを、一方はたしなめるように怒鳴りつける。

「オイ、君、大丈夫かい。ご主人は別状ないのか」

「変だな。頭がズキズキ痛むんだ。どうしたんだろう。君すまないが、ご主人の様子を見てくれ。なんだか、おかしい塩梅《あんばい》なんだ」

これは唯事《ただごと》でないと感じたので、あとから来た書生は、いきなり主人の部屋のドアをノックして、ソッとそれを開いて見た。

「オイ、ベッドは空っぽだぜ」

「エッ、ご主人がいないのか」

フラフラと立ち上がって、部屋の中へはいって見たが、伊志田氏の姿はどこにも見えなかった。

騒ぎを聞きつけて、ほかの書生や刑事なども集まって来た。一同で手分けをして、書斎その他の主人のいそうな部屋部屋、手洗所から湯殿まで探しまわったが、伊志田氏はまるで神隠《かみかく》しにでも遭ったように、どこにも姿を見せないのであった。

ところが、この椿事《ちんじ》を一郎に知らせようと、その部屋の前へ行った書生が、そこの見張り番もグッタリと眠り込んでいるのを発見したので、騒ぎは一そう大袈裟《おおげさ》になった。

一郎の部屋へはいって見ると、そのベッドも空っぽであることがわかった。主人ばかりでなく一郎青年まで、神隠しに遭ってしまったのだ。

残る家族といっては、七十八歳の祖母ただ一人、あの人もやられているのではないかと、急いでその部屋へ行って見たが、ここの見張り番はちゃんと起きていて、老人は無事であることがわかった。

隠しておこうと思ったのだけれど、この騒ぎを隠しおおせるものでなく、老人は間もなく二人の神隠しを気づいてしまった。そして、半ば狂せるがごとき彼女は、泣き悲しむかわりに、一そう、神がかりのようになって、銀髪《ぎんぱつ》を逆立て、目を血走らせながら、例の仏間に駈け込んで、訳のわからぬ経文を高々と読誦しはじめるのであった。

あらためて邸内外の大捜索が開始された。前に物置きに一郎が倒れていた例もあるので、部屋という部屋は、残らず、隅々までも探しまわり、三階の円塔の内部はいうまでもなく、母屋の縁の下まで調べ、広い庭園も草も分けるようにして捜索したが、二人の姿はもちろん、足跡その他手掛りになるようなものは何も発見されなかった。

主人の寝室にも一郎の寝室にも、昨夜十一時頃までは、なんの異状もなかった。というのは、その頃まで、二人の部屋の見張り番が正気でいたからである。二人が一度はベッドに寝たことも、シーツの乱れなどから明白であった。

だが、見張りの書生は二人とも、十一時頃から朝までのことをまったく知らなかった。その少し前、女中の運んでくれた紅茶を飲んだのだが、どうやらその中に眠り薬がはいっていたらしいのである。

女中が取調べられたことは云うまでもないが、彼女は伊志田家に二年も勤めている素性《すじょう》のよくわかった女で、黒覆面の共犯者とは考えられなかった。眠り薬を入れたものはほかにあって、彼女は何もしらず、ただそれを運んだばかりのように察せられた。

では、眠り薬を入れたのは何者であったか。台所へは誰でも出入り出来るのだから、家内の者すべて疑えば疑えぬことはなかったが、さしずめ三人の女中が厳重な取調べを受けた。しかし、女中たちにはこれといって疑わしい点もないように見えた。

女中をのぞくと、あとは祖母と書生たちであったが、老人には何を訊ねても、ただ一心不乱に経文をつぶやくのみで、まったく要領を得なかったし、書生たちのうちに犯人がいようとも思えなかった。

次には二人がどこから出て行ったか、或いは連れ去られたかという点が問題になったが、不思議なことに、玄関も裏口も出入りの出来る場所はすべて、内部から戸締りがしてあって、書生や女中が起きるまでは、どこにも異状がなかったことが確かめられた。

すると窓からでも出たのであろうか。なるほど、階下に寝室のある一郎は窓から出ることも出来たであろうが、二階の伊志田氏が、高い窓から飛び降りたとは、ちょっと想像出来ないことであった。

つまり、二人は一夜のあいだに、蒸発し或いは溶解してしまったかのような感じであった。

見張り番が眠り薬を飲まされていた点から考えても、むろんこれは例の怪物の仕業に違いなかった。だが、あの黒覆面の曲者が、二人の大の男を、少しも物音を立てず、易々とどこかへ連れ去ったとは、いったいどんな手段によったのであろう。第一、出入口すらもわからないのである。怪物は人間界の法則を無視した妖術を心得ていたのであろうか。

その黒覆面の怪物とは何者であったか。その正体は二十歳を超したばかりの美しい娘ではなかったか。人々はそれに思い当たると、慄然として肌の寒くなるのを感じないではいられなかった。

彼女は父親と弟とを盗み去ったのだ。何の目的で？　いうまでもない。これまでの例でもわかるように、その生命を奪うためである。ああ、かくの如きことが、果たして人間界に起こり得るのであろうか。若《も》しかしたら、これは現実の出来事ではなくて、伊志田屋敷の異様な建物の妖気が、人々を一場の悪夢に誘い込んでいるのではあるまいか。

だが、これらの取調べには、主として警視庁から出張していた刑事たちが当たったので、書生たちはまだ未練らしく庭のあちこち、木の茂みなどを覗き歩いていたのだが、そうして歩きまわっているうちに、書生の一人が、ふと妙な顔をして立ち止まった。

「オイ、どうしたんだ」

「シッ、静かにしたまえ……君、あれが聞こえないか。ほら、なんだか人の声のようじゃないか」

云われて聞き耳を立てると、如何にも遠くから人の叫び声のようなものが聞こえていた。

「誰か来てくれって云ってるようだね。救いを求めているのだ。だが、いったいどこだろう。ひどく遠いようだが、塀の外じゃないだろうか」

「いや、塀の外じゃない。どこかこの辺だ。地の底から聞こえて来るような気がする」

「エッ、地の底だって？」

二人はそんなことを云いながら、少しずつ声のする方へ近づいて行った。

「アッ、そうだ。あれかも知れない。君、来たまえ」

一人が何を考えたのか、やにわに走り出した。わからぬながらついて走って行くと、林のようになった立木のあいだにはいって、一面の雑草と灌木《かんぼく》の茂みの中に立ち止まった。

そこに一つの古井戸が口をひらいていた。四角に石を畳んだ井戸側に一面に青苔がはえている。書生はいきなりその石に手をついて、井戸の中を覗き込んだ。

「誰だ。君は誰だ」

すると深い底から、陰にこもった声が上って来た。

「僕だよ。一郎だよ。早く助けてくれたまえ」

底は暗くて、人の姿もよくは見えぬが、その声は一郎青年に相違なかった。

「アッ、一郎さんだ。待って下さい。今縄を持って来ますからね。しっかりしていらっしゃい」

怒鳴っておいて駈け出して行ったが、やがて、他の書生たちと一緒に、長い麻縄を用意して戻って来た。

仔細を訊ねている余裕はない。ともかく助け出さなければならぬ。四人の書生が手分けをして、一郎救い出しの作業が始まった。そして、二十分ほどかかって、グッタリとなったパジャマ姿の一郎を、ようやく井戸側の外へ引き上げることが出来た。

古井戸の底には、膝から下ほどの水が溜《たま》っているばかりで、溺れる心配はなかったが、しかし、一郎はなぜか、息も絶えだえに疲れはてていた。

四人で抱きかかえて、彼の寝室へ運び、飲みものを与えて介抱するうち、一郎はやや元気を回復して、少しずつ話が出来るようになった。

寝室へは刑事たちも集まって来たし、ちょうどその頃、急報を受けて駈けつけた北森捜査課長や三島刑事などの一団も到着して、すぐさま一郎の寝室へはいった。

それらの人々の質問に答えて、一郎青年が語ったところを、かいつまんで記せば……

昨夜二時頃、ふと目を覚ますと、枕下に例の覆面の怪物が立っていた。ハッとして、ベッドを飛び降りようとしたが、怪物は恐ろしいすばやさで、彼の上にのしかかり、布を丸めたようなものを、いきなり口と鼻の上におしつけた。このあいだと同じ匂いの麻酔剤であった。

一生懸命もがいているうちに、気が遠くなって、それからどんなことが起こったのか、少しも記憶しないが、つい今しがた、悪夢から醒《さ》めるように気がつくと、暗い穴の底の水の中に浸っていたので、びっくりしたが、どうやら井戸の底らしいので、若《も》しや自宅の庭の古井戸ではないかと考え、ともかく救いを求めるために、大声に叫び出したということであった。

「で、あなたは一人だったのですね。お父さんのことはご存知ないのですね」

北森課長が訊ねた。

「エッ、父がどうかしたのですか」

一郎はサッと不安の色を浮かべて、叫ぶように聞き返した。

「隠しておくわけにもいくまいから、お話ししますがね。お父さんも同じような目に遭われたのです」

「エッ、父も？　で、どこにいたのです」

「いや、まだそれがわからないのです。一同で充分探したらしいのですが、どこにも姿が見えないというのです。しかし、あなたの落ちていた古井戸を見逃がしていたくらいですから、もっとよく探せばどこかお邸の中にいらっしゃるかも知れません。もう一度、捜索させて見ることにします」

「ええ、是非そうさして下さい。しかし、父は生きているでしょうか。若しや……」

一郎は父の無残な屍体をまざまざと目に浮かべたかの如く、まっ青になって、唇を震わせながら、不安の言葉をつぶやくのであった。

それから、新たに老練な三島刑事を加えて、再び邸内外の大捜索が開始されたが、やがて三十分ほどもたった頃、一人の刑事が、一郎の部屋にいる捜査課長のところへ、息せき切って飛び込んで来た。

「おお、伊志田さんが見つかったのか」

北森氏が思わず立ち上がって訊ねると、刑事は手を振りながら、

「そうじゃありません。犯人らしいやつを、見つけたのです。すぐお出で下さい。廊下をウロウロしているところを引っ捕えたのです」

と叫ぶように答えた。

闇を這うもの

北森課長はそれを聞いてなんとなく腑に落ちぬような感じがした。あれほど手を尽した捜索の網に、一度もかからなかった魔法使いのような曲者が、こんなに易々と捕えられるというのは、ほとんど信じがたいことであった。

しかし、いくら信じがたいにせよ、稀代《きたい》の殺人鬼が、刑事たちの包囲を受けているとあっては、捨てておくわけにはいかぬ。北森氏は直ちに一郎の部屋を出て現場にかけつけた。

あとに一人取り残された一郎青年は、その騒ぎを少しも知らないで、鼾の音さえ立てながら、熟睡していた。いくら疲労していたとはいえ、この無神経な熟睡はなんとなく唯事ではなかった。これには何か訳があるのではないだろうか。悪魔は又しても、一郎青年の上に人知れぬ陰謀をめぐらしているのではあるまいか。

それはともかく、北森捜査課長が、刑事の案内で現場にかけつけて見ると、一郎の祖母の部屋に近い廊下に、まっ黒な怪物が、三人の刑事に追いつめられて立ちすくんでいるのが見えた。

刑事たちはジリジリと怪物の方へつめよっていた。曲者はもう逃げ場所もなく、廊下の壁に、ピッタリと身につけて、ただじっとしているばかりであった。

北森氏と刑事とが加わったので、こちらは総勢五人となった。いかな怪物もいよいよ運のつきである。刑事たちが相手に組みつくことを躊躇していたのは、飛び道具を恐れたからであったが、曲者はなぜかピストルを取り出す様子も見えなかった。

「諸君、何を、ぐずぐずしているんだ。早く組み伏せたまえ」

北森課長はみずから曲者に飛びかかりかねぬ勢いで、叱りつけるように叫んだ。その声に勇気づけられた刑事たちは、もうためらってはいられなかった。口々に何か叫びながら、怪物めがけて突進して行った。

だが、それよりも、曲者の動作は更《さ》らに敏捷であった。何か恐ろしい物音がしたかと思うと、黒い怪物の姿は、アッと云う間に、刑事たちの鼻の先から消え失せていた。ちょうど曲者の立ちすくんでいたうしろの板壁に、物置きの押入れの開き戸があった。彼は咄嗟に、その板戸を開いて、サッと押入れの中に身を隠し、ピッシャリと戸を閉めてしまったのだ。

刑事たちは相手の考えを理解することが出来なかった。自分で押入れの中へはいり込むなんて、少しも逃げ出す意味にはならない。逆に捕縛を容易にするようなものではないか。さすがの怪物も血迷ったのであろうか。だが、相手の考えがどうあろうと、今はただ、その袋の鼠を捕えさえすればよいのだ。

先に立った刑事は、すぐさまその板戸に手をかけて開こうとしたが、曲者は中からしんばり棒でもかったのか、ゴトゴトというばかりで、なかなか開かない。

「構わない、その戸をぶち破りたまえ」

課長の指図に、刑事は勢いこめて身体ごと板戸にぶつかって行った。二度繰り返すまでもなく、バリバリと恐ろしい音を立てて、板戸は押入れの中へ倒れ込んだ。

「おや、どうしたんだ。誰もいないぜ」

そのあとから押入れの中へ首を突っ込んでいた刑事が頓狂《とんきょう》な声を立てた。

刑事たちはつぎつぎとその中を覗き込んだが、皆あっけにとられたように無言で顔を見合わすばかりであった。

押入れの中には、いろいろな道具類が置いてあったが、人間一人隠れるほど大きなものは何もなかった。それにもかかわらず、今逃げ込んだばかりの曲者の姿は、まるで溶《と》けてでもしまったように、影も形も見えないのだ。

「変だなあ。いったいどうしたっていうんだろう」

何かゾッとしたように、一人の刑事がつぶやいた。

怪物は又しても得意の魔法によって人々の目をくらましたのだろうか。だが、今の世に怪談は許されない。いくら怪物でも物理学の原則を破ることは出来ない。これには何かカラクリがあるのだ。ひょっとしたら、この押入れの中に秘密の抜け道でもあるのではないだろうか。なにしろ奇人の建てた古い建物だから、そういうものもないとはいえぬ。

北森課長はふとそこへ気づいたので、みずから押入れの中へはいって、壁や床板をあちこちと調べてみたが、間もなく薄笑いを浮かべながら外に出て来た。

「やっぱりそうだ。抜け穴があるんだよ。誰か懐中電燈を持って来たまえ。どこへ通じる抜け穴かわからないが、ともかく、調べて見なくちゃ」

やがて刑事の持って来た懐中電燈を受け取ると、「三島君、君も一緒に来たまえ」と云いながら、課長は先に立って、押入れの中へはいった。

その中は三方とも板壁になっているのだが、一方の隅に高さ三尺ほどの小さな隠し戸がついていて、それが向う側へ開いている。その奥は深さも知れぬ闇だ。恐らくここは地下道の入口なのであろう。

「奴《やっこ》さん、よっぽどあわてたと見えて、隠し戸の締りを忘れて行ったのだよ。ちょっと手で押して見ると、なんの造作もなく開いたのだ。

「君、用心したまえ、相手は気違いだからね。僕は幸い、ピストルを持ち合わせているから、いざといえば負《ひ》けは取らないつもりだが、君は空手《からて》なんだからね。僕のうしろからついて来たまえ」

北森氏は懐中電燈をうしろの三島刑事に持たせ、自分はピストルを握って、大胆にも闇の地下道へと這い込んで行った。

懐中電燈で照らして見ると、上下左右とも石で畳んだ細い地下道で、余ほど年代のたったものと見え、石畳は所々くずれているし、一面に黴《かび》とも苔ともつかぬものがはえ、なんとも云えぬしめっぽい土の臭いが鼻をつく。

北森氏の想像にたがわず、これは最初この建物を建てた西洋人が、物好きからか、或いは何かの秘密の用途のために、こしらえておいた地下道に違いない。それを犯人が発見して、隠れ場所に使用しているのだ。覆面の怪物はこの邸内をまるでわが家のように、自由自在に歩きまわり、しかも、幾度追いつめられても、かき消すように姿をくらましていたのだが、こんな抜け穴があるのでは、なんの不思議もないことであった。あの神変不可思議《しんぺんふかしぎ》の魔法の種はここに在ったのだ。

北森氏はその冷たい石の上を這いながら、ふと、今自分は誰を追っているのかということを考えた。そして何とも云えぬ変な気持になった。これまでの状況証拠はすべて伊志田綾子を指さしていた。伊志田家の家族の一員であるあの美しい娘さんが、恐るべき殺人犯人と目されていた。すると、この冷たい暗い地下道の中を、四つん這いになって逃げて行く覆面の怪物は、やはりその美しい綾子でなければならない。ああ、そんなことがあり得るのだろうか。

用心に用心をしながら這い進んで行くと、ふと、懐中電燈の淡い光が、一間ほど向こうにうごめいている黒いものの姿を照らし出した。怪物のマントであった。足を隠すほど長いインバネスの裾が、石畳の上をすって、ズンズン向こうへ這って行く。

「待てッ！」

声をかけても、ひるむ様子はなかった。ここまでお出でと云わぬばかりに、速度を早めて遠ざかって行く。

その黒い怪物が、かよわい、二十歳の娘なのかと考えると、現実家の北森氏も三島刑事も、地底の冷たい風が運んで来る鬼気《きき》に、思わず慄然としないではいられなかった。

地底の磔刑《たっけい》

地下道は案外短く、四、五間も進むと、突然天井も左右の壁も遠ざかって、大きな部屋のような場所に出た。

北森氏はピストルの引金に指をかけて、まっ暗な広間に立った。三島刑事もそれにつづいて、目の前の闇に懐中電燈の光を向けた。

その丸い光の中に、黒いものがこちらを向いてスックと立っているのが見えた。黒布の覆面の二つの穴から、ギラギラ光る目が覗いていた。さては、曲者は二人をここまでおびき寄せておいて、手向かいするつもりなのであろうか。

「手を上げろッ!　でないと……」

北森氏は相手の権幕《けんまく》に愕然《がくぜん》として、機先を制するために、いきなりピストルをつきつけながら、恐ろしい勢いで怒鳴りつけた。

するど、突然実に意外なことが起こった。覆面の曲者が爆発するように笑い出したのである。はっきりした男の声でさも快活に笑いだしたのである。

こちらの二人は、この気違いめいた出来事にあっけにとられて立ちすくんでいると、曲者は悠然として、顔の覆面を取りはずし、マントを脱ぎ捨てた。

その下から現われたのは、若い娘であったか。それとも、兇悪無残《きょうあくむざん》の野獣のような男子であったか。いや、そこには一人の背広姿の瀟洒《しょうしゃ》たる紳士が立っていた。

「アッ、君は……」

「明智です。びっくりさせて申し訳ありません」

その紳士は明智小五郎であった。北森氏とは親しい間柄の私立探偵であった。

ああ、これはどうしたというのだ。覆面の怪物の正体は明智探偵であったのか。すると、伊志田家の殺人事件の真犯人も彼なのであろうか。いや、そんなばかなことがあるはずはない。世に聞こえた名探偵の明智が、意味もない人殺しをする道理がない。しかし、それにしては、彼はなぜ覆面をしたりインバネスを着たりしていたのであろう。そして、二人を、こんな地下道などへおびきよせたのであろう。

北森氏はこの奇々怪々の出来ごとをどう解釈していいのか、まったく途方にくれてしまった。そんなことはあり得ないと打ち消す一方から、ムクムクと恐ろしい疑惑が沸き上がって来た。

「これはいったいどうしたというのです。明智君、君はまだ病院に寝ていたはずじゃありませんか」

なじるように云って、じっと相手の顔を見つめた。

「いや、これには複雑な事情があるのです。あなた方を驚かせたのは申し訳ありませんが、どうしてもこうしなければならない必要があったのです。あなた方をここへ連れ込む必要があったのです」

明智の弁明はまだ不充分であった。

「それなら何も覆面なんかしないでも、ソッと僕に云ってくれればいいはずじゃありませんか」

「いや、それが出来ない事情があったのです。ここの家のものに、僕が来たことを知られたくなかったのです。僕はまだ病院にいると思い込ませておく必要があったのです」

「それにしても、君はいったい、その覆面や外套をどこで手に入れたのですか。まさかわざわざ新しく作らせたのではありますまい」

「この地下道の入口にあったのです。ご想像の通り、ここが犯人の隠れ家なんです。ここに一切の秘密があるのです。変装用具もむろんここに置いてあったのです。僕はちょっとそれを拝借したまでですよ。

「この事件の最初、一郎君が曲者に刺された時、僕はあいつをさっきの廊下へ追いつめたのですが、曲者はそこで煙のように消え失せてしまった。そこで僕は、後日あの廊下の辺を充分に調べたのです。何かカラクリがあるに違いないと考えて、隅から隅まで調べたのです。すると、あの押入れの中の秘密戸を発見した。そして、この地下室を見つけてしまったのです。

「実にうまい隠れ場所があったものだ。この家を建てた外人が、こんな風変わりな穴蔵なんかこしらえておくものだから、今度のような犯罪も起こることになったのです。これがなければ、いくら賢い犯人でも、ああまで出没自在に振舞うことは出来ませんからね」

「そうでしたか。いつもながら君の手腕に敬服です」

北森氏はホッとしたように、私立探偵をほめたが、何かまだ腑に落ちぬ点があるらしく、

「君は今、ここの家のものに見られたくないと云いましたね。すると、犯人の同類が、

邸内にいるとでもいうのですか」

　と訊ねる。

「そうです。同類がいるかどうかはわかりませんが、なにしろ犯人自身がこの家のものですからね」

「じゃ、やっぱりあの綾子という娘が……」

「いや、その事はあとでゆっくりお話ししましょう。今はそれよりも、もっと急を要することがあるのです」

「エッ、急を要するとは？」

「ちょっと、その懐中電燈をお貸し下さい」

　明智は三島刑事のさし出す電燈を受け取ると、それを振り照らしながら、穴蔵の奥へ進んで行った。

「ごらんなさい、あれを」

　懐中電燈の光が石畳の壁を照らしていた。その壁に十字架上のキリストのように、磔刑《はりつけ》になっている人の姿があった。

　シャツ一枚の裸体《はだか》にむかれて、大の字に開いた両の手首と足首を、石壁にとりつけた太い鎖《くさり》に縛られて、グッタリと頭を垂れている人の姿があった。

明智はそこへ駈けよって、電燈の下で調べていたが、

「大丈夫、まだ死んではいません」

と安堵《あんど》の声を漏らした。

「いったいそれは誰です」

「ごらんなさい。ここの家の主人です」

下からの光で、うなだれた顔を見ると、意外にもそれは伊志田鉄造氏であった。苦痛の余りほとんど失神状態になっていたが、人々の声と、まぶしい光に目を見開いて、なぜか烈しい恐怖の表情を示した。口には猿ぐつわをはめられていて、物をいうことも出来ないのだ。

伊志田氏の磔刑になっていたのは、足先が地上から二尺も離れているほど高い場所なので、何か台がなければ助けおろすことも出来なかったが、幸い、すぐその側に脚《きゃ》榻《たつ》がほうり出してあるのを見つけたので、三人はそれを立てていろいろ骨を折って、伊志田氏を地上におろし、猿ぐつわもはずしてやった。

伊志田氏は明智に助けられたことは充分意識している様子であったが、立っている気力もなく、グッタリと地上に倒れて、何か訳のわからないことをつぶやきながら、力ない手で、しきりと穴蔵の一方を指さすのであった。

明智は、伊志田氏が何を云おうとしているのかを確かめるために、その指先の示す方角へ、懐中電燈を振り照らした。

「おやッ、あすこにもなんだか人がいるんじゃありませんか」

北森氏が眼早《めばや》くそれを見つけて、あっけにとられたように叫んだ。伊志田氏の縛られていた反対がわの壁にもう一人の人物が磔刑にされている姿が、電燈の丸い光の中に、朦朧《もうろう》と浮き上がっていた。

狂人の幻想

そこに磔刑になっていたのは、男ではなくて、洋装をした若い女であった。猿ぐつわをはめられ、両手両足を鉄の鎖で縛られ、乱髪の頭を垂れて、死人のようにグッタリとなっていた。

人々はアッと声を立てて、その女の前に駈け寄り、電燈の光を顔に当てた。

「やっぱりそうだ。これは綾子さんだ、綾子さんは最初からここに監禁されていたんだ」

明智は当たり前のことのようにつぶやいたが、北森氏と三島刑事は驚きを隠すことが出来なかった。

殊に三島刑事は、逃亡した綾子の後を追って、あの品川駅前の旅人宿に踏み込んだ当人なのだから、そのまま行方不明になったと信じきっていた綾子が、伊志田邸の窖《あなぐら》の中に磔刑になっていようなどとは、思いもよらぬことであった。

綾子は犯人ではなかったのだ。犯人どころか被害者の一人であったのだ。

人々は今の今まで、この綾子こそ、伊志田家殺人事件の真犯人に違いないと思い込んでいた。あらゆる事情が彼女を指さしていたばかりか、彼女が家出をして、如何にも犯罪者らしい方法で行方をくらましてしまったことが、その有罪を確証しているかのように見えた。

ところが、家出をしたとばかり思い込んでいた綾子が、ここに監禁され、奇怪な磔刑に処せられていたのである。

人々は又大急ぎで綾子を磔刑から助けおろさねばならなかった。彼女は父の伊志田氏よりも一そう憔悴していた。若《も》し彼女が家出をしたと信じられている日から、ここに監禁されていたとすれば、一週間の日数がたっているのだから、この疲労はもっともの事であった。

いろいろ訊ねたいのだけれど、とても答える力はないので、何よりも先ず二人を介抱しなければならなかった。三島刑事が北森課長の旨を受けて二人を外へ運び出す手伝いを呼ぶために、急いで地下道を引っ返して行った。

「それにしても、犯人はこんな真似をして、いったいどうするつもりだったのかな。餓《う》え死にするのを待つというのは少し気の永い話だが」

北森氏は、なんとなく腑に落ちぬ様子でつぶやいた。

「いや、犯人は餓え死によりももっと恐ろしいことを考えていたのです。ごらんなさい、これです」

明智は窖の隅へ歩いて行って、壁の隅を照らして見せた。そこには直径一寸以上もある瓦斯《ガス》管のような太い鉛《なまり》の管が、窖の天井を伝って、床の近くまで、鼠色の蛇のように這い降りていた。

「おやッ、鉛管ですね。それじゃそこから瓦斯を送るつもりだったのだね」

北森氏がいよいよ驚きを深くして叫んだ。

「いや、瓦斯よりももっと恐ろしいものです」

「エッ、瓦斯よりも恐ろしい？」

「僕は負傷する前に、この窖を発見して、よく調べておいたのですが、この鉛管はその時からここに取りつけてあったのです。決して昔からこんなものがあったわけではありません。犯人が、わざわざとりつけたのです。ごらんなさい。この鉛管はまだ新しく、ピカピカ光っています。

「僕も最初は殺人の瓦斯を送る仕掛けではないかと疑いましたが、調べて見ると、この鉛管の向こうの端は瓦斯管につながっているのではなくて、この家の庭にある撒水《さんすい》用《よう》の水道管につながっていることがわかりました。その水道管は真夏のほかは使用しないもので、雑草に蔽われてちょっと誰も気のつかないような場所にあるのです」

「フーン、すると水責めにしようと考えたのですか」

「そうです。瓦斯よりも一そう残酷な方法です。この管を流れ出す水が、一寸ずつ一寸ずつ水面を高くして来るのです。足から腰、腹から胸へと、徐々に水が増して、刻々に死期の近づくのを、目の前に眺めながら、どうすることも出来ないのです。何が恐ろしいといって、刻一刻、時計のように正確に、まったく逃がれるすべのない死が近づいてくるのを、じっと見ていなければならないほど恐ろしいことが、この世にあるでしょうか。犯人はこの二人に、その恐怖を味わわせようとしたのです。

「いや、そればかりではありません。犯人はもっと恐ろしいことを考えていたのです。北森さん、あなたはそれに気がつきましたか。綾子さんの縛られていた位置は、床に足が着くほど低いのに比べて、伊志田さんの縛られていたのは、それより二尺も高い位置です。これは偶然でしょうか。若し偶然でなければ何を意味するのでしょう。

「僕はたった今、そこへ気がついて、犯人の着想の恐ろしさにゾーッとしたのですよ」

捜査課長は、明智の言葉の意味を悟りかねて、不審《いぶか》しげに相手の顔を見つめた。明智は無残な推理をつづける。

「これはつまり、二人の被害者の絶命する時間を、同時でなくするために違いないのです。伊志田さんの方が、水面が二尺高まるあいだだけ、あとで絶命するように、わざと高い場所に縛りつけておいたのです」

「フーン、そうか。恐ろしいことを考えついたものですね。つまり、娘の苦しむ有様を父親に見せつけようというわけですね」

北森氏はやっとそこへ気づいて、深い溜息をついた。

「そうです。父親は可愛い娘がもだえ苦しんで、まったく息が絶えてしまうまで、じっと見ていなければならないのです。そして、その生々しい印象を刻みつけられたまま、自分もやがて、同じ苦悶《くもん》をくりかえして、絶命しなければならないのです。

「狂人の幻想です。真の悪魔でなくては考え出せない陰謀です。これまでの殺人事件は、すべてこの最後の段階に達する予備行為に過ぎなかったのです。一人一人家族をなきものにして、苦痛の限りを味わわせた上、最後には、もっとも愛する娘の惨死を眺め、その上自分も同じ死に方をしなければならないということを、水面が二尺高まるあいだ、繰り返し繰り返し考えさせようというのです。なんという執念でしょう。これがまともな人間の智恵で考え出せることでしょうか」

「では、あなたは、この犯罪の動機は復讐《ふくしゅう》だと云うのですか」

「そうです。そのことはあとでゆっくりお話しします。何もかも。しかし、今は先《ま》ずこの二人を外に運び出さなければなりません」

やがて、三島刑事を先頭に、三人の刑事が窖にはいって来た。そして、北森課長と明智の指図にしたがって、伊志田氏と綾子さんを、地底から運び出し、階下の来客用の寝室にベッドを二つ並べて、一《ひ》と先《ま》ずそこへ休ませ、飲み物を与えて介抱をしたのであるが、明智はそのさ中に、何を思ったのか、あわただしく伊志田氏の老母の部屋をおとずれていた。

ドアを開くと、襖の向こうの日本間から、陰気な読経の声が聞こえて来た。この数日来、老人は仏壇の前に坐りつづけて、狂気のように仏を念じているのだ。明智は控えの間を通り抜けて、襖の外に立ち、しばらく様子を窺っていたが、やがて、ソッと襖を開いて、部屋の中を覗き込んだ。

そこには立派な金ピカの仏壇が安置され、開け放った扉の前には、妙な形の蠟燭立てに何十本という小蠟燭が、チロチロと赤い焰《ほのお》をゆるがしていた。

老人は祈禱者《きとうしゃ》かなんぞのような白衣を着て、仏壇に向かって端座《たんざ》し、珠数《じゅず》をつまぐりながら、歯のない口を不気味に動かして、襖の開いたのも知らぬげに一心不乱に経文を読誦していた。

なでつけにした銀髪が、長く手入れもしないのか、モジャモジャと乱れて、青ざめた皺くちゃの顔の中に、眼鏡の中の落ちくぼんだ両眼だけが、異様にするどく、気違いめいた光を放っていた。

この八十歳にも近い老人は、何をかくまで熱心に祈っているのであろう。うちつづく不幸に心も乱れて、せめては残る家族の無事を念じて、このように一心不乱になっているのであろうが、その部屋の異様に陰気な気違いめいた雰囲気は、ともすれば、その逆に、何かしら不気味な呪いとでもいうようなものを連想せしめた。

明智はその様子を、細目に開いた襖の隙から、ソッと覗いていたが、老人がさいぜんからの騒ぎに少しも気づいていないらしいことを確かめると、別に言葉をかけるでもなく、そのまま又音のせぬように襖を閉めて、廊下に出た。そして、廊下の向こうを通りかかった書生を手招きして、その耳に妙なことをささやいたのである。

「君、このドアの前でね、ご老人の見張りをしていてくれたまえ。少しのあいだ、地下室の出来事をご老人に知らせたくないのだ。若し部屋を出られるようなことがあったら、あとをつけて、あちらの僕たちのいる部屋へ来られないように計らってくれたまえ。そして、若し何か変わったことがあったら、直ぐ僕に知らせるんだ。わかったかね」

書生が肯くのを見て、明智はそこを立ち去ったが、次には、廊下の別の端にある一郎青年の寝室に急いで、ソッとドアを開き、部屋の中を覗き込んだ。

見ると、一郎はベッドの上に、軽い鼾を立てて熟睡していた。永い時間古井戸の底に水びたしになっていた疲労のためとは云え、昼日中この熟睡は、なんとなく唯事でないように思われたが、明智は別に怪しむ様子もなく、彼が何も知らないで眠っているのを確かめると、そのままドアを閉めて、伊志田氏と、綾子さんの運ばれた部屋へ引き返した。

誰が犯人か

一室にベッドを並べて横たわっていた伊志田氏と綾子さんは、それから一時間ほどのちには、いくらか元気を取り戻して、少しずつ人々の問いに答えられるようになっていた。

北森課長と明智とは、二人の枕元に腰かけて、身体にさわらぬ程度に、要点だけを質問して行った。

その結果判明したところによると、先《ま》ず綾子さんの方は、あの怪青年荒川庄太郎変死事件のあった日、すなわち綾子さんが家出をしたと信じられている日以来、例の覆面の怪物のために、あの地下室に押しこめられ、昨日まではただ手足を縛られ、猿ぐつわもはめられて逃亡の自由を奪われていたばかりであったが、昨夜、伊志田氏が同じ窖へ連れ込まれると同時に、あの恐ろしい磔刑の姿で、石壁に縛りつけられたというのである。

一週間の監禁中、昨夜までは、一日に二度ぐらいずつ、覆面の怪物自身で、パンと飲み物を運んでくれ、その都度猿ぐつわをはずして手の縄をといてくれたので、飢渇《きかつ》に耐えぬというほどではなかった。それよりも、いったいこの先どんな恐ろしい目に遭わされるのかと思うと、食事どころではなく、まったく生きた空《そら》はなかったという。

父の伊志田氏の方は、昨夜、まったく知らぬまに、地下室へつれ込まれ、ふと気がつくと、いつの間にか磔刑の形で壁に縛られていた。恐らく犯人が何かの飲み物の中に麻酔薬を混ぜておいたものであろう。そしてその昏睡中《こんすいちゅう》の伊志田氏を地下室に担ぎ込み、目醒めぬ間に、壁に縛りつけてしまったものに違いない。だから、犯人がどんなふうをしていたかさえ知らないのだということであった。

彼は仕合わせにも、まだ水責めの陰謀には気づいていなかったので、それほどの恐怖は感じなかったが、しかし、目の前に娘の綾子が、同じように縛られているのを見ながら、助けてやることも、声をかけることさえ出来ない苦しさを、目醒めてから今まで、七、八時間も味わわされたのであった。

「一郎はどうしているのでしょう。あれもどうかされたのじゃありませんか。なぜここへ来てくれないのでしょう」

伊志田氏は一《ひ》と通《とお》り問答がすんだあとで、キョロキョロとあたりを見まわしながら、気遣わしげに訊ねた。

「いや、一郎君には別状ありません。御安心下さい。ちょっと僕が行って呼んで来ましょう」

明智は何気なく答えて立ち上がると、そのまま部屋を出て、一郎の寝室へ急いだ。

一郎の部屋の前には、三島刑事が腕組みをして立っていたが、明智を見ると、腑に落ちぬ様子で声をかけた。

「まだ寝つづけているんですよ。どうしたんでしょう。いくら疲れているといっても、少し変じゃありませんか」

「いや、心配したことはないでしょう。僕が起こしてやりますよ」

明智は気軽に云って、部屋にはいり、ベッドに近づくと、いきなり一郎を揺り起こした。

「一郎君、起きたまえ。僕だよ。僕だよ」

幾度も同じことを繰り返しているうちに、一郎はやっと目を醒まして、ボンヤリした顔でキョロキョロとあたりを見まわしていたが、明智の顔を意識すると、びっくりしたように、ベッドの上に起きなおった。

「おやッ、明智先生じゃありませんか。いついらっしたのです。僕すっかり寝すごしちゃって、失礼しました。今日は何日なんだろう。変だな。僕、先生は病院にいらっしゃるとばかり思っていたのですよ。退院は明日じゃなかったのですか」

「一日繰り上げて、今朝退院させてもらったのだよ。君のことが気になったものだからね」

「エッ、僕のことが？」

「君が、井戸の底へほうり込まれていたって云うじゃないか。僕が病院に寝ているあいだに、いろいろなことが起こったね。でも、怪我がなくてよかった。起きられるかい。実は君を喜ばせることがあるんだよ」

「ええ、起きられます。でも、僕を喜ばせることって?」

一郎は疲労のために青ざめた顔に、強いて微笑を浮かべながら聞き返した。

「お父さんがご無事だったのだよ」

「エッ、父が?」

「そればかりじゃない。綾子さんも見つかったんだ」

「エッ、姉さんも?」

一郎はいきなりベッドを飛び降りて、ドアの方へ駈け出しながら、

「どこです。どこにいるんです。早く会わせて下さい」

と狂気のように叫ぶのであった。

「そんなにあわてることはない。二人ともあちらの部屋のベッドにいるんだよ。しかし、非常に疲労しているから、あまり騒ぎ立ててはいけない。お父さんたちの無事な姿を一と目見たら、又この部屋に帰って、今後の捜査についてよく相談することにしよう。さァ、僕と一緒に来たまえ」

一郎は明智に助けられて、よろめきながら、父と綾子の横たわっている部屋にたどりついた。彼もまだ普通の身体ではなく、それだけ歩くのにも、ハッハッと息を切ら

していた。

父と子と姉と弟とは、手を取り合わんばかりにして、互いの無事を喜び合った。だが一郎はほんの二、三分しかその部屋にとどまることが出来なかった。伊志田氏はそれほどでもなかったが、綾子が非常に疲労して神経過敏になっているので、激情的な会話をつづけることは差し控えなければならなかった。明智は無理に一郎を引き離すようにして、再び彼の寝室へ連れ戻った。

それから、一郎に飲み物などを与えて、激情が静まるのを待って、北森捜査課長と明智と三島刑事とが、一郎青年の部屋に落ち合い、昨夜の出来事について、ゆっくり互いの意見を交換することになった。

一郎はベッドに腰かけ、小卓《しょうたく》を隔てて北森氏と明智とが椅子に着き、三島刑事は同僚と共にそのうしろにたたずんでいた。

先ず明智の口から、地下室発見の次第、伊志田氏と綾子さんを助け出した顚末《てんまつ》を、かいつまんで物語ったが、一郎青年は聞くごとに顔色を変えて、悪魔の残虐を呪った。

「それにしても、なんという恐ろしい犯罪事件でしょう。僕たち一家のものが、最後の一人まで害を受けていながら、しかも犯人が何者だか、少しも見当がつかないなんて」

　彼は皮肉まじりに、やり場のない忿懣を漏らすのであった。

「この事件には常識がないのだ。狂人の執念なんだ。だから正面からぶつかったのでは、とてもあいつの尻尾を掴むことは出来ない。狂人のくせに、何から何まで考えに考え抜いて、少しの手落ちもなくやっているんだからね」

　明智は一郎と北森氏の顔を交互に見ながら、彼の意見を述べはじめた。

「例えば綾子さんを犯人に仕立て上げたやり口一つを見ても、あいつの気違いじみた頭の働き方がよくわかるのですよ。心理的にまったく不可能なことを、どうしてもそうと信じないではいられぬように、種々さまざまの証拠を作り上げて行くんですからね。常識はずれの悪魔の知恵とでも云うのでしょうね。警察はもちろん、弟の一郎君までが、綾子さんを犯人だと思っていた。血を分けた姉弟《きょうだい》にそういう考えを持たせるというのはよくよくのことですよ。のっぴきならぬ証拠が揃いすぎるほど揃っていたのです。そして最後にはあの奇妙な家出という大芝居を打って見せたのですからね。

「しかし、僕は最初から、あの人を真犯人とは考えなかった。それは一つは、あのうら若い女性が実の弟を傷つけたり、実の妹を惨殺したりすることはまったく不可能だという、常識判断に基づくのですが、もう一つは、ちょっとしたごくつまらないことから、犯人のトリックを見破ったのです。それはね、あのヘリオトロープの匂いですよ。

「一郎君はよく覚えているだろう。僕が覆面の怪物を物置部屋に追いつめて、ピストルで撃たれた時、非常に強いヘリオトロープの匂いがしたということを。その匂いが強すぎたんだよ。綾子さんが日頃ヘリオトロープを使っていることは誰でも知っているのだから、大切な犯行の際に、その特徴のある香水を、あんなに強く匂わせているというのは、犯人の心理に反するじゃないか。不思議なことに、最初君が傷つけられた時、カーテンの蔭に隠れていた曲者を追っかけた折には、少しもヘリオトロープの匂いなんかしなかったのだ。その時には、犯人が匂いのことまで、まだ気をくばっていなかったのだよ。そしてあとになって、僕が綾子さんがヘリオトロープを使っていることを知るようになってから、さっそくあの匂いを利用して、誤った判断におとしいれることを考えついたのだ」

「だが明智君、綾子さんが塔の三階で、怪しげな信号をしていたことは間違いないのでしょう。君の目でその姿を見たのでしょう」

北森氏が急所を突くような言葉をはさんだ。

「そうです。あれは確かに綾子さんでした。はっきり顔を見たのです。そして、その時初めて、あの人がヘリオトロープを使っていることを気づいたのですよ。

「あれは綾子さんに違いなかったのです。犯人はあの綾子さんの不思議な行為を知って、巧みにそれを手品の種に利用したのですよ。僕もこの目で見たのだから、初めのあいだは、綾子さんを疑わないわけにはいかなかった。しかし、僕が病院にいるあいだに突発した、あの荒川という青年の変死事件のお蔭で、僕は一つのまったく別な想像を組み立てることが出来たのです。

「伊志田さんにしろ、一郎君にしろ、どうしてそこへ気がつかなかったかと不思議に思うほどですよ。至極簡単な事柄です。恋愛なのです。綾子さんはあの職工の息子と秘かに恋におちていたのではないかと気づいたのです。

「そこで、僕は病院のベッドから指図をして、懇意《こんい》な青年を死んだ荒川の友達らしく装わせ、ついこの裏の荒川の家を訪問させたのですよ。そして、母親をうまく口説き落として、荒川の大切にしていた日記帳を手に入れたのです。

「案の定、その日記帳には、綾子さんとの秘かな恋愛の顚末が細々《こまごま》としたためてありました。なぜ母親がその日記の記事に気づかなかったかと云いますとね。それは全文ローマ字で書いてあったからですよ。

「塔の三階から荒川の家の窓が見えるのです。綾子さんは恋人と信号をかわしていたに過ぎないのです。荒川の方でもやはり、懐中電燈でそれに答えていました。ただ恋の言葉を送り合う場合もあったでしょう。又、信号によって荒川を邸内に呼び寄せる場合もあったでしょう。荒川が変死をとげたのは、その後の方の場合だったのです。

「綾子さんが、なぜそんな不自由な真似をしていたか、それは相手がわるかったのです。相手が職工の息子で、しかも文学青年というのでは、頑固《がんこ》な伊志田さんが、許すはずはありません。二人は最初から親の許しを受けることは諦めていたのです。それに、綾子さんにしては、物語にあるような古塔の上から、胸おどらせながら秘密の通信を取りかわすという冒険的な恋愛に、人知れぬ喜びを味わっていたことでしょう。

「ですから、荒川青年を撃ったのは、むろん綾子さんではありません。あの夜小林が見たという、塔の窓の白い人影も、綾子さんではなくて、犯人がそういう服装をして待ち構えていたのでしょう。荒川を信号でそこへ呼び寄せたものも、恐らく真犯人の仕業ですよ。

「犯人は一応綾子さんに嫌疑をかけることに成功したものの、いつ綾子さんが、ほんとのことを喋らないとも限らぬ、殺人犯人と疑われるよりは、いくら恥かしくても、恋愛を打ちあける方がましですからね。犯人はそれを恐れたのです。

「そこで綾子さんを家出させ、行方不明にしてしまうことを考えついた。しかし、綾子さんを隠してしまっても、相手の荒川が生きていては、あの青年の口から秘密がばれないとも限らないので、先ず、荒川をおびき寄せて殺害した上、綾子さんを地下室へ監禁しておいて、綾子さんの替玉《かえだま》を作り、変装用の古着を買わせたり、品川駅前の安宿に泊まらせたり、いろいろな証拠を残して、品川駅前から汽車に乗って遠くへ逃亡したように見せかけたのです。

「一方庭に残された荒川の死体は、この事件の怪奇性《かいきせい》を一そう深める役にも立ったわけです。まったく見知らぬ男が夜のあいだに死体になって邸内に倒れているなんて、実に申し分のない煽情的《せんじょうてき》な光景ですからね」

明智がそこでちょっと言葉を切ると、北森氏は感に堪えたように口をはさんだ。

「なるほど、そうだったのか。そう聞いて見れば、よく筋道が立っていますね。恋愛問題とは、誰も気がつかなかった。われわれは怪談ばかりに気をとられて、色っぽい方のことはすっかり忘れていたのですね。

「しかも、その発見の手掛りが、たった一冊のローマ字の日記帳だったとは面白い。あなたそれをお持ちですか。あとでゆっくり拝見したいものですね」

北森氏は思わず笑い声を立てたが、すぐ思いなおしたように真面目な顔になって、もっとも重要な点に触れて行った。

「それで、綾子さんが犯人でないことはよくわかったのですが、すると真犯人はいったい何者でしょう。僕はなんだか、いよいよ迷路の中へ追い込まれたような気がするんだが、明智君、君はこの点についても、何かわれわれの知らない材料を握っているんじゃありませんか」

　すると、明智小五郎は、モジャモジャの頭の毛を指でかきまわしながら、ニッコリ笑って答えた。

「お察しの通りです。僕は実に非常な材料を握っているのです。病院のベッドの中でそれを手に入れたのです」

「エッ、ベッドの中？」

　北森氏も一郎青年も、びっくりしたように明智の顔を見つめた。

「ええ、ベッドの中で、それを手に入れる手段を思いついたのです。そして、ある腹心《ふくしん》のものを使って、うまくその貴重な材料を摑むことが出来ました。

「犯人が僕を撃って重傷を負わせたのは、一時僕をこの家から遠ざけるためでした。そして、僕のいないあいだに、彼の計画を完了するためでした。ところが、それがかえって僕には仕合わせだったのです。病院で静かに寝ていたからこそ、その貴重な資料に気がついたのですからね。

「若し僕が無事で、この家に見張りをつづけていたら、或いは伊志田さんや綾子さんが窖の中へ監禁されるようなことは無くてすんだかも知れませんが、その代わりにあの重大な資料は手に入れることが出来なかったでしょう。そして、真犯人は永久に発見し得なかったかも知れません。その資料というのは、それほど決定的な証拠物件なのです」

「すると、つまり君は真犯人はもう発見したと云われるのですか」

北森氏が聞き捨てにならぬという面持で詰めよった。

「そうです。僕は真犯人をつきとめたのです」

明智はきっぱりと云い切った。

「若しそれがほんとうとすれば、われわれはこんな雑談に時をついやしている場合ではないじゃありませんか。君は、その犯人の居所を知っているのですか」

「むろん知っています。そして、犯人はもう逃亡出来ないような手配がしてあるのです。少しもご心配には及びません」

北森捜査課長は、真向から一本打ち込まれたような気がして、思わず顔を赤らめた。

「では、すぐ部下をやって、逮捕しましょう。さァ案内して下さい。犯人はいったいどこに潜伏しているのです。そしてそいつは何者です」

躍起《やっき》となる北森氏を制して、明智は静かに答えた。

「どこへも行く必要はありません。その犯人はこの家の中にいるのです」

暗黒星

「エッ、犯人がここにいる？　それに、君はどうしてそんなに落ちついているのです。いったいそいつは何者です？」

北森捜査課長は、もどかしげに、明智の顔を見つめた。

「しばらくお待ち下さい。その犯人を指摘する前に、少し説明しなければならない点があるのです。今すぐ犯人の名を云っても、皆さんは恐らく信じられないだろうと思うからです」

名探偵は例の落ちつき払った調子で語りはじめた。

「犯人が伊志田一家の全滅を企てていたことは、これまでの事件の経過によって明らかです。しかし、よく考えて見ると、犯人はまだその計画の半分も為しとげていない。ご主人の伊志田氏と綾子さんとは、今一歩という危うい場合を救い出すことが出来たのですし、一郎君は、度々危害を加えられたけれど、幸いにその都度命拾いしている。ですから、犯人が完全にその目的を果したのは、夫人の君代さんと、小さい鞠子さんと、ただ二人であったということになります。

「しかし、二人にもせよ犠牲者を出したことは、最初からこの事件に関係している僕としては、実に申し訳ないわけで、この点は依頼者の一郎君にも、深くお詫びしなければなりません。君代さんの場合は、まったく僕の手落ちといってもいい。僕がここに泊まり込んでいて、あんなことが起こったのですからね。その時僕自身も犯人のピストルによって重傷を負ったというくらいでは、申し訳にならないことはよく知っています。

「又鞠子さんの場合も、たとい僕の入院中の出来事であったとはいえ、適当な手配をしておけば、未然に防ぎ得たかも知れないのです、これについても、僕は充分責任を感じています。

「そういう手落ちがあったのですから、僕としては、その申し訳のためにも、是が非でも犯人を捕えなければならない。そうして二人の犠牲者の霊にお詫びをしなければならないと、病院にいても、ただそればかりを考えていた。そして、とうとうこの地獄の謎を解く鍵を発見したのです」

聞き手は、この長い前置きをもどかしく思った。犯人は誰か。今どこにいるのか、それを早く聞きたいと思った。だが、明智は、犯人はもう監視を受けているという安心のためか、それとも何かほかに事情があったのか、結論はあと廻しにして、先《ま》ず彼の推理の経過を語るのであった。

「今度の事件をよく考えて見ると、同じ伊志田家の家族中でも、犯人の襲撃のしかたがひどくまちまちであったことに気づきます。もっとも際立っているのは、一郎君のお祖母さんだ。あの方はまったく一度も害をこうむっていない。非常な御老人だから、犯人が問題にしなかったのかも知れないが、まるであの方だけ家族の一員でないかのような取扱いを受けている。

「一方、これとは逆に、もっともしばしば犯人に狙われたのは一郎君、君だ。まっ先に短刀で刺されたのも君だし、その後も、麻酔剤を嗅がされて一《ひ》と晩《ばん》じゅう物置部屋に転がっていたり、そうかと思うと昨夜は古井戸の底に投げ込まれていた。そのほか、君の写真の目から血が流れたり、犯人から電話がかかって来たり、犯人はいつも君をもっとも憎んでいるように見えた。綾子さんは、恐ろしい嫌疑をかけられ、この事件では重要な役目を勤めているのだけれど、ほんとうに殺人鬼に襲われたのは、今度がはじめてなんだからね。

「だが、君は幸運にも、死をまぬがれることが出来た。いや、君が幸運だったというよりも、犯人の方が不手際だった。例えば君に麻酔薬を嗅がせて、一と晩空き部屋へほうり込んでおくというようなやり方は、僕にはまったく理解しがたいことだ、そのひまに、君の命を奪おうと思えば、いつだって目的をとげることが出来たはずだからね。

「犯人は君をおもちゃにしていたのだろうか。一と思いに殺すのは勿体《もったい》ないので、何度でもひどい目に遭わせてやれというつもりだったのだろうか」

明智はそこで口を切って、じっと一郎青年の顔を見つめた。一郎は無表情な顔で、別に言葉をはさもうとはしなかった。

「探偵という仕事は、どんなに不可能に見えることでも、一応疑って見なければならない。僕はこの犯人の変なやり口に興味を感じた。それを底まで研究してみようと思った。

「僕はかつて、アメリカのある非常に聡明《そうめい》な殺人犯人の話を読んだことがある。その犯人は嫌疑をまぬがれるために、自分自身をピストルで撃って、重傷を負ったのだ。そして、ある名探偵に、みずから進んで事件の捜査を依頼した。つまり彼は逆手を打ったのだ。危険のまっ唯中に身をさらすことがかえって安全だという論理を知っていたのだ。そして、名探偵に対して智恵くらべを挑んだのだ。ある種の性格にとって、こういう知識的なスリルは、なんにもまして魅力があるものだからね。

「で、そのアメリカの犯罪事件では、さすがの名探偵も、永いあいだ犯人の捨て身の戦法に欺《あざむ》かれていたのだが、しかし、結局勝負はついた。犯罪者が法律に勝つなんてことはあり得ないのだ。その探偵は、幾人かの生命を犠牲にしたが、最後には真犯人を捕えたのだよ」

「ちょっと待って下さい。それはどういう意味なのですか。その聡明な犯人というのは外形上、今度の僕の立場となんだか似ているようですが……先生に最初事件をお願いしたのも僕なんだし……」

一郎青年はびっくりしたような顔をして、探偵を見つめた。

「外形ばかりじゃない。実質的にも似ているんだよ」

「エッ、それじゃ……ハハハハハ、何をおっしゃるのです。こんな際につまらない冗談はよして下さい」

一郎はとうとう腹を立てたらしく、烈しい口調で云った。だが、明智は別に失言を取り消すでもなく、又妙な譬《たと》え話をはじめた。

「どこかの天文学者が、暗黒星という天体を想像したことがある。星というものは必ず自分で発光するか、他の天体の光を反射するかして、明るく光っているものだが、暗黒星というのは、まったく光のない星なんだ。宇宙にはそういう目に見えない小さな星があって、それが或る場合に地球に接近して来るというのだ。接近するばかりじゃない。非常に小さい星なので、地球の引力に負けて、衝突することもあり得るというのだ。

「これは怖い話だ。すぐ側まで近づいていても、まったく目に見えない星、夜、空を見ていて、そういう星を考えるとゾーッとすることがある。小さいと云っても、やはり独立の星なんだから、地球に接近すれば、空全体を蔽ってしまうほどの体積を持っているに違いない。

「僕は今度の事件を考えていて、ふとその暗黒星の話を思い出した。今度の犯人は、つい目の前にいるようで、正体が摑めない。まったく光を持たない星、いわば邪悪《じゃあく》の星だね。だから、僕は心のうちで、この事件の犯人を、暗黒星と名づけていたのだよ」

「で、その暗黒星は何者だとおっしゃるのですか」

明智のもどかしい話し方を、我慢が出来ないというように、一郎青年が怒鳴った。美しい顔が腹立たしそうにパッと赤らんでいた。

「君が考えている通りさ」

「エッ、僕が考えている？」

「ウン、君が一ばんよく知っていると思うんだ。君自身のことだからね」

「エッ、それじゃ、やっぱり先生は、僕が犯人だと……」

「何か異議があるのかい」

明智は少しも声の調子を変えないで云った。

論争

「ハハハハハ、何をおっしゃるのです。若《も》しそれが冗談でないとしたら、先生は今日はどうかなすっているのですよ。まだ身体のぐあいがよくないのじゃありませんか。そんなつまらない邪推なんか、弁解するのもばかばかしいくらいです。

「僕が真実の父や姉を殺そうとしたとおっしゃるのですか。真実の妹を殺したとおっしゃるのですか。母はほんとうの母じゃありませんでしたが、あのやさしいお母さんに、なんの恨みがありましょう。僕が気違いでもない限り、そんな無意味な殺人罪など犯す道理がないじゃありませんか。それとも、先生は僕を殺人狂だとでもおっしゃるのですか。

「又、たとい僕に殺人の動機があったとしてもです。現実の反証がいくらだってあります。先生はもうお忘れになったのですか。最初僕がやられた時、先生は電話で、あいつと僕との格闘の音をお聞きになったじゃありませんか。そして、駈けつけて下すって、僕を介抱していて下さる時に、犯人はカーテンのうしろに隠れていて、先生の目の前を逃げ出して行ったじゃありませんか。あの時僕と真犯人とは同時に先生の前にいたのです。僕が犯人だとすれば分身の魔法でも使わない限り、そういうことは起こり得ないじゃありませんか。

「犯人が庭の塀の上を歩いた時だってそうです。僕は皆と一緒に鞠子の部屋の窓からそれを見ていたのです。そのことは書生にお聞き下されば、はっきりわかるはずです」

一郎は明智の疑いを一挙に粉砕して見せた。彼の論拠はことごとく動かすことの出来ないものばかりのように見えた。

「電話の声なんか、少しお芝居気があれば、どんな真似だって出来る。それは問題ではないが、君のいうように、君と犯人とが同時に人の前に現われたことが幾度かある。この見事なトリックが、最初のあいだ、僕をだましていたのだ。

「君は実に用意周到だったね。みずから傷ついて見せ、みずから井戸の底に落ちこんで見せ、その上君自身が僕に犯人捜査を依頼するというトリックだけではまだ危ないと思ったのだ。そこで君は、君と一緒にあの覆面の怪物を現わして見せたのだ。むろんあれは君の替玉だったのだ。実際の犯行の場合には、君があの覆面をつけ、インバネスを着たのだが、犯人はこの通り他にいるという証拠を作るために、二度ばかり替玉を使った。覆面と外套で顔も身体も隠しているのだから、この替玉は少しの疑いも受けることはなかった」

「ハハハハハ、替玉ですって？　うまい考えですね。僕はいったいどこから、そんな替玉を雇って来ることが出来たのです。先生があくまでそれを主張されるのでしたら、一つその替玉に使われた男を、ここへ連れて来て、見せていただきたいものですね」

一郎青年は少しもひるまず抗弁した。

「残念ながらその男を連れて来ることは出来ない。なぜといって、その替玉の人物も君が殺してしまったからだ。実に君の注意は隅から隅まで行き届いていた。替玉に使われた男というのは、綾子さんの恋人の荒川庄太郎なのだ。

「君は荒川と綾子さんの秘密を知って、これを二重に利用しようと計画した。一方では綾子さんの恋愛のための異様な挙動を、綾子さんが犯人であるために、そういうそぶりをするのだと、人々に思い込ませ、一方では荒川を脅迫《きょうはく》して、君の替玉を勤めさせた。

「荒川は殺人事件のことは知っていたに違いない。しかし、まさか君が犯人だとは気づかなかった。気の毒な被害者だと信じていた。だから、君が二人の関係をお父さんに告げるといって脅迫すれば、ただ恋人綾子さんにことなかれと願う心から、前後の考えもなく、妙な役目を引き受けたに相違ない。むろん犯人の替玉だなどとは、少しも知らなかったのだ。

「これは僕の想像ではない。例のローマ字の日記帳が、教えてくれたのだ。ほんの一行か二行の簡単な記事から、僕は一切の事情を悟ったのだ。あれほど用意周到の君が、荒川青年の秘密の日記帳に気がつかないなんて、千慮《せんりょ》の一失《いっしつ》というべきだね。

「そして、君はその荒川をなんの躊躇もなく撃ち殺してしまった。あの時小林君が見た、塔の窓の白い姿は、むろん君だった。君が綾子さんに変装していたのだ。なぜ荒川を殺さねばならなかったか。ここにも二重の意味があった。一つは綾子さんの塔の上からの信号を、いつまでも犯罪の合図であったかの如く見せかけておく必要からだ。信号の真の意味が荒川の口から漏れては、すべての計画が駄目になってしまうのだからね。もう一つは、云うまでもなく、君の替玉に使ったことを口外させないためだ。

「そして、君は綾子さんが殺害したかの如く装い、綾子さんを秘密の地下室に監禁しておいて、君自身姉さんに化けて家出をして見せたのだ。君は身体も華奢《きゃしゃ》だし、女のように美しい顔をしている。鬘《かつら》をかぶって女装をすれば、夜の人目を欺くくらい、さしてむずかしいことではない。

「君はその女装で、なるべく人の注意を惹《ひ》くようにして、品川駅前の旅館に泊まり、そのまま裏口から逃げ出して、大急ぎでここへ帰って来た。そして、あの物置部屋にはいって、誰かが見つけてくれるまで、無意識をよそおって転がっていたのだ。麻酔剤のために前後不覚に眠っていたといえば、充分アリバイが成り立つわけだからね。

「君はお母さんと鞠子さんの命を奪ったばかりではない。なんの恨みもない荒川を殺した。この僕に重傷を負わせたのも、むろん君だ。君は僕を殺す意志はなかった。好敵《こうてき》手《しゅ》の命を絶っては、折角《せっかく》のスリルがなくなってしまうのだからね。ただ重傷を負わせて、数日のあいだ、僕をこの家から遠ざけさえすればよかったのだ。そのあいだに一切の計画を完了し、僕が病院を出るのを待って、ざまを見ろとあざ笑うつもりだったのだ。

「だから、君は絶えず病院を訪ねて、僕の心のうちを探ろうとした。いや、そればかりではない。綾子さんに嫌疑をかけるための、巧みな推理を組み立てて、僕に同意させようとさえした。あの綾子さんと鞠子さんの部屋の境の壁にしかけてあったピストル装置も、むろん君の仕業だ。二人の留守の折に、どちらかの部屋へはいって、あの仕掛けをするのは、訳のないことだからね。そして、君自身仕掛けておいた装置を、さも手柄らしく発見して見せたのだ。

「僕は、あの時君の推理を聞いているあいだに、はじめて君を疑う心が起こった。それまでは、君の美貌にあざむかれて、そんな若い美しい青年に、人殺しが出来るなどとは夢にも考えなかったが、あの時まで、僕は心から君の友達だった。しかし、君のまことしやかな推理を聞いて以来、僕は君の敵になった。君を犯人と仮想《かそう》してあらゆる関係を考察した。そして、君こそ犯人だという結論に達したのだ。

「そこで、僕はちょっとしたトリックを用いて、君を油断させた。昨日君が病院へ電話をかけて来た時、僕は明日退院すると云った。それまではどうしても君の家へ行くことは出来ないから、充分気をつけて身を守るようにと云った。そういって君を油断させておいて、一日早く、今日僕はここへやって来た。君はそれをまったく予期していなかった。明日までは大丈夫だと、たかをくくっていたのだ。

「僕はここへ着くとすぐ、書生が君の所へ運ぶ紅茶の中へ、多量の眠り薬をまぜて、しばらく君を眠らせておいた。君が地下室の発見されたことを気づいて、逃げ出すようなことがあってはいけないからだ」

その時、突然ドアにノックの音がして書生が名刺を持ってはいって来たので、明智は話を中絶して、それを見なければならなかった。明智への来客らしく、彼は書生に「ちょっと待たせておいてくれたまえ」と答えて、追い出すように部屋を去らせた。

すると、相手の言葉の途切れるのを待ち構えていた一郎が、その機を捉えて、恐ろしい勢いで抗弁をはじめた。

「面白いお考えです。小説としては実に面白いと思います。しかし、確証が一つもないじゃありませんか。ローマ字の日記帳とやらをのぞいては、ことごとくあなたの空想に過ぎないじゃありませんか。又その日記帳にしても、それを書いた男は、文学青年なのですからね。文学青年の頭には現実と空想のけじめがないのです。そこに何が書いてあったにしても、そんなものは、取るに足らぬ幻想です。なんの確実性もないのです。

「それに、あなたは先ほど僕の云った、もう一つの重大な点に、まだ少しも触れないじゃありませんか。それは動機です。狂人でもない僕が、なぜ真実の父や姉を殺そうとし、真実の妹を殺害しなければならなかったという、その理由です。動機がまったく不可能とすれば、その他の点が如何にまことしやかに説明されても、そんなものは一顧《いっこ》の価値もありません。僕には殺人の動機が、まったく欠けているのです。絶対に不可能なのです」

「それが君の最後の城郭《じょうかく》だね。そういう云い抜けの道があればこそ、君はさっきから、少しも不安を感じなかったのだ。お父さんや綾子さんが救い出されたのを見ても、平然としてこの捜査会議の席に列することが出来たのだ。

「しかし、一郎君、僕が動機を確かめないで、こんなことを云い出すと思うかね。僕はそれほどぼんくらではないつもりだ」

「では、この僕が、あの可愛い血を分けた妹を、殺したとおっしゃるのですか」

「ところが、君は鞠子さんの兄ではないのだ。伊志田さんの子でもなければ、綾子さんの弟でもないのだ」

明智は実に驚くべき言葉を、ズバリと云ってのけた。

執念の子

「エッ、なんですって？　あなたはいったい、正気でそんなことをおっしゃるのですか。僕が伊志田の子でないなんて、若《も》しそうだとすれば、父がそれを知っているはずです。姉がそれを知っているはずです。あなたは父や姉にそれを確かめてごらんになったのですか」

一郎は憤怒《ふんぬ》に青ざめて、声を震わせて叫んだ。

「いや、お父さんや綾子さんは、そのことを少しもご存知ないのだ」

「エッ、父が知らないのですって？　ハハハハハハ、僕が父の子でないことを、父自身が知らないんですって。ハハハハハハ、これはおかしい。いったいそんなことが世の中にあるもんでしょうか」

「それでは、今君に確かな証拠を見せて上げよう」

明智はツカツカと立って行って、ドアを開き、廊下に居合わせた一人の書生に、一と間《ひ ま》に待たせてあったさっきの客をここへ連れて来るようにと命じた。

しばらくすると、書生に案内されて、三十四、五歳の背広を着た会社員風の男が、彼より十歳ほど年上の質素な身なりをした女を伴なって、はいって来た。

「これは僕の手伝いをしていてくれる越野君です。こちらの婦人は今から二十年以前、区内の近藤《こんどう》産科病院の看護婦を勤めていた宮本《みやもと》せい子さんです」

明智は一同に両人を引き合わせた。読者はかつて明智が、病院のベッドの上で、捜査の端緒《たんちょ》を摑んだといって狂喜したことを記憶されるであろう。その時、看護婦に電話をかけさせて、病院へ呼びよせたのが、今ここにいる越野であった。

「僕はこの越野君に重大な資料の蒐集《しゅうしゅう》を依頼したのですが、越野君は実に申し分なくやってくれました。

「越野君は、先《ま》ず伊志田一郎がどこで産まれたかを調べたのですが、それは簡単にわかりました。伊志田鉄造氏の前夫人は、区内の近藤産科病院に入院して、一郎を産んだのです。いや、一郎ではなくて、今はどこにいるとも知れぬ、夫人のほんとうの子を産んだのです。という意味は、やはり同じ病院で、三日ばかり前に産まれた別の赤ん坊と、伊志田夫人の赤ん坊とが、秘かに取り替えられたのです。その不正の手先をはたらいたのが、ここにいる宮本さんでした。越野君は、この宮本さんを、ずいぶん骨を折って探し出してくれたのです。

「僕は宮本さんに、詳しく当時の様子を聞いているのですが、僕の言葉が出鱈目《でたらめ》でないことを証するために、宮本さん自身の口から、簡単にそれを話してもらうことにします。

「宮本さん、あなたは後に伊志田一郎という名をつけられた赤ちゃんを知っているでしょうね。その赤ちゃんは、ほんとうは誰の子だったのですか」

宮本せい子は、ドアの前に小腰をかがめて、おずおずしながら、答えた。

「わたくし、ほんとうに申し訳ないことをいたしました。今ではどんなにか後悔いたして居りますが、その頃はまだ二十歳を越したばかりの世間知らずで、ついお金に目がくれまして……」

「で、そのあんたに頼んだ人というのは？」

「ハイ、瀬下《せした》――瀬下良一《りょういち》とかいう方でございました。ちょうどその方の奥さんが、同じ病院でお産をなさいまして、その赤ちゃんを伊志田さんの奥さんの赤ちゃんと、こっそり取りかえてくれたら、これこれのお礼をするからとおっしゃって、莫大《ばくだい》なお金を見せられたものでございますから、つい魔がさしまして……」

宮本せい子がそこまで喋ったとき、恐ろしい叫び声が部屋じゅうに響きわたった。

「もういい。わかった、わかった。もう沢山《たくさん》だ。その先は僕が云う。僕に云わして下さい。僕は親の意志を半分しか果たせなかった。だが、やれるだけやったのだ。そして負けたのだ」

一郎青年が見るも無残な形相で、ベッドの前に立ちはだかっていた。

「僕は明智小五郎をみくびっていた。青二才のくせに天下の名探偵を軽蔑したのが間違いだった。この秘密だけは絶対に漏れるはずはないと安心しきっていた。それを明智さんは、すっかり調べ上げてしまった。僕は負けたんだ。もう隠しだてなんかしない。最初から命は投げ出しているんだ。完全に目的を果たさなかったのは残念だが、全力を尽して負けたんだから、地獄にいる僕の父も許してくれるだろう。

「皆さん、僕は悪魔の子なんだ。復讐の一念に凝りかたまった悪魔の子なんだ。瀬下良一というのは僕のほんとうの父です。僕はその父の呪いの血を受けて、復讐の機械としてこの世に生まれて来た人外の生きものです。

「父は命がけで愛していた恋人を伊志田鉄造のために奪われた。その恋人というのが、僕の前の母、伊志田の先夫人です。

「父は恋人を奪われたばかりではない。商売敵の伊志田のために、事業を奪われ、財産を奪われ、ついに人の軒下に立つ乞食にまで零落《れいらく》してしまった。

「父はその乞食姿で、恨み重なる伊志田家の門前に立たなければならなかった。敵の憐れみを乞うほかにまったく思案が尽きてしまったのです。その可哀そうな父を、伊志田は虫けらのように取り扱った。父の昔の恋人の前で侮辱の限りを尽した。

「父は伊志田家の門前で、自殺をするか、復讐の鬼となるか、二つに一つを選ばなければならなかったのです。そして、くやしさの歯ぎしりで、口を血だらけにしながら、復讐の鬼となることを誓ったのです。

「ただ相手を殺すくらいではあきたりない。自分が受けた十層倍も辛い苦しい思いをさせてやらなければ気がすまぬ。そこで父は復讐の資金を得るために、或る手段を採った。その金で家を持ち、妻を娶《めと》った。その妻となった僕の母はやはり伊志田の悪《あく》辣《らつ》な搾取《さくしゅ》に遭って、家を亡ぼした人の娘だった。父はそういう娘を探し出して娶ったのだ。そして二人の呪いを一つにして、私という執念の子を産んだのだ。

「父は絶えず伊志田家の動静を探っていたから、伊志田夫人が妊娠したということも、すぐにわかった。ところが、不思議なことに、ちょうど同じ時、僕の母も僕を身ごもっていた。その偶然の一致が、父に悪魔の計略を授けた。伊志田夫人の入院した病院へ私の母も入院した。そして、父は泥棒した金で、一人の看護婦を買収したのだ。人知れず赤ん坊のすり替えが行われたのだ。

「僕は伊志田家で育ったが、僕の父と、父が探し出して来た悪魔の申し子のような小娘とによって、絶えず秘かに、復讐の教育を受けていた。父はその小娘を、手を廻して、伊志田家の女中に住み込ませた、僕とその女中とはすぐ仲よしになった。そして、小娘は毎日のように僕を遊ばせにつれ出して、ある場所で、僕のほんとうの父に会わせていた。僕は父から、僕の使命を聞かされ、あらゆる悪魔の智恵を授かった。

「そうして、僕は大きくなったのだ。学校へ通うようになると、その往き帰りには必ず或る場所で父に会った。僕は父が気の毒だった。父のためならどんなことをしてもいいと思った。その父は、今から五年前に亡《な》くなったが、臨終《りんじゅう》の床《とこ》で、血を吐きながら僕の手をくだけるほど握りしめて、復讐の誓いを立てさせた。その時父の執念が、そのまま僕に乗り移ってしまったのだ。

「僕はそれからの五年間、今度の復讐の計画を立てるために、夜の目も寝ないで考えた。考えに考え抜いた計画だった。

「だが、僕は自分の年齢を忘れていた。いくら考え抜いても、子供の智恵は子供の智恵に過ぎないことを忘れていた。明智探偵に挑戦するなんて、身の程を知らぬ虚栄心《きょえいしん》だった。そして、負けたのだ。見事に負けたのだ。

「もう逃げたって、逃げおおせないことはよく知っている。父の分と一緒に、お仕置きを受けるまでだ。そして、早く地獄へ行って、父の顔が見たいばかりだ……」

一郎は血走った目で狂気のように叫びつづけたが、そこで言葉が途切れたかと思うと、ガバとベッドの上に身を投げて、はげしく泣き出した。まるで四、五歳の幼児のように、ワーワーと声を立てて止めどもなく泣きつづけた。

「僕はすっかり面くらってしまった。明智さん、君の明察にも驚きましたが、この青年の告白には一そう面くらいました。

「永い警察生活のあいだにも、珍しい例です。人間がこういう心持になるというのは、僕らにはほとんど理解の及ばないところですね」

北森捜査課長は、あきれ果てたという様子で、明智の顔を眺めた。

「われわれの知っている人間とはまったく別物のようですね。さっき自分でも云っていた通り、この青年は執念の子に違いありません。親子二代にまたがる邪念《じゃねん》の結晶《けっしょう》です」

さすがの明智小五郎も、云うすべを知らぬかのように、憮然として腕をこまぬくのであった。

（『講談倶楽部』昭和十四年一月号より十二月号まで）

闇に蠢く

はしがき

もう十年ほど以前になります。はっきりした年代は忘れてしまいました。そればかりか、どこからどこへの船路《ふなじ》であったか、それすら、どうしても思い出すことが出来ません。たぶん私が二十歳《はたち》を少し過ぎた頃、その時分流行した人生に対する懐疑《かいぎ》と、妙な取り合わせですが、覚えそめた遊びの味とが、調和よくこんがらがって、非常に廃頽的《はいたいてき》な生活を送っていた当時の出来事のために、一そう記憶がぼやけているのではないかと思います。

その船は、二、三百噸《トン》の小さな鉄張りの木造船でした。私の寝転んでいた二等船室は、船尾の、船の形に丸くなった十畳ほどの畳敷きの部屋で、夜のことで、そこに油煙《ゆえん》で黒くよごれた石油ランプが、二つだったかぶら下げてありました。そいつが、船のゆるい動揺につれて、フラリフラリと、大時計の振子のように揺れているのです。

どこかの大きな湊《みなと》につくと、一度に大勢の船客がおりてしまって、あとには、その広い部屋にたった二、三人しか残っていませんでした。ただささえ赤茶けた畳が、赤黒いランプの光で、一そう赤茶けて見えました。船腹にあけられた小さな丸いあかり取りの窓たちの下に、それに沿ってグルッと厚い板の棚がとりつけてありましたが、取り残された二、三人の乗客は、皆その棚の下に頭を入れて、足を部屋の中心に向けて、船旅に慣れた人たちと見えて、多くはグウグウ高鼾《たかいびき》で寝込んでいました。

夜となく昼となく、時を嫌わず飲みつづけた、洋酒、日本酒、そして強い西洋煙草《たばこ》、それらの刺戟《しげき》が、舌や喉《のど》や、胃袋ばかりでなく、頭の中までもめちゃくちゃに荒らしてしまって、そこへ船暈《ふなよい》も手伝っていたのでしょう、私はその薄暗い船室の、甘いような、淋しいような、一種異様な味わいを、夢現《ゆめうつつ》の境で味わったことであります。ともすれば、垢《あか》で光った木枕の縁《ふち》を、船虫とも南京虫《なんきんむし》ともつかぬ、足の多い生物が、ゾロゾロと這いまわるのを感じましたが、常になく、私はそんな事が大して気になりませんでした。むし暑く、薄暗く、垢と埃《ほこり》で埋まったような二等船室に、酒のしみでよごれたお召《めし》の着物の前をはだけて寝転がっていることが、なんとも云えず快いのでした。

私は仰向《あおむ》けに大の字になって、目をつむったまま大きな唸《うな》り声と共に、両手を頭の上の方へ思い切り伸ばしました。するとその時、右の手に、ズッシリと重く触れたものがあるのです。私は手荷物なんて何一つ持っていませんでしたし、私の近くにはうさいぜんから誰もいないはずでした。それにもかかわらず、手荷物らしい、重いものが私の手にさわったものですから、私はふと好奇心を起こしました。

そこで、私はフラフラする身体を起こし、その品物を手に取って調べて見たことですが、それは油紙で厳重に荷造りした、大型の書物ほどの包み物でした。見渡したところ、同室の客たちは寝込んでいるか、そうでなければ、あちらを向いてじっとしているか、私の行動に注意する者など一人もありません。私はなおもその品物を、裏返して見たり、手にのせて目方《めかた》を計って見たり、油紙の隅の方を、ほんの少しばかり破いて、中身を覗《のぞ》いて見たり、いろいろに調べたことであります。

それが、そんなにも私の心を惹《ひ》いた理由は、荷造りが普通以上に、むしろ非常識に厳重だったこと、重さから判断すると、中味はどうやら書類らしかったこと、それから、その品を忘れて行った持主がたぶん私の右隣に席を占めていた人なのでしょうが、私にはちっとも記憶がなかった事――老人であったか若者であったか、男であったか女であったか、不思議にその人が思い出せないのでした――そこへ、当時の私のこの世の道徳には縁の遠い生活。で、結局私はその包みを持ち帰ることにきめてしまったのでした。

船から上がって宿につくと――それがどこのなんという宿屋であったか、料理屋であったか、それもやっぱり思い出せません――私はさっそく荷造りを解いて、中を調べて見ました。船を上がったのが夜のしらじら明けで、その時宿の部屋の中は、まだ薄暗かったように覚えています。

さて、包みの中から出たものは、一応私を失望させたことには、なんの値うちもない原稿用紙の一《ひ》と束《たば》でありました。しかし、それはどうやら、小説の原稿らしいのです。見出しは「闇に蠢《うごめ》く」とあり、署名の所には、「御納戸色《おなんどいろ》」とありました。現にそれを商売にしているほどあって、私は生まれつき大の小説好きだったものですから、少々当てはずれではありましたけれど、その代わり余程の力作と見える長篇小説を手に入れたのを、かえって喜んだことであります。

それにしても「御納戸色」とはなんと変な雅号《がごう》でありましょう。それにもまして「闇に蠢く」とはなんと不気味な表題でありましょう。私は酒を命じることも、女を呼ぶことも、つい忘れてしまって、いきなりその小説を読みはじめたものであります。

私が年若《としわか》であったためか、それとも当時の廃頽的な生活と小説の空気とが、しっくり合っていたためか、私は妙にそれに惹きつけられ、午前中かかって、すっかり読み終わってしまいました。そして、感嘆これを久しうしたのであります。

爾来《じらい》私の生活は、職業から職業へ、都会から都会へと、転々きわまりなく、種々さまざまの経路を経て来たのですが、そのあいだ、私の行李《こうり》の底には、いつも「闇に蠢く」の一篇が蔵せられ、私の無聊《ぶりょう》をなぐさめたこと幾たびというを知らないのであります。

この長篇小説の原作者が何人《なんぴと》であるか、無名の文学青年の手になったものか、或いは名ある人の匿名《とくめい》か、私はいまだにそれを知りません。始終、どうかして知りたいと願ってはいたのですが、知るべきよすががなかったのです。ところが、最近に至って、私の拙《つたな》い小説にもボツボツ需要者が出来て来ました。そして、ある雑誌社は、私に長篇小説を書けと勧めるのであります。

「では、かくかくの原稿があるのだが、それを私の名で発表するのでも構わないか」

私はその雑誌の編輯者《へんしゅうしゃ》に、かく相談致しました。そして編輯者の同意を得た上、ここに長篇「闇に蠢く」を発表することとなったのであります。

原作者御納戸色氏がこれを読まれたなら、どうかその旨私までご一報願いたく存じます。私は決して御納戸色氏の作品を剽窃《ひょうせつ》するわけでも、又この小説に対する謝礼を私《わたくし》するわけでもありません。どうかして原作者を探し出し、十年前の私の罪深い行為をお詫《わ》びしたい願いのほかには、なんの意味もないのです。本文に入るに先だって、「闇に蠢く」の出所《でどころ》とこれを発表するに至ったいきさつについて一と言お断わりする次第であります。

一

この物語に出て来るであろう数人の重要人物のうち、作者は、洋画家野崎三郎《のざきさぶろう》に最も興味を持つ。のみならず、彼は当然、第一の登場者でもあった。

野崎は生まれついてのボヘミアンである。そして、なんと幸いなことには、彼はこの世になんの係累《けいるい》もない、ほんとうのひとりぼっちなのである。父も母も、二人の兄も、順々に死に絶えて、あとに残ったものは、三郎が一生遊んでいられるほどの財産であった。世に果報者《かほうもの》とは彼のことである。その野崎三郎が、お蝶《ちょう》と呼ばれる、無名の踊子《おどりこ》に恋をしたところから、この物語は始まる。

洋画家とは云っても、三郎はかつて一枚の絵をも完成したことはない。彼の仕事は、油絵を書くことよりも、西洋の名画彫刻や、日本支那の古い絵を鑑賞し讃嘆することであるように見えた。それほど彼は古名画に心酔《しんすい》し、それを蒐集《しゅうしゅう》することを努めた。そして、彼自身の絵はというと、描きかけては止したカンバスが、物置きに山と積まれていたに過ぎないのである。

彼のアトリエに雇われていた婆さんの考えによると、三郎という男は、画《え》を描くため、又それを売るためにではなくて、ただモデル女とふざけたいために画家という体《てい》のいい商売を、撰《えら》んだものに相違ないというのであった。そんなに見えるほど、彼は又、モデル女にも興味を持っていた。市場に現われるモデル女というモデル女は、一度は必ず彼のアトリエの床《ゆか》を踏んだ。のみならず、職業的なモデル女のほかに、素人《しろうと》の奥さんや、娘さんも、幾人となく三郎の画架の前に立った。それというのが、少々むっつり屋ではあるけれど、金ばなれは綺麗《きれい》だし、男振りはいいし、彼には充分、異性をひきつけるだけの値うちがあったからである。だが、彼らのあいだに単なる画家とモデル以上の関係が結ばれるようになると、その関係が三日と続いたためしがない。きまったように女の方から離れ、或いは逃げて行くのだ。むろんそこには何かの理由がなければならない。そして、三郎自身はその理由を知り過ぎるほど知っている。

時として、三郎は、なるほど婆さんが蔭口《かげぐち》をきく通り、自分が洋画家という仕事をこころざし、画塾《がじゅく》に通い、アトリエを建てたのは、モデル女を見るためであったのかも知れないなと、思うことがあった。彼は世間の人のようには異性の容貌に心を惹かれなかった。襟から上の顔形などよりも、身体《からだ》全体の美について、彼は独特の好みを持っていた。そして、そういう彼の好みの相手を物色《ぶっしょく》するには、画家という商売が非常に便利だったのである。

彼が西洋の名画彫刻に心酔したのは、一つはそんな理由からでもあった。優《すぐ》れた裸体画などを見ると、彼は、決して卑しい気持からではなく、その作者の批判力を感嘆した。彼には、どんな美人の写真よりも、切り離された一本の腕の彫刻に、より誘惑を感じる場合があった。ある小説家は美人の素足《すあし》を崇拝《すうはい》したが、彼は、足はもちろんのこと、首にも、腕にも、胸にも、背中にも、尻にも、太股《ふともも》にも、身体のあらゆる部分に、容貌以上の美を見出すことが出来た。ある女は耳の美しさによって、ある女は肩の美しさによって、ある女は頸筋《くびすじ》の美しさによって、彼の心を惹きつけた。

むろん、こうした感じは、肉体の美を取り扱うほどの画家彫刻家には、共通的なものであるかも知れない。ただ、野崎三郎のはそれが世間並《せけんなみ》以上に、むしろ、病的にまで発達していたというに過ぎないのであろう。それにしても、世間には、どうしてこうも美しい身体の持主が少ないのであろうか。耳だとか、肩だとか、頸筋だとか、或いは顔形だとか、そういう部分部分の優れた女はいくらもある。だが、身体全体が、ある西洋の名画のようにしっくりと、彼の好みに合ったものには、彼はかつて出逢わないのである。彼とモデル女との関係が長続きしないというのは、一つには彼のある病癖が禍《わざわい》するからでもあったが、又一つには、相手の女に、あくまで執着《しゅうちゃく》を感じさせるほどの魅力がなかったせいでもある。彼の目から見る時は、多くの女は、其の容貌の美醜にかかわらず、哀れな片輪者に過ぎないのであった。

かようにして、わが野崎三郎が、踊子お蝶を見出すまでには、幾十人の女性が、彼の実験台に上《のぼ》ったことであろう。が、ついに彼は、彼が半生のあいだも夢想していた、理想の女にめぐり合うことが出来たのである。ある日、知人の紹介によって、しばらく前に舞台を引いた、下っぱ踊子お蝶が、彼のアトリエをおとずれた時、そして、彼女がうす汚《よご》れた銘仙《めいせん》の袷《あわせ》を脱いで、彼のモデル台に立った時、彼の歓喜はまあどれほどであったろう。

舞台で「印度人」という渾名《あだな》をもらっていたお蝶は、むろんいわゆる美人に属する女ではなかった。彼女の容貌の第一の欠点は、渾名の通り印度人のように鼻の低いことであった。口は、決していやな感じを起こさせる種類のものではなかったけれど、これもまた印度人のように、異常に大きく、且《か》つ厚ぼったいものであった。全体の輪郭は、充分肉附《にくづき》を持った、しゃくれ顔であった。そして、彼女の顔じゅうでたった一つの美点とも云うべきは、異常に切れながな眥《まなじり》を持った一重瞼《ひとえまぶた》の、可愛らしい眼であった。

三郎は、そのお蝶の容貌にすら、云い知れぬ魅力を感じたものであるが、彼女の特殊の美しさが、その全身にあったことはいうまでもない。「印度人」という渾名をつけられた第一の理由は、彼女の皮膚の色がそれを連想せしめたからに相違ないが、それにしても、なんという鈍感な渾名であろう。彼女の皮膚は白いとは云えぬけれど、決して印度人のようにどす黒いものではなかった。もっと明るい感じである。たとえていえば、焦げぬほどに焼かれた大福餅《だいふくもち》の狐色、少しばかり褐色《かっしょく》をまじえたクリーム色、それが艶々《つやつや》と健康に輝いたものであった。その皮膚の表面には、無数の毛孔《けあな》からふき出した、目に見えぬほどの脂肪が、しっくりと、高価な香油を塗り込んだかのように、一種の香気《こうき》と、鈍い光とを放っていた。

彼女の全身の感じは、豹のように精悍《せいかん》で、しかも充分しなやかに見えた。しかしそれは繊弱《せんじゃく》な錦絵の美人というよりは、われわれの祖先が憧憬《どうけい》した仏像の、殊《こと》に具足円満《ぐそくえんまん》なる菩薩《ぼさつ》の像の美しさであった。勿体《もったい》ない形容だけれど、菩提薩埵《ぼだいさった》の尊像に、充分の野獣性を吹き込んで、彼女に山野を駈けまわらせる、人間界に堕罪《だざい》した菩薩、それがちょうどお蝶の全豹《ぜんぴょう》を髣髴《ほうふつ》せしむるものであった。

耳から頸筋、頸筋から肩への、微妙にも艶満《えんまん》なる曲線、乳房から腹部へかけての、日本人には珍しく豊かな丘陵《きゅうりょう》、不可思議なる腰部のくびれ、尻から股への、深く艶やかなる陰影、伸々《のびのび》と発達した足の線、それらの到底ここには描き尽せぬさまざまの美しさを、野崎三郎は、まあどんなに有頂天《うちょうてん》に、讃嘆したことであろう。

云うまでもなく、三郎はすべてのものをなげうって、彼女をモデルに絵筆を執ることなどは、夢のように忘れてしまって、ひたすら、お蝶の愛を得ることに努めた。彼女の過去がどうあろうと、彼女の家庭がどうあろうと、そんなことは、問題ではなかった。彼は、ただ、今目の前に立っている、美しい生きものとしてのお蝶を、熱病のように恋い求めたのである。

そして、彼のその願いは、案外たやすく容《い》れられた。しかも、彼らの関係は、従来の例を破って、いつまでもいつまでも、やがてお蝶が信濃《しなの》の山中に、はかない変死をとげるまでも、変わることなく続いたのである。お蝶が、計《はか》らずも、彼の病癖の理解者であったことは、三郎にとっては、二重の大きな喜びであった。三郎には、お蝶という天使を見つけ出したことが、むしろあり得べからざる奇蹟のようにさえ思われるのであった。

やがて、締め切った三郎のアトリエの中に、日ねもす狂暴なる遊戯が続けられるようになった。それが如何なる種類のものであったかは、到底外部からは窺《うかが》い知ることが出来なかったけれど、彼の雇い婆さんは、毎日のように、床と云わず、壁と云わず、非常に重いものを投げつけるような音を聞いて、不気味さに胆を冷やしたことである。

二

お蝶が初めて三郎のアトリエに現われてから、数週間は夢の間に過ぎて行った。彼女は初めのあいだは、本所《ほんじょ》の方にあるという彼女の家庭から、戸山ヶ原《とやまがはら》のアトリエまで、毎日通勤していたけれど、いつのまにか、家へ帰ることを止して、三郎の所に寝泊まりするようになっていた。「家《うち》で心配しやしないか」と聞くと「構わないわ」彼女は投げ出すように答えるのが常であった。そして、二人の会話は、いつの場合にも、彼女の家庭について、それ以上には進まなかった。それは一つは、その方へ話題が行きそうになるごとに、お蝶が巧みにそらしていたからでもあった。又三郎の方でも、むろんそんなことを追及する気はなかった。

やがて、二人の生活に調子を合わせでもするように、気候の春がめぐって来た。濃厚な桃色の大気が、彼らのアトリエを、柔らかく包み始めた。そして、早い桜がボツボツ咲きそめる頃、お蝶の口から、妙な要求が持ち出されたのである。

だが、読者諸君が許して下さるなら、作者はここで、彼らのアトリエにおける生活が、どのようなものであったか、その一端を叙述したいのである。同時にまた、お蝶の不思議な要求が、どんな情景のもとに持ち出されたか、そして三郎がその要求を、如《い》何《か》に易々《やすやす》と引き受けたか、それらの点についても、少し詳しく語りたいのである。

今も云う通り、それは桃色の春のある一日のことであった。締め切った三郎のアトリエの中は、まるでおもちゃ箱をひっくり返したような光景を呈していた。十坪ほどの板張りの床の中央にはまっ赤な絨毯《じゅうたん》がすじちがいに敷かれ、きらびやかな繻子《しゅす》の羽根蒲団や、数箇の長椅子用のクッションや、虎の皮や、又それを模した厚ぼったい毛布などが乱雑にほうり出され、部屋の隅々には、長椅子、肘掛《ひじかけ》椅子、書籍を山と積み重ねた丸テーブル、画架、三脚、絵具箱、そういう種類のゴタゴタしたものが、引潮《ひきしお》の跡の海草のように乱れていた。そして、その上の壁や天井には、三郎の好みにかなった東西の名画や、その複製が、それぞれ不思議なあからさまな姿体を見せて、所狭《ところせま》くかけられていた。実際の人間の二倍もあるもの凄いまで妖艶《ようえん》な裸女の全身像や、片輪のように筋肉のねじれ曲がった、労働者の裸体像や、そのほか種々さまざまのポーズを示した、無数の男女の肉体が、一種血なまぐさい、幻怪《げんかい》な情景を醸《かも》し出していた。

「もっと泳ぐんだ。本当の海の中で、自由自在にあばれまわったように、泳ぐんだ」

その窓際の長椅子の上に突っ立って、スケッチブックを片手に、三郎が命令を下していると、彼の足下《あしもと》のまっ赤な絨毯の上では、クッキリと白く浮き上がったお蝶の裸体が、ゆたかな黒髪を振り乱して、しきりと游泳の真似事《まねごと》をやっているのである。

「だって、こんなとこじゃ、自由が利きやしないわ」

そう言葉は返しながらも、彼女はさも伸々と、不思議な筋肉運動を続けている。

それにしても、彼らは、どうしてまあ、こんなばかばかしい真似を始めたものであろう。三郎がスケッチブックを手にしているところを見ると、お蝶の姿をモデルにして、「婦女游泳之図《ふじょゆうえいのず》」といったものを描《えが》こうとしているのであろうか。それとも又、これは単に、彼ら両人の子供らしい遊戯に過ぎないのであろうか。いやいや、これこそ、先に云った野崎三郎の不思議な病癖の一つの姿なのである。そして、彼女が彼の要求を唯々《いい》として容れているところを見ると、お蝶もまた、幾分三郎と同じ病癖の持主かも知れないのである。

「オット、そのまま、そのままじっとしておいで。いいかい」

そして、游泳中のお蝶のある姿態を捉えると、三郎はまるで写真師のようなかけ声を掛けて、それをスケッチするのである。これがまた、この真似事の一つの目的で、そうして、お蝶が滅多やたらに手足を動かしているあいだに、しばしば、普通にしていてはどうしても見ることの出来ない、たくまぬ筋肉の美しさに接することが出来る、その刹那《せつな》の姿をスケッチブックの上に、永久に残そうというのである。

「お前の身体を見ていると、漁師の網の上でピチピチ踊っている鯛《たい》のようだね。それも内海《うちうみ》でとれた鯛ではなくて、日本海の荒浪に育った、肉のしまった大鯛のようだね」

「そうよ。そのはずだわ。あたし、小さい時分、ほんとうに日本海の荒海を泳ぎまわっていたんだもの」

陸になぞらえた長椅子の上の三郎と、赤い絨毯の海の中を、浮きつ沈みつ泳ぎまわっているお蝶とは、時々、こうした会話を取りかわすのである。

この不可思議な遊戯は、お蝶の游泳に巧みだという話から、ふと思いつかれたものであるが、今柔らかい敷物の上に踊り狂う彼女の姿は、まことにすばらしい泳ぎ手を髣髴せしめるのであった。蛙のような平泳ぎ、小鮎《こあゆ》のように敏捷《びんしょう》な横泳ぎ、全身を蛇のように波うたせて、猛烈な筋肉の変化を示す抜手《ぬきて》、肩抜手《かたぬきて》、さては、膝をかかえて独楽《こま》のようにクルクル廻る曲泳《きょくおよ》ぎ、其のほか千姿万態《せんしばんたい》の水中舞踏は、けばけばしい部屋の背景と相俟《あいま》って、怪しくも艶麗な夢の世界をくりひろげるのであった。

それにしても、お蝶は実際不思議な泳ぎ手であった。日本海の荒浪に育ったという彼女の言葉も、まんざら出鱈目《でたらめ》ではないのであろう。濃厚な海水に練られ、泡立つ波《は》濤《とう》に鍛えられたのでなくて、どうして、あんなにも豊かな、引き締まった、しかも自由自在に躍動する筋肉が得られよう。

その後、彼女が踊子の群にはいったというのも、やっぱり、そうした筋肉の錬磨が、彼女を勇気づけたのではなかろうか。

「ああ、くたびれちゃった。これ見てよ。顔から身体から汗でビッショリだわ」

やがて、泳ぎ疲れて海から上がって来たお蝶の身体は、彼女の云う通り、薄赤く充血した皮膚が、ヌメヌメと汗ばんで、妙になまめかしく見えるのであった。

「ほんとうにくたびれちゃった。すこうし肩をもんでくれない」

彼女は、三郎の立っていた長椅子のもたれに、ぐったりと身を寄せかけて、豊かな肩を三郎の目の前にさし向けながら、こんなことを云うのである。すると、三郎は、それが何か有難い事でもあるように、唯々《いい》諾々《だくだく》として、彼女の肩をもみ始めるのであった。

「でね、あたしお願いがあるんだわ。一生に一度のお願いなんだけれど」

「云ってご覧」

「それはね。あたしと二人で、どっか遠い所へ逃げてくれない。ね、お願いだから」

「なぜだい。誰か逃げなければならない人でもあるのかい」

「いいえ、そうじゃないわ。そうじゃないけれど……あたしね、どっかの山の中へでもはいって、あんたとたった二人っきりで、ほんとうに二人っきりで、暮らして見たくなった。ね、三郎さんは、そんなことを考えて見たことはないの」

「そうだね。ほんとうの二人っきりで、山の中でね……」

三郎は、このお蝶の妙な発案が、何を意味するか、そんなことはてんで考えても見なかった。それよりも、指で押さえつける度に、靨《えくぼ》のような窪《くぼ》みの出来る、滑《なめ》らかなお蝶の肩の感触を、夢中になって享楽《きょうらく》しているのだった。

「誰にも知らさないで、こっそりと、駈落《かけお》ちのように、二人でどっかへ行きましょうよ。そして、もうもう二度と、こんな東京なんかへは、帰らない」

「君は面白い事を云う。それもいいな。じゃ二人で温泉へでも出掛けるとしようか」

温泉という言葉と共に、ふと三郎の頭にある計画が浮かんで来た。去年の暮、彼は信濃の山奥のSという温泉場で計らずも妙なホテルを発見した。それがどんなに妙なホテルであったかは、物語が進むに従って読者にわかって来ることだから、詳しいことはここに省《はぶ》くけれど、そこには、病的な三郎を喜ばせるような一種の設備があったこと、そのホテルの主人というのは、たった二、三度話し合ったばかりだけれど、妙に三郎の気に入ったこと、それらの記憶が、もう一度あすこへ、このお蝶をつれて出掛けるのも、わるくないという気持にさせたのであった。

「じゃ、信濃のS温泉へ出掛けようか。妙なものがあるんだ。きっとお前にも気に入るよ」

「だって、それじゃ、又すぐに、ここへ帰るのね。あたしのいうのはそうじゃない。行きっきりに行っちまうのよ。駈落ちなんだもの。ね、それがいいわ。そして、こんなアトリエなんか、売り払っちまうといいわ」

「アトリエを売り払うか。そいつは賛成だね。僕はもう絵描きなんて商売は止してしまったも同じだからな。が、まあアトリエのことなんぞどうだっていい。ともかくS温泉へ行くことにしようよ。ああそうだ。去年の暮に行った時には、ちょうどホテルのそばに、別荘風の売家があったから、きっと、まだそのままになっているだろう。ホテル住まいがいやだったら、あすこを借りるなり、買うなりすればいいんだ。ね、どうだい。これなら賛成するだろう」

「そうして、もう東京へは帰らないのよ」

「それはもう、お前の御意《ぎょい》のままだ。お前さえ一緒にいてくれれば、僕はどんな所だって辛抱《しんぼう》するよ。僕はもうお前なしには一日も生きちゃいられないのだよ」

「そうして、立つ時には、誰にも、あんたの友達にも、知らせないのよ」

「どうしてだい。駈落ちのお芝居を、一そうほんとうらしくするためにかい」

「そうなの、そうなの、だからね、だあれにも知らせないでね、こっそりと、明日でもいいわ、今晩でもいいわ、そのS温泉へ行きましょうよ」

そう云ったかと思うと、お蝶はいきなり三郎の手から、彼女の背中をふりもぎって、椅子を降りると「おお、寒くなった」とつぶやきながら、そこにあった虎の皮を、まっ裸の身体の上から、クルクルとまきつけて、まるでどこかの蛮女《ばんじょ》のように、絨毯の上へころがるのであった。

三郎は、こうしたお蝶の態度を、世にもいじらしいものに思った。彼女にはきっと、打ち明けかねる悩みがあるのだ。秘密があるのだ。何かの理由で、彼女は東京という土地に、二度と帰りたくないほどの、不快な思い出を持っているのか、或いは、現に彼女のあとをつけまわす執念深い男でもあって、その男から身を隠そうというのか、それともまた、彼女が見かけによらぬ悪人で、過去の罪跡が現われそうになったため、こうしてはいられないとでも云うのか。だが、どんなわるい場合を想像して見ても、三郎は今更《いまさら》お蝶を手放す気にはなれないのであった。たとい、お蝶にれっきとした夫があって、姦通罪《かんつうざい》に問われようとも、或いは又、お蝶の罪のまき添えを食って、一生世間に顔向けの出来ぬ身になろうとも、それどころか、お蝶のためなら、今が今斬り殺されても、三郎は少しも厭《いと》わないのである。

それ故、お蝶が何者かを恐れているとすれば、三郎もまたそれを恐れねばならぬ。お蝶がその者から逃れようとしているなら、三郎もまた彼女と共に逃れねばならぬ。

お蝶の悲しみは三郎の悲しみである。お蝶の喜びは三郎の喜びである。

　変に仏頂面《ぶっちょうづら》をして、クネクネと全身をよじらせ、絨毯の上に頬杖《ほおづえ》をついて、彼の方を見上げている、お蝶の顔を眺めながら、三郎はこんなことを考えていた。彼はちょっとお蝶のこの発案の理由を尋ねてみようかと思ったけれど、表面は平静を装いながら、泣き出さんばかりに緊張して、彼の返事を待っている彼女の顔を見ると、あまりいじらしくて、とてもその気になれないのだった。

「じゃ、それにきめた。明日というわけにはいかないけれど、出来るだけ早く始末をつけて、たぶん明後日《あさって》あたり出発出来るようにしよう」

　そこで、三郎は、ほがらかに、こう叫んだのである。

　すると、飛び立つばかりの嬉しさを、じっと噛《か》み殺した、そのためにビクビクと痙攣《けいれん》しているように見える、お蝶の笑顔が、グッと顎《あご》を天井に向けて、少しずつ、少しずつ、三郎の方へ近づいて来るのであった。

三

　長年勤めた雇い婆さんを、事情も云わずに解雇《かいこ》し、秘蔵の名画類と、油絵の道具一切と、少しばかりの着換え、手廻りの品々のほかは、すべてアトリエに残し、アトリエの管理は、これも事情を明かさないで、ある友達に托したまま、三郎とお蝶が、飄然《ひょうぜん》と東京をあとにしたのは、それから三日の後であった。そして彼らが信濃山中のS温泉に到着するまでは、別段のお話もないのであるが、物語の舞台を温泉場に移す前に、きわめて些細《ささい》な出来事ではあるけれど、一応読者の注意を惹いておかねばならぬ事柄がある。

というのは、あの日以来、彼らの乗った汽車がいよいよ飯田町《いいだまち》駅を離れる時まで、引き続いて、お蝶の示した不思議なそぶりである。彼女はその三日のあいだというもの、旅の用意の買物などにも、さまざまの口実を設けて三郎一人を出してやり、自分は終日アトリエにとじこもって、一歩も戸外《そと》へ出ないようにしていたが、──その物に怖《お》じた二十日鼠《はつかねずみ》のような彼女の態度が、三郎をして、一そう彼女をいじらしいものに思わせたことは云うまでもない──いよいよ出発の時が来て、ヒッソリと戸締りされたアトリエにアデウ(注6)を告げて、さて、用意された車に乗ろうとする時、うららかに晴れ渡った春の日であったにもかかわらず、お蝶は、さも遠慮らしく、

「車やさん、幌《ほろ》をおろして下さいね」と頼むのであった。

三郎は云うまでもなく、このお蝶の妙なそぶりを、そしらぬ振りで、充分観察して

いた。そして、お蝶と共に心を痛め、お蝶と共に目に見えぬ敵をおじ恐れたのである。お蝶の恐怖の対象が何者であったか、それは調べて調べられぬことはなかったかも知れない。彼女を紹介した友人、それから彼女の家元、彼女の関係していた舞踏団という ふうに、さかのぼって行けば、むろん何かを摑《つか》むことが出来たであろう。だが、その日その日の享楽に生きている三郎には、そんな穿鑿立《せんさくだ》てをするほどの根気がなかった。又たとい穿鑿をした結果、相手がわかって見たところで、お蝶と同じように、東京を逃げ出しでもするほかに、なんの手だてもあるはずはないのだ。彼のお蝶に対する愛は、そんなことで動揺を感じるようなものではないし、それに、今のようにお蝶の方でも彼を愛していてくれさえすれば、もう何も云うことはなかった。彼女の望むがままに、どんな山奥へでも、海の果《はて》へでも、放浪の旅を続けていれば、それで三郎には満足なのである。それはともかく、二人の旅路は長野県のM町で一泊すると、そこから小さな箱の私設鉄道に運ばれて、若葉の薫る山路《やまみち》を、S温泉へと辿《たど》りついたのである。

さて、可愛らしい停車場の前に、ちょうど二台だけ客待ちをしていた車を雇って、三郎とお蝶は、目ざす籾山《もみやま》ホテルへと急ぐのであった。道の両側に迫る青葉の山、谷間に見える清き流れ、久し振りの鶯《うぐいす》のさえずり、そして何よりも、清々しく透明な大気。もう汽車に乗るときから、元気を恢復《かいふく》し始めたお蝶は、すっかり上機嫌になって、車の上から、三郎の方をふり返っては、晴々しい笑顔を見せるのであった。籾山ホテルの建物は、変わり者の主人が、自ら設計、監督して建てたと云われるだけあって、片田舎の温泉場には勿体ないほど、贅《ぜい》を尽したものであった。ホテルの名前にふさわしく、外観はすっかり西洋風に出来ていて、青葉がくれに、赤い屋根瓦がチラチラする風情《ふぜい》は、舶来の石版画でも見るようで、自然の風景などには、大した興味も持たない三郎にも、一応は美しくも感じられるのであった。

車が玄関に横づけになると、籾山ホテルの習慣と見えて番頭や女中たちと一緒に、かねて見知り越しの主人も、そこへ出迎えて、うやうやしく案内に立つのである。肥え太った太鼓腹を突き出して、テラテラと脂ぎった顔に、人の好いお世辞笑いを浮かべている主人の様子は、去年と少しも変わりがない。客が少ないのか、広い廊下はヒッソリとして、いやにうそ寒い感じであったが、階下の奥まった日本間へ通されて、さてくつろいで見ると、室内調度の吟味《ぎんみ》と云い、ガラス窓からの見晴らしと云い、すべて清々しく、こうした塵外境《じんがいきょう》に一生を送るのも、まんざら悪くもないとさえ思われるのであった。

荷物が一《ひ》と汽車後《きしゃおく》れたということで、なんとなく落ちつかぬ気持であったが、すっかり疲れてしまった二人は、ともかくもそこへ寝そべって、さて、今更のように、顔を見合わせたことである。

「浴衣《ゆかた》が来たら、先へ一と風呂浴びちゃどうだい」

「ええ、でも、今ははいりたくないわ」

「お前はここの温泉を知らないんだよ。ともかく行ってごらん。僕がS温泉を選んだ意味がわかるから」

「そんなに立派なの」

「そうじゃないよ。構造がどうこういうのじゃないよ。まあいいから行ってごらん。きっとお前の気に入るから」

そんな会話があった後、結局お蝶は、三郎より先に、籾山ホテルの有名な浴場へ案内されることになったのである。

お蝶の後姿を見送った三郎の顔に、妙な笑いの浮かんでいたところを見ると、その浴場には、お蝶をびっくりさせるような、不思議な設備でもしつらえてあるのであろうか。それとも又、そこでは設備なぞでなくて、何か奇妙な事柄が行われるのであろうか。この浴場が何を意味するか、お蝶はむろん知らず、三郎とても、ただ彼の一種の病癖から、それに興味を持っていたに過ぎないので、籾山ホテルの浴場というものが、彼ら両人の、そののちの悲惨な運命に、ある密接な因縁《いんねん》を持っていようなどとは、彼らは夢にも気づかなかったのである。

四

宿の浴衣は見たばかりで、あらい飛白《かすり》のお召の袷に、(注7)伊達巻《だてまき》姿のお蝶は、越後なまりの、但し美人ではない小女《こおんな》の案内で、浴場へと立って行った。三郎は、やがて、彼女らの足音が、長い廊下をハタハタと、遠ざかって行くのを聞きながら、ふと、真昼の温泉宿の静けさが、身に沁みるようにおぼえるのだった。春ながら、なんとはなしに底《そこ》冷《び》えのする山気《さんき》が、物音一つしない、大きな建物の部屋部屋をシットリと流れていた。

「あいつ、どんな顔をするだろう」

三郎は、妙に滅入《めい》りそうになる気持を引き立てて、そんなことを考えてみた。

「こっそり、隙見《すきみ》をしてやるかな」

隙見も隙見だけれど、実は、ガランとした部屋に、独りぼっちで取り残されている淋しさに耐えられぬまま、彼は手早く着物を脱いで、そこにあった浴衣の上に褞袍《どてら》を重ねると、そそくさとスリッパをつっかけて、お蝶の跡を追うのであった。

行く手には、慣れぬためことさらそう思われるのか、不自然に曲折した迷路のような廊下があった。むろんそこには、もうお蝶の姿は見えなかった。彼はともかくも、おぼろげな去年の記憶をたよりに、浴場とおぼしき方角へ歩いて行った。狭い所を二つばかり曲がると、いくらか長い廊下へ出た。両側にはずっと客室が並び、鈍い光線が、艶々と拭き込んだ板の間を、おぼろに照らしていた。見ると、洞窟のように見える、薄暗い廊下の向こうから、一人の浴客らしい男が歩いて来た。こちらが一歩進めば、先方も一歩進んだ。右によれば右により、左によれば左によった。ハテ変だな。そう思って三郎が立ち止まると、先方の男もまたいぶかしげに立ち止まってこちらを見ている。それはえたいの知れない、彼の頭の調子が狂い出したのか、それとも夢でも見ているのか、世にも不思議な感じであった。

だが、間もなく、三郎はその妙な感じの由来を悟ることが出来た。向こうから来た男というのは、実は三郎自身だったのである。つまり、その突き当たりには、壁一ぱいに鏡がはめ込んであった。それを彼はまるで忘れてしまっていたのだ。なあんだ。三郎は思わずニヤニヤと独り笑いをした。すると薄暗い鏡の中の男も同じようにニヤニヤと笑った。それを見ると、別段なんでもない事なのだけれど、彼はふと恐ろしくなった。閑散期《かんさんき》の温泉宿は、それほど物静かで、その廊下は、それほど薄暗かったのである。

彼は鏡を見ないようにして、と云って引き返すほどのこともないので、その鏡の方へ近づいて行った。鏡の所から廊下はまた屈折《くっせつ》して、その先にたぶん、あの有名な浴場があるのだが、彼が今その曲がり角を廻ろうとした時である。見まい見まいとしながら、ついその方へ目をやっていたのか、かれは鏡の表に、彼自身の影のほかの何者かがうごめいたように思った。思わずギクリとして、見なおすと、彼の影の遥か彼方《かなた》に、青白い女の顔がポッカリと浮き出して、じっと彼の方を見つめていた、と思ったのである。それはただ幻《まぼろし》に過ぎなかったのかも知れないのである。なぜといって、彼がハッとしてうしろを振り返った時には、もはやそこには何者の姿もなかったのだから。その時、廊下に面した一つの部屋のドアが、スーッと閉まったように感じたけれど、それも気の迷いであったかも知れないのだから。だが、ほんの一瞬間の出来事ではあったが、彼はその女の顔をよく見たように思った。髪は確か丸髷《まるまげ》に結っていた。それが幽霊のように乱れて、おびただしいおくれ毛が額に垂れていた。顔は、彼はかつてあのようにすき通った青白い顔を見たことがなかった。決して普通の女の顔ではない。そして静脈《じょうみゃく》の現われた額には、大きな丸い眼が、さも陰鬱《いんうつ》に光っていた。

「ばかだなお前は、温泉場のことだから、病人が養生《ようじょう》に来ているのは当たり前じゃないか。それを、何か怖い物でも見たように立ちすくむなんて、お前は今日はよっぽどどうかしているぞ」

三郎は強いてそう気を取りなおして見たけれど、なんとなく不吉な前兆に逢ったような感じがして、いつもの快活な気持に返ることが出来なかった。彼は進まぬ足で廊下を曲がった。すると、思った通り、すぐ向こうに見覚えのある浴場の入口が見え、ジャブジャブと湯を使う音も聞こえて来た。同時に、なまめかしいお蝶の想像図が、彼の感覚をくすぐった。彼はやっと平常の自分に帰ったような気がした。

この辺鄙《へんぴ》な山奥で男湯女湯の区別などつけることはないのだけれど、別の必要から、浴場ははっきり二つに分けられていた。三郎はその男湯の方へ、そっと忍び込んで、脱衣場へ褞袍をぬぎ捨てると、音のしないように注意しながら、大きな湯槽《ゆぶね》の中へつかった。

「ごゆっくり。じき流しの者が参りますから」

女湯の方から、さっきの小女の声が聞こえて来た。

「ええ」

お蝶の声が不愛想に返事をすると、又ジャブジャブと、湯槽の中で顔でも洗うらしい物音がした。

三郎は、浴槽の縁へ頭をもたせ、大の字に身体を浮かせて、さすがにのうのうとした気持で、浴場の中を見まわすのであった。温泉は普通の炭酸泉《たんさんせん》で、決して珍しいものではなかったが、この浴場には、温泉そのものとは別の妙な設備があるのだ。先《ま》ず目につくのは、浴槽の隣に築かれた、漆喰作《しっくいづく》りの偉大な竈《かまど》のような一物である。籾山ホテルの主人はこれをトルコ風呂と呼んでいるが、形こそ異様であれ、実は一種の蒸《む》し風呂《ぶろ》に過ぎないのだ。それよりも不思議なのは、浴場の隅っこにある、長さは六、七尺の、ちょうど肴屋《さかなや》の料理台を大きくしたような立派な板に頑丈な足のついた、巨人の俎《まないた》めいた代物《しろもの》である。そこに腰かけて身体を洗うためにしては、余りに頑丈で、贅沢《ぜいたく》に出来ている。用途を知らぬ人には如何にも不気味な設備である。

三郎は一《ひ》と渡《わた》り場内を見てしまうと、今度は目を女湯との境の板張りに転じて、何を探すのか、ジロジロ隅から隅まで眺めまわすのであった。

「奥様、お流し致しましょうか」

女湯から、太い男の声が洩れて来た。

「ええ」

そして、ザブリとお蝶の浴槽を出る音がした。

それを聞くと、三郎は一そうあわただしく境界の板張りを見まわした。彼はそこに、適当な隙見の箇所を物色しているのだ。しかし立派な鏡板には節穴《ふしあな》一つなく、せっかくの彼の思い立ちも失敗に終わるかと思われたが、最後に、ふと気がつくと、例の蒸風呂の漆喰作り（それは男湯と女湯とに共通した一つの小山のように出来ていて、内部に仕切りが作ってあるのだ）と板張りとの境目に、漆喰の表面がひどく窪んだ箇所があって、どうやら、そこから隙見が出来そうに思われるのだった。

彼はあわてて浴槽を飛び出すと、蒸し風呂の隅に濡れた身体をくっつけて、その隙間の所へ顔をよせた。そんなにして、嘗《か》って世間を騒がせた有名な女湯覗きの常習者のような恰好で、隙見をしているということが、彼を一種異様の気持にして、浴場の入口には二重のドアがあるのだし、誰も見ていないとは知りながら、彼は妙に、うしろが振り返られるのであった。

隙見の箇所が、ちょうど箱の隅のように直角になっているのと、隙間といってもごく狭いものだったので、到底浴場の全景を見渡すことは出来なかった。が、そのためにかえって異様な興味が加わるのである。右の方半分は、蒸風呂の漆喰の嶮《けわ》しい断崖《だんがい》が、怪物のように彼の目を圧し、その下に例の巨人の俎が、ガッシリと白い木地を半分ばかり見せていた。そして、その俎の上には、薄赤く上気したお蝶のうしろ姿が、彼の眼界一ぱいに拡がっていた。それが余り間近に迫っていたために、三郎は一刹那、何かえたいの知れぬ、別の世界でも見るような気がした。そして、妙に恐ろしくさえ感じられるのであった。

巨人のようなお蝶の肉体は、じっと動かなかった。ただ充血した頸筋の所が、何かこう、巨大な動物が喘《あえ》いででもいるようにドキンドキンと、脈うっていた。そして、滑らかな肌の上を、おびただしい温湯《ゆ》がキラキラと、火星の運河のように、縦横無尽に流れていた。僅かに見える彼女の顎からは、異様に大きな水滴が、つららになっては落ちていた。

三郎は浴場の隙見ということが、これほど異様な感じのものだとは、嘗つて想像もしていなかった。そこには、覗きからくりの、或いは映画の、あの不可思議な戦慄《せんりつ》と興味があった。彼は以前から、湯屋覗きの常習者が、なぜ不自由な節穴を選ぶのかと、不審に思っていたが、その疑問が今解けたような気がした。

気がつくと、目の前の桃色の丘陵が、なだらかな曲線を津波のように動かして、ムクムクとふくれ上がった。お蝶は今、湯のしたたる腕を上げて、ツルッと顔を撫でたのである。

「旦那様には昨年もご逗留を願いまして、どうもご贔屓《ひいき》にあずかります」

忘れていたもう一人の人物の、太く柔らかい声が聞こえて来た。お蝶の腕の隙間に、声の主の、シャツ一枚の、肥え太った姿がチラチラした。

三郎は、それが籾山ホテルの主人である事を知っていた。ホテルの主人ともあろうものが、どうして三助の真似なぞをするのかと、事情を知らぬ者はまず驚くのであるが、だがその点が、一部の人たちのあいだに、このホテルが有名である所以《ゆえん》なのだ。五十男の彼が、自ら客の身体を流す。そして、それがまた、並々ならぬ腕前なのである。彼自身の吹聴《ふいちょう》するところによると、この技術は、往年彼が海外旅行のみぎり、トルコの浴場で見覚えた方法に、彼独特の考えを加えたものだというのである。そして、彼の十八番はその本場のトルコ風呂というものが、如何に宏大な設備であるか、その客扱いが、如何に痒《かゆ》いところに手が届くように、至れり尽せりであるかということを、手真似身振り入りで物語ることであった。

三郎は、嘗つて数日の滞在中、いろいろと彼の人物を観察した結果、彼もまた三郎自身と同じ病癖の持ち主ではないかと疑うようになった。それほど深く話し合ったわけではないけれど、三郎はなんとなく彼に好意を感じた。主人の不思議な性質は、トルコ風呂の一条ばかりではなかった。ふとした事から知ったのであるが、彼はその異常な食慾の点においても、三郎と一致していた。彼の部屋には、内外の名も知れぬ気味のわるい食料品の瓶づめが並んでいて、彼はそれを、暇さえあれば一つ一つつまみ出しては、口に入れている様子だった。ニチャニチャと口を動かしながら、廊下を歩いている彼を、しばしば見かけたほどである。

そのあいだ、お蝶と不思議な三助とのあいだには、次のような会話が、低声にとりかわされているのであった。

「お背中だけに致しましょうか。それともお身体全体を……」

「ええ、どちらでも、背中だけでも構いませんわ」

「なんでございましたら、全体お流しになりました方が、それがこの温泉の呼び物でございますから……これは先年私がトルコへ参りまして習い覚えて来ました、有名なトルコ風呂の真似事なのでございます。この蒸風呂でよく暖まっていただきまして、それからお身体じゅうを綺麗にお洗いします。すっかりお疲れがとれまして、それは気持のいいものでございますよ」

「ええ、じゃ、そうしてもらいましょうか」

脱衣場で着物を脱ぐのと一緒に、羞恥《しゅうち》の仮面をも脱ぎ捨ててしまうのか、それとも、浴場特有のあけっぱなしな空気が彼女を大胆にするのか、浴場の中だけでは、女は恥かしさを忘れてしまったように見える。男には指先にさわられても顔色を変える、その同じ女が、銭湯《せんとう》ではまっぱだかの背中を、若い三助になぶらせて、平気でいるのだ。

だからここでも存外《ぞんがい》女のお客があるのですと、去年、ホテルの主人が三郎に話したことがある。

「なるほど、女なんてずうずうしいもんだな」

お蝶の偉大な肉体が揺《ゆら》ぐように、かたえの漆喰作りの中へ消えたのを見て、三郎はやや驚いたものである。

障碍物《しょうがいぶつ》がとれたので、彼の眼界はにわかに広くなった。鼠色の壁と浴槽をバックにして、妙に白々しく見える空気の中に、肥え太ったホテルの主人の、半裸体の姿が現われた。

「お苦しいでしょう、初めての方《かた》には。なに二、三分もご辛抱になれば、充分うだってしまいますよ」

彼はテラテラ脂ぎった恵比須《えびす》顔を、異様にうごめかしながら漆喰の中のお蝶に、こう声をかけるのであった。

五

……今、三郎の眼前には、綿で作った巨人かと見える、不思議な物体が横たわっていた。それは、一面シャボンの泡に覆《おお》われた、お蝶の身体なのである。余りに間近なため、三郎には全身の三分の一ぐらいしか見えないのだけれど、そこに、どんな奇妙な光景が展開されつつあるかは、彼自身の経験によって、充分察することが出来るのだ。

蒸風呂から出たお蝶は、不思議な三助の指図によって、あの巨人の俎めいた台のうえに横たわる。三助がシャボンをつけたスポンジで、いきなり彼女の身体を擦《こす》り始める。そして、充分シャボンの泡が立った頃に、彼は今度は、その肥え太った両手を使って、全身の按摩《あんま》術に取りかかるのである。

三郎の目の前を、十本の太い指が、巨大な蜘蛛《くも》のように駈けまわると、泡の山がモクモクと動き、お蝶の全身が水枕のように揺れるのだ。彼女の身体の向こうには、三助のビール樽《だる》のような、シャツ一枚の腹が、苦しそうに起伏して、ハッハッというはげしい呼吸が聞こえて来る。彼はそうしているあいだにも、客を恥かしがらせないためにか、絶えず何かと喋《しゃべ》りつづける。彼が初めてトルコ風呂に入浴した時の驚き、トルコ人の不思議な風俗、さてはロンドン、パリの見聞に至るまで、彼は話し上手に喋るのである。そして時にはこんなこともまぜながら、

「失礼ですが、奥様は学校にいらっしゃる時分、運動の方がご熱心だったと見えますな。このまあ、よく引き締まったお身体はどうでしょう。真からご健康体なんでござ

いますね。それにお肌のこまかいこと。失礼ですが、私はまだこんなに艶々したお肌の方に出逢ったことがございませんよ」

そして、お蝶とはというと、まるで死人のように黙り込んで、グッタリと相手に身体をまかせたまま、ろくろく返事もしないのである。彼女の方では、五十男のデブちゃんなど眼中になく、ひたすら按摩の快感に浸っているのであろうし、三助の方でも、お客を玩具《おもちゃ》か何かの気で、自由気儘《きまま》に慣れた技術をふるっているのであろう。

「ちょっとそちらをお向き下さいませ」「ちょっとうつむきにおなりを」などと云われるままに、お蝶は無言で身体を動かしている。その度に、三郎の目の前の雪白《せっぱく》の小山は、種々さまざまの曲線と陰影を作って、縦横に起伏するのである。

ある時は、背骨が弓のように彎曲《わんきょく》して、腹部の皮膚がゴム鞠《まり》のように緊張する。そしてその向こう側には、ホテルの主人のまっ赤に力んだ顔が見える。これは、彼がお蝶の肩と足首とを持って、力まかせに後方へ引き寄せているのだ。又ある時は、仰臥《ぎょうが》した腹部の上に、豊かな二本の太股が、グッと重なり合って、不具者のような、不思議な姿が現われる。これは彼が、お蝶の足首を彼女の額のところへおしつけているのだ。全身が見えないせいもあるが、三郎の目の前に、ムクムクと動いている巨大な肉塊《にくかい》は、それがお蝶だなどとはまるで考えられないし、そればかりか、人間の身体とは見えないで、何かこう、白くフワフワした不思議な生物のように思われるのであった。

一《ひ》と渡《わた》り烈しい運動が済んでしまうと、たくましく充血した三助の手が、小桶を持って、ザブザブとお蝶の上に湯をかけるのが見えた。すると、まだらに残っていたシャボンの泡が、川の雪解《ゆきど》けのように洗い落とされ、その下から赤子のように血色のいい腹部や腰部の地肌《じはだ》が、輝かしく現われて来るのだった。

やがて、お蝶の美しい肉体は、大きなタオルによって、フワリと包まれ、その上を例の蜘蛛のような十本の指が、隅から隅まで走りまわると、三郎の目の前の巨大な肉塊は、又してもゴム製の水枕のように、怪しく震い始めるのであった……。

六

S温泉は、野崎三郎のような好事家《こうずか》のほかには、余り世間に知られていなかった。不愉快な軽便鉄道を降りて、更《さ》らに長い山路を車に揺られるのでは、遊山《ゆさん》かたがたの湯治《とうじ》には適しない。のみならず、そこは、女子供にとっては余りに物淋しい片山里《かたやまざと》であった。見渡す限り山又山にとり囲まれた暗い谷間、一軒きり取り残されたように建っている、そんな場所には不似合な籾山ホテル、そして、近所に村があるでもなく、僅か数軒の田舎びた売店と、今は空家になっている籾山ホテルの別宅と、少し離れたところに樵夫《きこり》の小屋が見えるくらいで、若《も》しこれが一人の旅であったなら、淋しさに一《ひ》と晩《ばん》でも辛抱出来ないような場所であった。

だが、何者とも知れぬ追跡者を恐れているらしいお蝶にとっては、又、そのお蝶の愛に溺れきっている三郎にとっては、このような安全な隠れ家はないのである。その上、籾山ホテルの浴場には、彼らの病癖を喜ばせる、不思議な設備があるのだし、そればかりか、そこには彼らと同じ部類に属する、異様の人物さえいるのである。三郎は、ここでなれば、当分辛抱が出来そうに思った。お蝶とても、ことさら尋ねては見なかったけれど、あのトルコ風呂には、充分魅力を感じているらしい様子である。そうして、彼らの呑気《のんき》な温泉場の生活は、一日二日と続いて行った。部屋に飽きると浴場に、それにも飽きると、二人は打ち連れて附近の森林をさまようのであった。

だが、一方において、三郎は籾山ホテルに到着して以来、不思議な不安をおぼえていた。それがなんであるかは彼にもはっきりしなかった。ただ、なんとなくうそ寒いような感じである。彼は日夜お蝶の愛に浸りながらも、その上トルコ風呂の入浴によって、異常な快楽をむさぼりながらも、ともすれば、心の中がうつろになって、そこに冷たい風が吹きすさむような、一種異様の淋しさをおぼえるのであった。あの廊下の鏡に映った、物凄い女の顔、あれも、彼をそんな気持にさせる、一つの原因であったかも知れない。だが、決してそればかりではないのである。

鏡の顔と云えば、若しやあんな病婦人でも逗留しているのかと、その後小女や主人などに尋ねてみたのだけれど、不思議なことには、ほかに女の客などは一人もいないという返事であった。あれは単に薄暗い頭の中の幻に過ぎなかったのか。でも、三郎には、どうしても、そうとばかりは思えないのだ。それにおかしいのは、その事を尋ねた時の、主人の異様なそぶりである。三郎が鏡に映った顔のことを詳しく話して聞かせると、彼は強いてさりげない表情で、しかしあわただしく、それは何かほかのものが映ったのを三郎が見違えたのであろうと、強く打ち消すのであった。

しかし、いぶかしく思いながらも、二日三日と日がたつにつれて、その不気味な記憶の方はだんだんと薄らいで行った。が、それでもまだ、なんともえたいの知れぬ不安は、どこやら三郎の頭の隅に残っていた。彼はお蝶とのいろいろな遊戯によって、それを打ち消そうと努めたけれど、幽霊のような不安はいつまでも彼の身辺につきまとって、去るべくも見えなかった。のみならず相手のお蝶までも、日がたつにしたがって、なんとなく浮かぬ顔を見せ始めたのである。

「どうしたというのだ。お前はいったい何を怖《おそ》れているのだ。この平和な山里を見よ。

そこに何が起ころうというのだ。どんな恐ろしい者がいるというのだ」

そう自分で自分を叱って見るのだけれど、彼は、そしてお蝶もまた、これという原因のない、不思議な不安を、どうすることも出来ないのであった。

ある日のこと、それは彼らがホテルに来てから一週間ほどたった時分であったが、午後の入浴をすませた二人は、うららかに晴れ渡った山国の春を、今日もまた、裏山の散策にと、ホテルの玄関を出るのであった。お蝶が山へ持って行くのに、果物を買うのだと云って、みすぼらしい売店の前へ行っている間に、褞袍姿の三郎は、ステッキをうち振り、細い坂道を森の方へブラブラと歩いて行った。道の片側はなだらかな芝山、片側は雑草の生い茂った低い土手を隔てて、底知れぬ谷になっていた。谷の底からは、岩に激する水の音にまじって、鳴きかわす小鳥の声が、晴れ晴れときこえて来た。三郎は、道ばたに咲いている名も知らぬ草花などを、ステッキの先で叩いて見たり、ある時は、下駄のかかとでクルリと廻れ右をして、お蝶の姿を求めたりしながら、でも、いつの間にか森の入口へさしかかっていた。

気がつくと、うしろに、バタバタとお蝶の草履《ぞうり》の音が聞こえた。それがなんとなく乱れているように感じたので、三郎はふとその方を振り向いて見た。すると、これはまあどうしたことであろう、そこには、白紙のように青ざめたお蝶が、せいせいと息を切らせながら、さも彼の救いを求めるように近づいて来るのであった。

「オイ、どうしたんだ」

三郎は思わず、大声に叫んだ。するとお蝶は、まるでその辺に聞く人でもいるように、声をひそめて、

「早く、早く」

と云いながら、袖を引っぱるのだ。

「どうしたんだよ」

彼はお蝶と一緒に森の中へ歩きながら、幾度も聞きただした。だがお蝶は、彼女の恐怖の原因については、何事も云わないのである。そして、まるで追手《おって》のかかった落人《おちうど》のように、少しでも森の中深く隠れようとするのであった。

S山腹の森林は、進むに従って深くなった。幾かかえもある大木が、見渡す限り打ち続いて、重なり合った樹の枝は、青空を隠し、場所によっては、冷たい水滴が気味わるく彼らの頸筋を打った。二人は、歩く度ごとにジクジクと水気を吐く落葉を踏んで、なおも奥深く進んで行った。お蝶の足は狂気のように早かった。

やがて、彼らは、いつも鬼ごっこをして遊ぶ、大きな沼のほとりまでたどりついた。そこにはもはや音というものはなかった。沼は千古《せんこ》の水をたたえて静まり返ってい

た。その水の表に、まっ青な空が映っていた。沼は、水面を境にして上下に無限のように見えた。ここまで来た時、お蝶はやっと、日頃のお蝶をとり返したようであった。

「いったい全体どうしたというのだ。びっくりするじゃないか」

三郎は、彼女が落着いたのを見て、更《さ》らにこう問いただすのであった。

「いいえ、なんでもないの。たぶん思い違いだわ。そうよ、きっと思い違いだわ。そんなこと、あるはずがないんだもの」

お蝶は強いて自分自身を慰めるかのように答えた。

「あすこの、売店で何か見たのか」

「ええ……だけど、むろんあたしの思い違いだわ。心配しなくってもいいのよ」

そういって安心しているかと思うと、しばらくするとお蝶はまた、こんなことを云いだすのである。

「ね、三郎さん。ここからあのホテルの所を通らないで、停車場へは出られない？」

「さア、たぶんあすこのほかに道はないだろうよ。なぜそんなことを聞くのだい」

「この山を越したら、向こう側にもきっと停車場があるわね」

「ばかだな、お前は……やっぱり怖がっているのだね……もう打ち明けたらどうだ。いったいお前は、なぜ僕をこんな山の中へ引っぱって来たのだい」

「どんなひどいことを聞いたって、僕の命にかかわるようなことだって、僕は決してお前を見捨てやしない。それは誓う。だから、打ち明けとくれ。後生《ごしょう》だから。お前はなぜ東京が怖いのだい。そして、さっき何を見たんだい」

「…………」

「…………」

それから先は、三郎がどんなに口を酸《すっぱ》くして口説《くど》いても、お蝶は固く口をつぐんで、少しも答えようとはしないのである。そして最後に、

「じゃあね、話すわ。だけど今は駄目、もう少し、もう少し待ってね。だって今日はあたし、なんかそんなこと、口に出すのもいやなんですもの……それよりも、ああ又鬼ごっこでもして遊びましょうよ」

そして彼女は、打って変わって、快活になったのである。

お蝶の云いなり次第の三郎は、又もや彼女の秘密を聞き出す機会を失って、しぶしぶながらその提案に従うのであった。やがて、いつものような鬼ごっこの遊戯が始められた。二人は沼のほとりの草原を、小学生のように、追いつ追われつ走りまわった。お蝶が倒れると、その上へ三郎も倒れた。そして、倒れたまま彼らは子犬のようにたわむれ合った。

「つかまった罰は、キッス」

三郎はそんな提議を持ち出したりした。

間もなく、鬼ごっこが隠れん坊に変わった。

「もういいかい」「もういいよ」彼らは子供のように、そんな呼び声をかけ合った。それが森にこだまして、いつまでもいつまでも消えなかった。今度は三郎が鬼であった。彼らはいつの間にか沼を離れて森の中へはいっていた。そこには到る所に隠れ場所があった。三郎は一本の大樹に顔をつけて、お蝶の隠れるのを待っていた。

「もういいかい」

「まあだだよ！」

遥か彼方からお蝶の声が聞こえて来た。

「もういいかい」

「まあだだよ」

お蝶の隠れるのは非常に手間取った。

「もういいかい」

それには返事がなかった。三郎は待ちきれないで、大樹の幹を離れた。そしてお蝶の声のした方角へ進んで行った。彼は所狭く林立した木の幹をさけながら、波を描いて歩いて行った。山里の暮るるに早く、知らぬ間に、そうでなくても薄暗い森の中は、一そう暗さを増していた。今にもその木蔭《こかげ》から「ワアッ」といって飛び出すかと、それを心待ちに、彼は無暗《むやみ》と歩きまわった。だが探しても探しても、お蝶の姿は見えなかった。三郎はふと恐ろしくなった。あの幹のうしろには、あの草叢《くさむら》の蔭には、お蝶でなくて、若しやこのあいだの鏡の顔が、彼が近づくのを待ち構えているのではないだろうか。

ハッとして、彼は立ち止まった。見ると、行く手の夕闇に、何者かがうごめいている。

「お蝶、お蝶」

三郎は思わず悲鳴を上げた。だがそれは何も怪しいものではなかった。一匹の大きな蝦蟇《がま》が人の足音に驚いて塒《ねぐら》を這い出したのであった。そうとわかっても、しかし、三郎の恐怖は静まらなかった。ともすれば目の先に、あの不気味な鏡の顔がちらついた。

「オーイ、お蝶ォー……」

彼は大声に呼びながら、森の中を狂気のように走りまわった。

「オーイ、お蝶ォー……」

答えには、不気味な木霊《こだま》が帰って来るばかりであった。

いったい全体、お蝶はどこへ隠れたのであろう。これほど呼んでも答えないのは、少し変ではないか。恐怖の上に云いがたき心配が加わった。彼は声をからしてお蝶の名を呼び続けながら、おろおろと駈けまわった。同じ場所を二度も三度も往復した。

やがて、探しつかれた三郎は、森を出て、沼のほとりに立った。その辺は、でもまだ可《か》なり明るかった。ふと見れば、彼から四、五間《けん》先の、切り岸になった沼の縁《ふち》に、見覚えのある赤い鼻緒《はなお》の草履が一つ、脱ぎすてられてあった。ハッとして、なおよく見ると、切り岸の草が、一カ所はげたようにとれて、土の地肌の上に何者かすべったような跡がついていた。三郎は思わずそこへかけ寄った。

「お蝶、お蝶」

彼は空《むな》しく恋人の名を呼んだ。むろん答えるものはなかった。沼は唖者のように黙りこくっていた。切り岸から下を覗くと、淀んだ黒い水の上に、もう一つのフェルト草履が沈みもしないでただよっていた。

七

野崎三郎は、沼の表にわびしげにただよっているお蝶のフェルトの草履を、ボンヤリと眺めていた。彼にはまだ事の真相が呑み込めないのだ。そこの淀んだ水底から、今にもお蝶の赤い帯がヒラヒラと浮き上がって、そして、彼女の濡れた顔がニッとほほ笑むのではないかしら。彼はふと、そのような呑気らしいことを考えていた。

だが、待っても待っても、古沼の表面は、夕闇の中で、固体のように動かなかった。三郎は、頭の中にあるものが恐ろしい勢いで込み上げて来るのを感じた。でも、それがなんであるか、彼にはわからなかった。というよりは、彼はわざとその考えをそ知らぬ振りでいた。そして、ヨロヨロ沼のまわりを歩きまわった。

「お蝶が死んだ。そうだ、お蝶が死んだのだ」

やっとしてから、彼は今さらのように、心の中で呟いた。彼はやにわに着物を脱ぎにかかった。沼の中へ飛び込むつもりなのだ。しかし、やがて、彼はハッとわれに返った。泳ぎを知らぬ彼が、着物を脱いだとてなんの甲斐があろう。

お蝶が果たしてこの古沼に身を沈めたのであろうか。それは覚悟の自殺であったか、ただ過失に過ぎなかったのか。或いは何者かのためにつき落とされたのか。それにしても彼女は泳ぎが出来るはずでなかったか。第一、死体の浮いていないのがおかしくはないか。これはひょっとしたら、お蝶が彼女の恐れている何者かから、永久に姿を隠すためのトリックではなかったのか。若《も》しその時、三郎が冷静に考えることが出来たならば、きっとこの疑問に逢着《ほうちゃく》したに相違ない。だが彼には到底そんな余裕はなかった。彼は刹那の放心を取り返すと、やにわに、籾山ホテルをさして、かけ出したのである。

凶報《きょうほう》に接したホテルの内外は、俄《にわ》かに色めき立った。主人をはじめホテルの人々は青くなって、玄関に出て来た。近所の人たちも、騒ぎを聞きつけて集まった。

「早くして下さい、早く助けてやって下さい」

三郎は息を切らせて、それぱかりを叫び続けた。

だが、お蝶が沼に落ちたと聞くと、人々は異様におし黙って、ただ顔を見合わせてばかりであった。

「どうしたというのです。早くしなければ助かるものも助からないじゃありませんか」

三郎の焦慮にもかかわらず、人々のあいだには不気味な沈黙が続いた。そして、彼らはてんでに、何事かをボソボソと囁《ささや》き合っていた。

「そうと知っていましたら、お止めするのでしたに」やがてホテルの主人が、憮然《ぶぜん》として始めた。「あの沼には昔から妙な伝説があるのでございますよ。この辺の人に云わせますと、あれは底なしの沼だそうで、その上、蛇身《じゃしん》の主《ぬし》がいて、それに見込まれたら、どんな泳ぎの名人でも、とても助かることが出来ないというのでございます。ナニ、むろん迷信だと存じますが、なんだか気味がわるいものですから、お客さまにもあすこへお出《いで》なさらぬようにご注意申し上げて居ります。でもまさか、旦那さまがあんな所へいらっしゃるとは思いも寄らなかったのでございますよ」

するとと近所の人たちもそれに和して、沼の恐怖を語るのであった。

古老の記憶にあるだけでも、底なし沼に身を沈めて命を失った者は、二、三に止《とど》まらなかった。そして、奇妙なことには、入水者の死体は、一度も浮き上がることなく、未来永劫《みらいえいごう》行方知れずになってしまう。現に籾山ホテルが建ってから、二人の犠牲者があった。一人は近くの村の若い者で、物におじぬ力自慢が仇《あだ》となり、一人はホテルの客の異国人で、人々の止めるのを聞かず、沼にはいって泳いだために、蛇身の主の怒りに触れたというのである。

だが、三郎はむろんそんなことを聞いている余裕はなかった。黒い水底で、もがき苦しんでいる愛人の姿ばかりが痛ましく彼の目先にちらついた。彼はもどかしそうに又しても叫ぶのであった。

「ともかく、探して下さい。誰か泳ぎのうまい人はいませんか。沼の中へはいって、お蝶を探して下さい」

「それはもう、おっしゃるまでもなく、探すだけは探させます。でも、こんなことを申し上げるのは変ですけれど、たぶん無駄でございましょうよ。この前も、その前の時も、警察で人を雇って、充分探したのでございますが、死体はとうとう出ませんでした」

主人は気の毒そうにそんな事を呟きながら、それでもさっそく近くの村の駐在所へ人を走らせた。

やがて、ホテルの若い者や附近の男たちによって捜索隊めいたものが組織され、てんでに、籾山ホテルの定紋《じょうもん》のついた提灯《ちょうちん》を持って、もうほとんど暮れきった山路を、森の方へ急いだ。三郎はその先頭に立って、気もそぞろに走るのであった。暗闇の森の中を、大樹の幹から幹へと、時ならぬ狐火《きつねび》が飛んだ。誰も物を云わなかった。落葉がガサゴソと鳴り、梢《こずえ》の鳥どもが怪しげな叫び声を発するほかには、なんの物音もなかった。提灯の火が頭の上の木の葉の層に巨大な人影を映した。それが、彼らの狼狽《ろうばい》を憐れむかのように細かく揺らいだ。

沼はもう漆《うるし》のような闇に包まれていた。ほの暗い提灯の火では何者をも識別することが出来なかった。人々は枯枝《かれえだ》を集めて焚火《たきび》を始めた。朱のような焰《ほのお》がメラメラと闇をなめた。見ると、フェルト草履はやはり元の場所に落ちていた。夜目にはそれが、非常に遠くにあるように見えた。

人々は押し黙って、沼のほとりに立ちつくしていた。夜の底なし沼に飛び込んで、哀れな犠牲者の死体を探す勇者など、あろうはずもなかった。三郎は甲斐なき焦燥に悶《もだ》えながら、沼の岸を歩きまわった。

八

結局その夜の捜索はなんの得るところもなかった。駐在所の巡査が駈けつけ、急ごしらえの筏《いかだ》を沼の上にうかべたりして、ほとんど徹宵《てっしょう》、空しい努力が続けられた。そして翌日はまた、水中眼鏡《すいちゅうめがね》などを作って、更《さ》らに、昼間の捜索が行われたけれど、それも無駄に終わった。お蝶は永劫に水底深くとじ込められたかと見えた。

「この前にも一度溺死人《できしにん》がありましてね」巡査は三郎を慰めるように云うのであった。

「その時も今度のように手を尽して探したのですが、どうしても死体が出て来ないのです。この辺の人は妙な伝説を信じているようですが、ナニ主なんかがいるわけはありません。私の考えでは、沼の藻《も》のせいじゃないかと思うのですよ。水中眼鏡で覗いて見るとわかるでしょう。ずっと底の方には恐ろしい藻が密生していますからね。落ち込んだ拍子に、その中へもぐってしまえば、もう出られっこありませんよ」

なるほど、沼の底には、無数の蛇が肌と肌とをすり合わせて、もつれてでもいるように、おびただしい藻が見えていた。光線が届かぬために、暗く淀んで、その蔭には、ほんとうの蛇身の主が棲《す》んでいそうに思われるのだ。お蝶は果たしてあのヌルヌルした闇の世界にとじ籠《こ》められてしまったのであろうか。三郎は水中眼鏡を借りて、水底を覗いていると、ふと云いがたき物淋しさに襲われて、自分もそこへ身を沈め、お蝶とたった二人で、あの暗闇の藻の中に包まれていたいような気がするのであった。

「これだけ探してもわからないのですから、お気の毒ですけれど、もう絶望と見なければなりません。たとい死骸が見つかったところで、おつれ合いのなくなられた事に変わりはないのですし、われわれとしても充分手を尽したことですから、もう諦めなさるほかはありますまい」

最後に巡査が宣告を下した。溺死の蔭に犯罪の疑いでもあればともかく、そうしたこともないのだし、それに何を云っても片山里《かたやまざと》の事で、警察としてもこれ以上穿鑿する手だてはないのであった。三郎が、彼とお蝶との関係について一応の取調べをうけたのは云うまでもない。彼はお蝶の身元を尋ねられた時、迂闊《うかつ》にも、知らないと答えるほかはなかった。そして、それを調べてもらうために、彼女を紹介した友人に電報を打たなければならなかった。

さて、捜索が一段落を告げると、巡査をはじめ附近の人たちも銘々《めいめい》の仕事に帰って、三郎はただ一人、底知れぬ絶望の中に取り残された。彼はホテルの部屋にとじこもったまま、果てしなき物思いに沈んでいた。唯一の生甲斐《いきがい》であったお蝶を失った彼は、これから先、何によってこの世を生きて行けばよいのか。それを思うと、いっそ、お蝶のあとを追って、死んでしまいたくさえなった。

昨夕《ゆうべ》から曇り始めた天候が、昼頃には霧のような雨となった。部屋の中が妙にむし暑く、しめっぽく、窓の外には、べた一面の雨雲が、おさえつけるように迫っていた。三郎は、そうでなくても重い気分が一そう陰鬱《いんうつ》に沈んで行った。といって、好物のトルコ風呂へはいる気にもなれなかった。彼は部屋のまん中に寝転んで、ボンヤリと窓の外を眺めていた。ともすれば、ありし日のお蝶の、好もしき姿態《したい》どもが、鼠色の雲間を横ぎった。

ふと気がつくと、どこからともなく、悲しげな子守歌が聞こえて来た。それが滅入《めい》るような雨だれの音に和して、異様に彼の心を打った。一つには歌声の美しさが、亡き人を連想せしめたのであろう。彼はなんとなくその主を見たい気持になった。だが窓を開いて眺めても、その辺に人影はなく、声は明らかにホテルの内部から洩《も》れて来ることがわかった。

天候のせいであったか、それとも、子守歌の異様に物悲しき音律《おんりつ》によってであったか、三郎はふと云いがたき戦慄《せんりつ》をおぼえた。そして、なぜともしらず、沼の底の、果てしもない暗闇の中に、永劫にとじ籠められたお蝶の姿が、お伽草紙《とぎぞうし》の挿画のように、気味わるく、物悲しく、或いはなつかしく、夜の心に描き出されるのであった。

九

「お客様、お淋しうございましょう」

ハッとわれに返って、振り向くと、ちょうどそこへ、半ば開かれたドアの隙間から、ホテルの主人のニコニコ顔がのぞいていた。彼は、度々繰り返した悔みの言葉を、更《さ》らにもう一度繰り返して、さて、こんなことをいうのであった。

「いかがです、むさくろしうございますが、私どもの部屋へいらっしゃいませんか。

何かお話でも致しましょう。それに、貯えた珍味もございますから、それで一献《いっこん》差上げようではありませんか。そうしていらっしゃっては、お気が滅入るばかりでございますよ」

今の三郎に取っては、主人の慰め顔がむしろ煩《わずら》わしかったけれど、たっての勧めに、せっかくの親切を無にするのはよくないと思って、一応彼の部屋へ伴なわれることにした。そして、廊下を並んで歩きながら、三郎は何気なく、先程の気がかりな疑問を訊して見るのであった。

「ここには子供をつれた女の人でも来ているのですか」

「いいえ、今のところお客様といっては、旦那様のほかに六番にお二人と、それから二階に三人、都合六人、それも皆男の方でございます。お子供衆はお一方《ひとかた》もいらっしゃいません」

「でも、さっき子守歌が聞こえていたようですが、お宅にはお子供さんは?」

「私どもにもございません」そして主人は妙に三郎の顔を見つめながら、「それは何かのお聞き違いではございませんか。子守歌を歌って歩くようなものは、近所にもないはずですが、それとも女中どもが、似寄った歌でも歌ったのかも知れません」

だが、三郎は、それを聞いてもまだなんとなく気が済まぬように思った。その後永いあいだ、彼はあの異様な音律を忘れることが出来なかった。

それはともかく、やがて三郎は、主人用の客間らしい部屋に通された。見ると、そこに用意された食卓の向こうには一人の先客がもう盃を挙げているのだった。

「これは進藤《しんどう》といいまして、私の旧友でございます。昨日《きのう》久しぶりで訪ねてくれましたので、ちっとも気兼ねのいらぬ男ですから、どうかおくつろぎなすって」

主人はそんなふうに紹介しながら、

「ちょうど二人で酒を始めましたので、お気ばらしにお誘いしたようなわけでございます」

すると、進藤と呼ばれた客は、居住居《いずまい》を直して、しかし妙に無作法な口調で、先《ま》ず悔みの口上を述べるのであった。彼は身なりこそ相当にととのえていたけれど、言葉の調子、日に焼けた顔色、ふしくれ立った手先などが、身分のよくないものであることを証明していた。第一、彼の不気味な容貌が、三郎を不快にした。日に焼けてはいても、妙に青黒く、鉛《なまり》を連想せしめる皮膚の色、ドンヨリと曇って、しかも絶え間なく動いている瞳、病的に薄い頭髪、それらのものが、何かよからぬ彼の前半生を語っているように見えた。

話題は当然、底無しの沼のこと、お蝶のことなどが主となった。ホテルの主人がほとんど独りで喋って、進藤がそれに受け答えをした。三郎は話を聞きながら、ともすればあらぬ事に考えふけっていた。卓上には、彼の道楽《どうらく》と見えるさまざまの珍味が並べられた。その多くは、三郎が嘗つて口にしたことのない、名も知らぬ鳥、けだもの、長虫などの肉類であった。だが、日頃いかもの食いの三郎も、今日ばかりは、それを味わい楽しむ余裕を持たなかった。そんなことよりも、彼は今、主人の話から、はからずも重大な事柄に思い当たっていたのである。

それは、昨日お蝶が売店で買い物をしてからの、不思議なそぶりであった。又森の中での不気味な言葉であった。彼女はあの時、もう少しで真実を打ちあけるところだった。それを聞けば、彼女があんなにまで怖《お》じ恐れていた物が（それは追跡者であったかも知れない）なんであるかを知ることが出来たであろう。だが、それも今となっては返らぬ繰《く》り言《ごと》である。

ただ、わかっているのは、お蝶が売店の前で何かを見たということであった。ひょっとしたら、それが恐怖の本体ではなかったか。つまり彼女の追跡者ではなかったか。そして、もう一そう想像を逞《たくま》しくするならば、森の中でお蝶を殺したものは、ほかならぬその追跡者ではなかったのか。

狭い部落のことだから、若《も》し昨日外から来た人があるとすれば、すぐわかるはずであった。だが、この時候はずれに、一日に二人も三人もの外来者があるのだろうか。よそから来たものと云えば、今ここにいる進藤もその一人ではないか。聞けば彼のホテルに着いた時間がちょうど昨日の夕方である。これは偶然の一致にしては少し妙ではあるまいか。のみならず、彼の獰悪《どうあく》な容貌、なんとなく落ちつかぬ物腰、考えれば考えるほど、それからそれへと、恐ろしい疑念が湧くのであった。

十

悲歎のうちに数日は過ぎ去った。電報で問い合わせた友人からの返事を待ったためでもあったが、それよりも、どこかにお蝶が生き永らえているような気がして、若《も》し死んだとしても、その死骸の沈んでいる沼のそばを去るに忍びなくて、又一つには、お蝶の死んだ日に、この土地へ来た唯一の人(附近の人々に問い合わせた結果、それが確かめられた)進藤を監視する意味もあり、三郎もそのまま、籾山ホテルに滞在していた。その進藤は、ホテルの主人の歓待を受けて(これも不思議の一つであった)彼もまた、そこに逗留を続けているのだ。

三郎は暇さえあれば、なんとはなしに沼のほとりが懐《なつ》かしく、例の水中眼鏡を借り出しては、森の中へはいって行った。そして、まるで何かに魅入《みい》られたように、沼の底の暗闇の世界を眺め暮らしているのであった。

そうしているうちに、彼はふと一つの計画を思い立った。それは、果敢《はか》なくなった愛人の姿を、今この愛着の念に燃ゆる心をもって、彼の専門であるカンバスの上に残しておこうというのであった。構図《こうず》についても、彼は特殊の案を持っていた。先《ま》ず背景には、画面一ぱいに生い茂った藻を描き、その、暗闇の中央に、銀色に輝くお蝶の裸像を横たえ、全身を深く濃《こま》やかな水の色でぼかす。それはとりもなおさず水中眼鏡で覗いた、底なし沼の景色であった。

ホテルの明るい部屋は、そのような絵を描くにふさわしくなかった。そうかといって、森の中へカンバスを据えるのも異なものである。彼は仕事の場所に思いまどった末、今は空家になっているホテルの別宅を選ぶことにした。周囲の空地には、蓬々《ぼうぼう》と雑草が茂り、家全体に、どことなく蔭が多く、妙に陰鬱なその建物が、彼の心を惹いた。彼はこれこそ画題にふさわしき絶好の仕事場だと思った。

ホテルの主人は、別宅を開放することを好まぬように見えたけれど、三郎の可憐な計画を聞き、充分の借家料を支払うという彼の意向を確かめると、やっとそれを承知した。

別宅というのは、古い建物らしく、まるで荒れはてて、その上いやに広いので、雨戸を全部あけ放しても、内側の部屋は夕方のように暗かった。三郎はわざとその最も暗い部屋を選んで、画架を据えると、さっそく彼の奇妙な仕事にとりかかるのであった。

木炭を取ると、彼はもう夢中であった。恋人の姿を如実に描き出す楽しみもあったけれど、それよりも、今彼には久しく忘れ果てていた芸術がよみがえって来たのである。「水底に睡《ねむ》る妖女」この誘惑的な画題は、彼を有頂天にさせるに充分であった。又そうして絵筆を取ることは、一方においては、心の痛みを忘れる絶好の方便でもあったのだ。彼は何事をも打ちすてて、絵画の世界に没頭した。

その第一日の夜のことであった。彼は興《きょう》の湧くままに、日が暮れても絵筆を捨てず、ホテルから借りて来たランプをともして（この土地には電燈さえないのだ）その赤黒い光の中で、光線にさしつかえのない下絵の仕事にいそしんでいた。古風な燈火《ともしび》は、座敷一ぱい目なれぬ陰影を投げ、その夢幻的な、或いはお伽噺のような光景が、一そう彼の気持に適《かな》った。

そうしているうちに、ふと彼は、又しても怪しい声を聞いた。それは、声色から節廻《ふしまわ》しから、異様に物悲しい調子まで、前の日のものと少しも違わなかった。声の主は、別宅の中のどこかの隅にいるらしく、むせぶようなその子守歌は、さも細々と絶えては続くのであった。

それを聞くと、三郎は前日と同じ、一種異様の感にうたれた。しばらくぼんやりとその音律に聞き入っていたが、やがて彼は立ち上がると、ランプを片手に、声のする方へたどって行った。だが、ランプの光が動きはじめると、その声はバッタリ止まった。そして、何者とも知れず、部屋の縁側《えんがわ》の外へと逃げるような物音が聞こえた。

「誰です」

三郎は叫びながら、その後を追った。そして縁側の所へ出て、まっ暗な空地の方をすかして見ると、そこから女らしい人影が、バタバタと駈けて行くのが、かすかに眺められた。

十一

野崎三郎の愛人お蝶は、三郎をはじめ籾山ホテルの人々が信じていたように、怪しき沼の藻屑《もくず》と消えたのか、それともまた、人目にかからぬこの世の隅に、永久の隠れん坊をしているのか。三郎が再度耳にしたところの子守歌の主は、いったい何人《なんぴと》であったか。若《も》しかしたら、彼女こそお蝶その人でなかったのか。それらの数々の疑問に答える前に、物語の舞台を一転して、作者は、もう一人の人物植村喜八《うえむらきはち》の、少しばかり風変わりな見聞について、語らねばならぬ。

浅草《あさくさ》公園の裏に一軒のうす汚い酒場がある。ある晩のこと（それは野崎三郎がお蝶を発見して、彼女に夢中になっていた頃なのだが）植村喜八がその酒場で一人の妙な男に出会う。お話は突然ここから始まるのだ。

植村喜八もやっぱり洋画の学校を卒業した一人の画家であったが、野崎三郎とは違って家に恒産《こうさん》なく、と云って絵が売れるほどには認められず、東京の場末にころがっている沢山《たくさん》の貧乏書生、着物の襟が垢で汚れて、よれよれになって、骨ばった腰部にみすぼらしい猫じゃらしの帯がぶら下がっている、ああした貧乏書生の生活をいとなんでいる青年であった。

描いても描いても売れないままに、つい絵の方は、お留守になって、彼は浅草公園の隅から隅を、ほっつき歩いているような日が多かった。そんな風体《ふうてい》の彼には、公園の餡《あん》パンのかけらと古新聞でよごれた共同ベンチが、最も調和ある背景を為していた。彼はその、風雨にさらされた、（注8）立《たち》ん坊《ぼう》のあぶらや、赤ん坊の小便に汚されて、不思議な光沢をさえ持っている共同ベンチに腰をおろして、彼と同類とも見える青年や、道草を食って惰眠《だみん》をむさぼっているお店者《たなもの》や、金《きん》つばにむしゃぶりついている小僧や、浮世の雨風に洗いさらされて、あぶらの抜けた乾物《ひもの》のような老人や、子守女や、それらの社会のある一面を語る人物たちを、まざまざと観察するのが大好物であった。

それらの人たちは、彼の知っている一つの社会、例えば山の手に住んでいるあの富裕な友人の家庭だとか、当時出来たばかりの帝国劇場だとか、三越百貨店だとか、そんなものとはまるで違った国に住んでいた。露店の洋食屋、競《せ》り売りのシャツ屋、アラスカ金の指輪《ゆびわ》、電気ブラン、木戸十銭の浪花節《なにわぶし》、そういう世界が、彼らにはふさわしいものであった。植村喜八がこの世界に興味を持ち出してから、もう久しいものであったが、知るに従って、そこに云うべからざる魅力を感じないではいられなかった。それは例えば、たま乗り娘の、垢じんだ肉襦袢《にくじゅばん》の魅力であった。豪奢《ごうしゃ》とか絢爛《けんらん》とかいうものとはまるで違った、別世界の美であった。のみならず、そこには、都会の中央から、下町の花柳界からでさえも影を消した、江戸の匂いが濃厚にただよっていた。居《い》合抜《あいぬ》き、蝦蟇《がま》の油売り、弘法大師の石芋《いしいも》、倶利伽羅紋々《くりからもんもん》のお爺《じい》さん、鳩に豆を売るお婆さん、皺くちゃの海坊主、そういう江戸がただよっていた。

植村喜八は、いつの間にか浅草人の一人になりきっていた。昼席《ひるせき》の釈場《しゃくば》では箱にはいった寿司を食い、江川一座のお囃《はや》しさんや一寸法師と顔なじみになり、活動小屋の生々しい絵看板に無上の美を感じ、観音堂の乞食と口をきき、何々バーで電気ブランを引っかけ、純粋江戸弁の兄いと議論を戦わせた。

さて、その日植村喜八は、ちょうど当時六区《ろっく》の呼び物であった、女大力《おんなだいりき》、女角力《おんなずもう》を見物した。テンテコテンテコと鳴り響く櫓太鼓《やぐらだいこ》の下で、肥え太った漁師のような娘どもが、肉塊をよじらせて客を引いていた。娘どもは取り組んだかと思うと、きまったようにト俵際へおよび腰になって、足を組んだりほぐしたりしながら、まっ赤に頰をふくらまし、お互いを外へ投げようともがいた。それをうしろから見ていると、うす汚い締め込みを境に、二つのフットボールのお尻が、しめて四つ、奇怪な生物のように躍動するのであった。

喜八は蓆《むしろ》を敷いた座席の一ばん前に陣取って、かえってそれが見栄ででもあるように、夢中になって見物していた。

「さてこのたびは、中入り《なかい》余興と仕《つかまつ》りまして、女大力七十貫持ちの芸当を御覧に入れます」

チョン、チョン、印半纏《しるしばんてん》の男が、拍子木を打ち鳴らして口上を述べた。

重そうな酒樽や土俵などが持ち出された。一段高い楽屋では、角力甚句《じんく》(注9)に似た、しかしなんとなく物悲しい歌が、やけな三味線につれて歌い出された。

その時、ふと、土俵を越して向こう側の見物席を見ると、そこに思いがけない一人の男を発見して、植村喜八は思わずハッと首を縮めた。妙にゆがんだ、鉛色の顔、あれを忘れてなるものか。相手の方では多分こちらを見覚えていまいとは思ったけれど、でも、なんとなく薄気味わるく、ソロソロと人混みの中へ身を隠しながら、彼はその夜の出来事をまざまざと思い浮かべた。

十二

妙にまっ暗な夜であった。どこかのバーで少し酔って、喜八は長いお寺の塀のそばを歩いていた。そして夜更けというでもないに、バッタリ人通りが途絶えて、電車のきしり、支那蕎麦《しなそば》の笛、夜番の拍子木などが、さも真夜中のように、遠くの方で聞こえていた。

長い土塀が尽きて、そこの細い横丁へ曲がろうとした時であった。突然、フワリと風をはらんだ袂《たもと》が喜八の胸をかすめ、若い女の烈しい息づかいを残して、彼の背後の少し窪んだ暗闇へ身を隠したものがあった。

「助けて下さい」

そよ風のような囁きが、喜八を立ち止まらせた。すると何を考える暇もなく、同じ横丁から、隠れた女を追って来たらしい、もう一人の人物が現われた。常夜燈《じょうやとう》の薄明かりに、その男の異様な顔が、妙にねじれた鉛色の顔が、喜八の目から一尺ばかりの所で固定した。相手は思いがけぬ喜八の出現にたじろいで、彼の方をすかし見ながら動かなかった。彼らはお互いの異常な呼吸を感じ合った。

咄嗟の場合、恐らく講釈から教わった機智であったろうか、喜八は柄にもない妙なことを考えついた。

「こらッ」

彼は、しょっちゅうその辺をぶらついている刑事探偵の精悍《せいかん》な姿を思い出しながら、下腹に力をこめて呶鳴《どな》って見た。

「この女をどうしようというのか」

すると、意外にも、相手はクルリと廻れ右をして、元来た横丁の闇へ姿を消してしまった。それが余り手早くアッサリ行われたので、喜八はむしろ驚いた。なんとなく喜劇じみておかしくもあった。

「どうも有難うございました」

やっとしてから、まだその暗闇にすくんでいた女が、うわずった声で呼びかけた。

「もう行ってしまったのでしょうか」

「お待ちなさい、今見て上げますから」

喜八は云いがたき満足をおぼえながら、少し歩《ほ》を移して横丁の闇をすかして見た。しばらく考えて居ても、人の気配はなかった。

「大丈夫ですよ。もうどっかへ行ってしまいましたよ。どうしたのですか、いったい」

おずおずと彼の前に進み出た娘の顔を、おぼろな燈光が照らし出した。身なりはあまり美しからぬ、しかし豊満な身体の線と、魅力ある容貌を持った、安カフェの女給と見ゆる女が、うなだれて、もじもじして、そこに佇《たたず》んでいた。

「どちらへ帰るのです。そこまで送って上げましょう」

喜八は胸を張って先に立った。

「こちらですか。……あの男はいったい何者です」

「あたし、危うく殺されるところでした。あれはこの頃監獄を出たばかりの前科者です」

それだけの言葉をかわしたばかりで、長いお寺の戸塀をはずれて、二人は少し明るい町へ出ていた。

「前から知っている人ですか」

「ええ、少しばかり。でも深い関係なんかありやしません。あたし、まるで蛇に魅入られたようなものですわ、うるさくつけ廻して、云うことを聞かなければ殺してしまうって、さっきも、懐中《ふところ》に短刀を持っていたのです」

「警察へ届けてはどうですか」

「あなた警察の方ですの」

「いいや、さっきのは、あれはちょっとおどかして見たのですよ。僕は絵かきですよ」

「あら」娘はなぜかちょっと驚いた様子であったが、「でも警察へ届けたりすれば、なお怖うございますわ、それこそほんとうに殺されてしまいますわ。それよりは、あたしどっかへ逃げようと思いますの。ええ、そうしますわ。あいつがいくら探してもわからないような所へ逃げてしまいますわ」

彼女は半ば独り言《ひとごと》のように、そんなことを繰り返し繰り返し云っていた。

「なんだったら、詳しい事情を話して見ませんか、僕に出来る事なら力添えをして上げてもいい」

喜八は恥かしいのをこらえて、思い切って云って見た。

「ええ、有難うございます。でも、あたし一人でどうにか出来そうですわ」

その彼女の言葉に、ピンと反撥《はんぱつ》するような物を感じて、喜八は思わず赤くなった。

そして、実は人一倍気の弱い彼は、それ以上援助を申し出《い》でる勇気がなくなってしまった。両側の家並《やなみ》が明るくなるに従って、みすぼらしい彼自身の風体にだんだんひけ目を感じ出した。そして、暗闇の英雄は、いつの間にか、彼の救った女に、顔を見られることとさえ恥かしくてたまらぬほどの、小心者に変わっていた。

「どうもいろいろ有難うございました。あたしもう大丈夫ですから、ここから一人で帰りますわ」

間抜けた恰好で突っ立っている喜八の前に、丁寧に一礼すると、彼女は明るい町角をすっと曲がって行った。喜八は非常な恥かしさを押し隠した無表情で、さりげなく別の方角へ歩き出した。そして、更《さ》らに間の抜けたことには、彼はその時になって初めて、彼の救った女の正体に気がついたのである。

「ああわかった。あれは××舞踏団の踊子じゃないか」

なんだか見たような気がしたはずであった。以前彼が足繁く通ったことのある、浅草六区の見世物小屋で、人気を取っていた胡蝶《こちょう》という踊子、いつの間にか舞台から影を消したと思っていたら、やっぱりこの辺にうろうろしているのだな。どうせ暗い世界に巣を食って、よからぬ渡世《とせい》をしているのであろうが、それにしても、あのような前科者の無頼漢《ぶらいかん》に追いまわされているとは気の毒だな。

彼の救った女が踊子胡蝶だとわかると、喜八は幾分気持を直すことが出来た。浅草界隈《かいわい》に充満している罪業《ざいごう》の一断面をすき見したようで、なんとなく興があった。彼は、彼の目の前でひきつった鉛色の前科者の表情と、踊子胡蝶のうしろ姿とを脳裡《のうり》に描きながら、暗闇の裏通りを家路についた。

植村喜八はむろんそれを知らなかったけれど、彼の救った踊子というのは、ほかならぬ野崎三郎の愛人お蝶なので、彼女はその夜三郎のアトリエからの帰りみちを、あの前科者におそわれたわけであった。喜八がこの物語の世界に捲《ま》き込まれるに至った因縁は、実に、その夜のお蝶との不思議な邂逅《かいこう》に始まっているのである。

十三

以来、植村喜八は、妙にその夜の出来事を忘れかねた。浅草の見世物小屋の踊子と、鉛色の顔をもった前科者、この変てこな取り合わせがなんとなく彼の心をそそった。考えて見ると、あの時の胡蝶の態度には腑に落ちぬところがあった。見世物小屋の舞台に顔をさらすほどの彼女が、たといそれが兇悪《きょうあく》なる前科者であるとはいえ、高《たか》が一人の男のいわれなき脅迫に、なぜなればああも恐れおののいていたか。相手を其の筋へ訴えようともしないで、彼女自ら姿を隠そうなどと口走ったのか。彼女の側《がわ》にも何かの秘密があるのではないだろうか。彼はひとごとならず思い惑った。

以上の記述によって、読者もたぶん想像された通り、植村喜八は人知れず他人の秘密を探究することに、異常な興味を持っていた。彼が若《も》し、もっと臆病でなかったなら、いっそ絵筆を捨てて刑事探偵の職についた方が、どれほど適任であったかも知れない。その植村喜八の前に、この日頃彼の好奇心の的となっていた、先夜の前科者が現われたのだ。女角力の見世物小屋で、土俵を隔てて、再び顔を見合わせたのだ。彼が一種異様の昂奮《こうふん》を感じたのも決して無理ではなかった。

喜八は人の背中に隠れるようにして、寸時も男から目を離さなかった。力持ちの芸人も、女力士の土俵入りも、目ざましい五人抜の勝負も、もはや彼の興味を惹く力はなかった。どのような恐ろしい罪を犯したのか、それは知るすべもなかったけれど、この獰悪なる兇状持《きょうじょうも》ちの一挙一動が、彼の目を捉えて離さなかった。

そうして、およそ三十分も監視を続けていたであろうか、やがて、相手の男は傍若無人の大欠伸《おおあくび》と共に立ち上がった。そして色あせた印半纏の、裾をくるりと肩までまくし上げて、ノソノソ木戸口の方へ歩いて行く。それを見ると、喜八もまた立ち上がり、見物たちのあいだをかき分けて、別の木戸から表へ出た。尾行の興味が彼をそそったのだ。

木戸を出て見まわすと。小屋の表の人だかりにまじって、男は今巻煙草にマッチの火をつけている所であった。それが余りに間近だったので、喜八は気づかれてはならぬと、大急ぎで人ごみに隠れようと身構えたが、ちょうどその時、相手は火をつけ終わってヒョイと顔を上げた、そして二人の目と目がガッチリぶつかってしまった。

「気づいたかな」

喜八はハッとして、思わず逃げ腰になったが、男はいっこう無表情にぼんやり佇んだままだ。どうやら彼は見覚えていない様子である。この分《ぶん》なら大丈夫だ。どこまでも尾行してやろう。喜八はホッとして、なおも男の挙動をうちまもった。

やがて、男はのろのろと歩き出した。ゴリラのように曲がった足、まっ黒な足の裏、ベタベタ音を立てる尻切れ草履、ずいぶんみすぼらしい風体である。喜八は尾行しながら、ふとばかばかしくなった。こんな立ん坊の跡をつけてどうしようというのだ。お前もよっぽど物好きだな。しかし又男の奇怪にひん曲がった鉛色の顔を思いだすと、なんとなく見逃してしまうのは惜しいようでもある。その顔には何か妙に彼を引きつけるところがあった。

とつおいつ、惑いながらも尾行を続けているうちに、男はいつしか公園を抜けて、その裏のゴミゴミした迷路にはいって行った。右に折れ左に曲がり、行くに従って両側の家並はますます埃っぽく薄汚なくなって行った。そのとある町の一軒の小さなバーへ、男はフラフラとはいって行った。二間《けん》に足らぬ間口《まぐち》で、入口には黒く汚れたカーキ色の暖簾《のれん》が下がり、その両側のガラス窓は、油と砂埃のためにほとんど不透明になっていた。

喜八は思い切って男のあとから、バーの暖簾をくぐった。五、六坪の土間に、馬蹄形《ばていがた》の広いスタンド様《よう》の台が続いて、その外側にもたれも何もない数脚の椅子が並び、馬蹄形の内側には山出しの小女が突っ立っている。時間が早いせいか客は一人もいなかった。

「オイ、ブランだ」前科者はドッカリ椅子に腰をおろし、スタンドに頰杖をつくと、底力のあるしわがれ声で命じた。喜八はビールを云いつけた。

「もう一杯」一杯の電気ブランを引っかけてしまうと、男は矢つぎ早やにお代わりを命じた。細く切った生のキャベツが酒の肴だった。男はそれにソースをつけてムシャムシャやりながら、何杯も何杯もコップを代えた。

「姉や、この兄さんに一杯ついでやってくんな。兄さん一つ献じよう」男はもう可なり酔っていた。前に置かれた赤い酒を眺めてモジモジしている喜八の様子を見ると、彼は途方もない声を出して笑った。

「遠慮することたねえ。何も割前を取ろうた云わねえ。景気よくやってくんな」

そして、何がおかしいのか男は又ゲラゲラと笑うのであった。

やがて、土間の隅々に夕闇が迫り、すすけた電燈が赤い光を放ちはじめ、一人二人と新しい客がつめかけて来た。小女のおあつらえを通す声が忙しくなって、みすぼらしいバーの中も、いつとなく陽気に、はなやかに変わって行った。馬蹄形のスタンドをとりまいて、不思議な委員会が始まった。酔うに従って初対面の客たちのあいだには、驚くべき乱暴な言葉で、しかし少しも悪意のない会話が取りかわされた。会話の大部分は不平話であった。立ん坊の不平話なんて、子供のように無邪気なものだ。喜八は一本のビールに陶然《とうぜん》として、耳なれぬ、しかし快い会話に聞き入った。

「ホイ、ホイ」突然前科者が、武骨な手拍子を打ちながら奇妙な歌を歌いはじめた。なんとかしてホイ、ホイという非常に長閑《のどか》な節廻《ふしまわ》しであった。酒のために幾分人間らしく見える彼の顔を眺め、その歌を聞いていると、喜八はなぜか広々とした海原を思い浮かべた。潮風に吹かれながら帆綱《ほづな》をあやつる、壮快な船乗りを思い浮かべた。恐らくその歌は、一種の船歌であったのかも知れない。「ホイ、ホイ」ののびのびした余韻《よいん》がいつまでも耳に残っていた。

「不景気な面《つら》するねえ」前科者は突然歌をやめて呶鳴《どな》り出した。人々は面白そうに酔っぱらいの顔を眺めた。「金？　金がなんでえ。金なんてもなあ。ある所にゃあるんだ。俺ぁこう見えてもな、大金持の親戚がある。まあ親戚見たいなものだ。そいつをいたぶりさえすりゃ、なあに百両や二百両のはした金、先方からどうぞお使い下さいって頭を下げて持ってくら。ハハハハハ」

男の不気味な顔は酔えば酔うほど陽気にお人好しに変わって行った。これが恐ろしい前科者なのかと、喜八は不思議な気がした。

「今までそいつのいる所が知れなかったのだ。昨日だ、わかったのは。俺の運のつきねえところだ。明日にもそいつの所から金が来る。なあに、よこさねえわけやねえ。ワハハハハハ。俺や成金《なりきん》だ。成金だ。兄さん前祝《まえいわ》いだ。もう一杯やってくんね」

男は口のまわりを泡だらけにしながら、大きな骨ばった手で、植村喜八の背中を、いやというほど叩きつけた。

その屈託《くったく》のなさそうな様子を見ると、短刀を懐《ふところ》にして踊子のあとをつけ廻した男とは、まるで別人のようであった。喜八は相手の酔っぱらっている隙に乗じて、胡蝶との関係がどの程度のものであるかを探り出そうと計画した。

「〇〇館に出ていた胡蝶という踊《おどり》ッ子を知ってやしない。君」喜八は何かの拍子に、さり気なくこう切り出して見た。

「なんだって」

「ソラ、踊ッ子の胡蝶という娘さ」

それを聞くと陽気な前科者は、サッと顔色を変えた。

「胡蝶？　胡蝶がどうしたって云うのだ」

前科者のひきつった顔が、喜八を睨みつけて、ジリジリと近よって来た。

十四

胡蝶という言葉を聞くと俄かに変わった相手の剣幕に、植村喜八はハッと立ちすくんだ。持ち前の好奇心を後悔した。「飛んでもない間違いを仕でかした。こいつは俺を殺すかも知れない」チカリとそんな考えがひらめいた。

唇の色を変え、飛び出た目の玉で、馬鹿《ばか》のように相手を見つめている喜八の前に、前科者の鉛色の、静脈の筋ばった大きな顔が、仁王様のように迫って来た。

「おめや、胡蝶のナンでえ」

前科者の口から、強いアルコールのつばきが飛んだ。この簡単な言葉が、百の意味をもって喜八の頭を渦巻いた。どう答えればいいのだろう。相手の充血した両眼から射出す虹《にじ》は、ただの酒興ではないことを語っていた。

この男はあの夜以来、喜八が刑事の声色《こわいろ》を使った夜以来胡蝶を見失っているに相違ない。そして今、その彼女を逃がした男が、刑事でもなんでもない、彼に過ぎなかったことを悟ったに相違ない。顔を見覚えてはいなくても、空気で悟ったのだ。

「なんでもないよ。舞台で覚えているきりなんだよ」

喜八はそれを胸で云った。白茶けた唇は、妙に云うことを聞かなかった。

「フン、わらわせやがら、色男面《いろおとこづら》が。なんにも知りもしねえ癖《くせ》に」

前科者は、今にも喜八の眼玉を突き通すかとばかり振り上げていた塗り箸を、カチャンと卓上におろして、意外にも、そこにあった生キャベツの下物《さかな》をヒョロヒョロとつつきはじめた。首がガクンと垂れて、自分の懐中を覗いている恰好になった。そして、意味を為さぬ呟きが、泡と共にブツブツと洩れていた。

「オイ」

そうかと思うと、彼は突然また頭をふり上げて叫んだ。

「酒持ってこい。酒だ、酒だ、さけ……」語尾と共に、首が下がって、終わりは訳のわからぬ呟きだ。

「ばかに酔っぱらったもんだな」

喜八は先ず《ま》よかったと胸を撫でおろしながら、他の客たちへのてれ隠しのようにこんなことを云って、大急ぎで勘定を済ませると、バーの暖簾を出た。外は夜の世界に変わっていた。バーの向こう側は南京虫の匂いのする安宿で、ぼやけた角行燈《かくあんどん》の下に、栄養不良の客引き男が、(注10)妓夫太郎《ぎゅうたろう》と間違いそうな恰好で、田舎者の迷子を物色していた。唐桟縞《とうざんじま》の半纏《はんてん》に雪駄《せった》ばき、刺青眉《いれずみまゆ》の兄いが、鼻唄で通る。もうそんな時間かな。喜八は、その町に馴染がなくて、方角に迷ったけれど、ともかくも歩き出した。

「待った」

二、三歩行くか行かぬかに、袖が重くなった。

「待った」

低い、押さえつけるような声。彼は袖のうしろに重い、よろめく者を感じてギョッとした。

「兄さん。おめえに聞きてえことがある」

前科者は昂《たか》ぶる感情を無理に低めた声で、執念深く呟いていた。

「親方《おやかた》、親方、お前さん勘定がまだだ。八十五銭。さァそれを払ってから。ね、親方」

飛び出して来た、バーの親爺《おやじ》が、倒れそうな前科者の肩を叩いた。

「そうか、八十五銭だな」前科者はブツブツ云いながら腹掛け(注11)のどんぶりを探っていたが、「ホラよ。一両、つりはいらねえ」泡だらけの口で、威勢のいいつもりなのが、泥《でい》酔《すい》の余《よ》迷言《まいごと》になってしまう。

小心者の喜八は、そのあいだに袖をふり切って逃げ出す分別もつかず、一方では相手の泥酔に幾らか気を許すところもあって、ぼんやりそこへ突っ立っていた。一瞬間、妙に心が空虚《くうきょ》になっていた。

「ちょっと、こっちへ来てくんね」

喜八は酔っているだけに相手の気持を計りかねた。彼は今倒れそうになっているかと思うと、次の瞬間には、非常に明瞭な、威圧的《いあつてき》な口をきいた。そして、ねばり強い力が袖を離さなかった。

「隠さねえで教えてくれ。胡蝶は今どこにいるんだ。エ、兄さん。おめえは知っているに違えねえ」

喜八はこの酒臭い四十男から、ふと性的圧迫《せいてきあっぱく》に似たものを感じた。それが不思議に彼をすくませてしまった。

「僕はそんなこと知らないんだよ」

彼は十八の娘のような答え方をしながら、前科者の引っぱるままに、足を運ぶほかはなかった。両側の商店の燈光に現われては消えて行く通行人たちは、食い違った別の世界の人たちのように、まるで彼らの挙動を注意しなかった。喜八は自分たちの一対が、この世の盲点《もうてん》にでも踏み入った感じを受けた。

「いんにゃ、そうは云わせねえ。おめえは知っているに相違ねえ」

前科者はだんだん暗闇の方へ、彼を引っぱって行きながら、一つことを繰り返した。

「そんなことはないったら」

喜八は、相手の脅迫めいた態度に、案外危険のないことを悟ると、今度は、どうしたわけか、それに一種の甘酸《あまず》っぱい魅力を感じ出していた。妙な云い方だけれど、幾分は性的な、そして残る幾分は罪の世界の魅力であった。

いつの間にか、二人はまっ暗な空地へ出ていた。三角形の狭い空地の中央に、人の背丈ほどの樹木が立ち並び、鉄柵がそれを囲んでいるのを、一方の隅の共同便所の、蜘蛛の巣だらけの電球が、ボーッと照らし出していた。すぐ目の上には、大入道の十二階が、おっかぶさるように聳《そび》え、六区のざわめきが、家々の屋根を越してただよって来た。

「隠す気だな。フン、隠すがいい。だが、おめえに云っとくがな。あの女はただの女じゃねえんだぞ。その証拠にゃ生まれ故郷を聞いて見たがいい。滅多《めった》に云うもんじゃねえから」

前科者は、そこの暗闇の鉄柵にもたれ、喜八をそばへ引きつけておいて、妙なことを云い出した。彼は何かの理由で喜八を胡蝶の色男かなんぞのように思い込んでいる様子だった。喜八は複雑な気持で、酔っぱらいの言葉を聞いていた。返事をすべき時にも、わざと黙って、先《さき》の云うままにまかせた。

「あいつの籍を洗うとな、おめえ、○○なんだぞ。驚いたか」

男は、それから永い間かかって胡蝶の身元を説明した。彼がどうしてその海浜の部落へさすらって行ったか、そしてそこで胡蝶という娘に邂逅したか、彼女がどんなふうに部落外の生活を熱望していたか、したがって親子ほども年の違う、どこの馬の骨ともわからない彼のような男になびいたか、それらのいきさつを非常識とも見える熱心さで物語った。その様子が生酔《なまよい》の作り話ではなかった。喜八はさすがに驚いた。彼は男の意図に反して、むしろ胡蝶のいたましき身の上を憐れまないではいられなかった。同時に彼女の境遇につけ込んだ男の所業《しょぎょう》を憎々しく思った。

「どうだ。これだけ聞いたら、おめえもあの女にいやけがさしただろう。手を引くがいいぜ。どこへ持ち出したって俺《おれ》のほかにあいつの亭主はねえはずだ。なるほど、俺は半年ばかり旅いして、あいつの面倒を見てやらなかった。だが、帰って来りゃ元の亭主に違えなかろうじゃねえか。そりよ、亭主の留守をいいことにして、いつの間にか色男をこしらえあがって、俺の顔を見ると逃げ出すって法があるけえ。なァおめえ、理窟はそんなもんだろうじゃねえか」

前科者は、もうだいぶん酔いが醒めたらしく、抜け目のない悪人型《あくにんがた》に変わっていた。しかし、喜八の目には、それが気味わるいよりはむしろ不憫《ふびん》に見えた。悪人なんてつき合って見れば、世間の善人たちよりはよっぽどお人好しな、くみし易いものだという気がした。

「頼むから教えてくれ。なんぼけがらわしい女でも、俺にとっちゃ大切な女房だ。よ、頼むからあいつの居る所を教えてくれ」

何を云っても喜八は黙っているので、男は妙な目使いをして、下手《したで》に出た。

「だって、ほんとうに知らないんだよ」

喜八は、やっとしてから、つっぱなすように云った。そんなふうに芝居気を出すほど余裕が出来ていた。

「ようしッ」

前科者は、いきなり腹かけのどんぶりへ手を入れたかと思うと、カチャカチャ云わせながら、キラリと光るものを抜いた。白鞘《しらさや》の短刀だった。喜八はそれを見ると、心臓のところに金属性の冷たさを感じた。そして、俄かに動悸《どうき》が早くなった。その刹那から、相手がやっぱり非常に偉いものに見え出した。

「これでね、あいつをやっつけるつもりだったのよ。ナニおめえをどうしようというのじゃねえ。怖がることたあねぇ。さァ、教えてくれ、オイッ、あいつァいったいどこにいるんだッ」

「さっきから云う通り」喜八はそうなると、もうべそをかいて、「それは君の誤解ですよ。僕はただ胡蝶という踊子を見知っているだけで、別に何も関係があるわけじゃないんです。どうか勘弁《かんべん》して下さい。もうおそいんだから僕は帰らなきゃならない」

それからしばらく、緊張した問答が続けられた。前科者の白刃《はくじん》はしばしば喜八の前に踊った。結局喜八は彼の下宿まで男を同伴することによって、この謂《いわ》れなき嫌疑を晴らそうとした。二人はよそ目には仲のよい友達同士のように手を取り合って、その実前科者は喜八の逃亡を虞《おそ》れて彼の手を放さなかったのだが、浅草裏の暗闇の路地を縫って、喜八の宿へといそぐのであった。

十五

野崎三郎は「水底に睡る妖女」の図を仕上げる隙々《ひまひま》には、日課のように、森の中の底無し沼のほとりをさまよった。その日も、それは彼があの不思議な子守歌を聞き、闇の中に消えてゆく女の後姿を認めた夜からちょうど三日目の夕方であったが、彼はいつもの通り、沼の岸にうずくまって動かぬ水を眺めながら、果てしもなき物思いに沈んでいた。

巨大なる木々の梢《こずえ》に、雲と群がり焔《ほのお》と燃ゆる若葉の色が沼の上を妖艶にいろどって、微動だにせず、とほうもなく大きな夢幻劇の舞台装置をなしていた。眼路《めじ》の限りの若芽から、霧と吹き出す悩ましき初夏の薫《かおり》は、三郎の汗ばんだ肉体をよじらせて、なき恋人の空一ぱいの幻影を浮かべ、桃色の雲の裸女は、梢を踏んで、沼を覆うて、彼の頭上にうごめき狂うのであった。

ふと聞くと、幻は奇妙な音を伴なっていた。森の小鳥の囁きか、それとも三郎自身の耳鳴りか、あるとしもなき歌声は、そよ風のように続いては消え、消えては又続いた。

「ああ、やっぱり子守歌だ」

三郎は夢から醒めたように、あやしく、懐かしきその歌に聞き入った。歌の主は樹の間を縫って、歩一歩三郎の背後に近づいて来る。彼は、しかし、わざとその方をふり向かず、元のままに、沼の表を見つめていた。

「今度こそはとっ捉まえてやるぞ」

ちょうど灌木の葉がくれにうずくまっていたのを幸い、獲物の近づくのを、息を殺して待ち構えるけだもののように、耳をそばだてて動かなかった。

五分、十分、歌の足並は遅々《ちち》として進まない。そこで、余りの待ち遠しさに、三郎は今にも茂みを跳り出そうと身構えた時、その時だった。ウウウウウと、骨の髄《ずい》を震わす一種異様の唸り声が起こって、それと同時に、子守歌は断ち切るように消えてしまった。

一瞬間立ちすくんだけれど、次の瞬間には、三郎は森の中へと走っていた。声の見当を目がけて、大木の幹から幹を伝って走った。森の中はもう暗くなりはじめていた。それが、ふと彼に、前日お蝶を探しまわった時の情景を連想せしめた。えたいの知れぬ戦慄が背骨を走った。

確かにその辺だったと思う場所に達しても、人の姿は見えない。それらしい気配も感じられぬ。子守歌の主が何人であったにせよ、それは不思議にお蝶の場合と似通っていた。あの時は沼に身を沈めたという痕跡があったけれど、今度はそれさえも見えぬ。森は果てしもなく深いのだし、又あの叫び声は必ずしもいまわしき出来事を告げるものとはきまらぬが、夕闇の森の中をあちらこちらと、歩きまわっているうちに、三郎はそんなふうに感じないではいられなかった。

ふと見れば、足下《あしもと》の笹の葉がくれに、白いものが落ちている。下駄の先で蹴返すと、意外にも、こまかくたたんだ手拭《てぬぐい》であった。それがちょうど子守歌の消えたとおぼしき箇所なのだ。先程から幾度も通ったところなのに、どうして見のがしていたのかと不審に思いながら、拾い上げて、拡げて見ると、豆絞りのまだ新しい手拭だ。子守歌の主の持物か、それとも村人の誰かが行きずりに落としたものか、森の下露に濡れた様子もないところを見れば、それを落としたのは恐らく今日のことであろうか、この道もない森の中を、彼のほかに、子守歌の主のほかに、通った者があるのだろうか。

三郎は、ともかくもこの一枚の手拭の語る意味を考えながら、思わぬ獲物を心やりに、いよいよ迫る夕闇の中を、一《ひ》と先《ま》ず宿に帰ることにした。

彼は別荘に帰る前に、一応籾山ホテルの本館に立ち寄って、事の仔細を宿の主人に告げた。だが主人とても別段の考えがあろうはずはなく、ただ不思議なことだと小首を傾けるばかりだった。

別荘の急ごしらえのアトリエに帰ると、夕飯の膳と、一通の手紙とが待っていた。手紙は嘗つて彼にお蝶を紹介した男からで、三郎が首を長くして待ちかねていたものだった。彼は食事の箸を執る前に、先ずその手紙を開封して見た。

前略
先日不取敢《とりあえず》電報致《いた》し置候《おきそうろう》通り、御依頼のお蝶の身元は手を尽して探索致し候にも拘らず未だに判明不仕《つかまつらず》閉口致居《いたしおり》候。彼女を小生に紹介したるモデル屋も知らず、彼女が以前属しいたる舞踊団に問合せたるも判明せず、彼女の朋輩《ほうばい》なりしという踊り子達も、彼女の身元に就いては何事をも存じ居らず、最早問合すべき心当りも無之《これなき》次第にて、此の上は警察沙汰にでも致す外《ほか》無きかと存じ居候処《ところ》、昨日浅草公園に於て、図らずも旧友植村君に行き合い、同君より耳よりの話聞き込み申候。植村君は我々と同じ学校の卒業生故《ゆえ》貴兄も無論御存知の間柄かと拝察致候。同君は仲々の浅草通にて、「胡蝶」という芸名によってお蝶を存じ居るのみならず、外に種々《くさぐさ》面白き事実を握り居る様に有之《これあり》、其上《そのうえ》非常に奇を好む性質と相見え小生の話を聞きて、是非一度S温泉に行って見たしなど申出候。同君の云ふ所によれば、お蝶は或る賤《いや》しき部落に生立《おいた》ちし者の由（この事実は貴兄の彼女に対する謂れなき執着と悲歎とを緩和するには最も適剤かと存ぜられ候）加之《のみならず》、彼女の変死は或は謀殺なるやも計り難く、更に其犯人の心当りさえ有之《これある》様子に御座候。それは兎も角、貴兄の御近状は友人として如何にも懸念《けねん》に堪《た》えず、此際《このさい》植村君の如《ごと》き人（同君は必ず貴兄のよき話相手なりと信じ居候）が貴《き》地《ち》を訪れ、貴兄を慰め呉れ候事は、最も好ましき儀に就き、同君にその意向ありしを幸い早速貴地に赴《おもむ》き呉れる様説き勧め候処、同君は即座に同意致し、明日の夜行にて出発する手筈に御座候。貴地到着は多分明後夕景ならんと存じ居候。委細は同君より申上ぐべく候え共、小生等は、貴兄が一日も早く其地《そのち》を引上げられ、再び昔の画室にて絵筆に親しまれん事を、切《せつ》に切に祈り居る者に御座候。

手紙はそれで終わっていた。三郎は長い巻紙を手にしたまま、この異様なる報知に胸を躍らせた。文中、「お蝶はある賤しき部落に生立ちし者の由」というところが最も気掛りだった。「部落」という言葉がなにか世にも異様な事柄を告げているように見えた。

それにしても、明後夕景と云えばちょうど今頃である。軽便鉄道の時間を考えて見ると、植村喜八の車はもうやがて到着する時分だった。植村とは、三郎も在学当時親しくつき合っていた。その旧友が今不思議な報知をもたらして彼の所へ急いでいると知っては、三郎は待ち遠しさにじっとしていられなかった。彼はともかくも別荘の表に出て植村の車を待つことにした。

見ると向こう側の籾山ホテルの玄関には、宿の主人と例の進藤という男とが、夕闇に包まれて立ち話をしていた。その二人の妙に親しげな様子を見ると、三郎はなぜともなく変な気持がした。

やがて程なく、車の鉄輪《かなわ》のカラカラという響きと共に、街道の彼方にそれらしい姿が見え、近づくに従って、それが久し振りの植村喜八に相違ないことがわかった。三郎は思わず両手を振って叫んだ。

「やァ、植村君じゃないか」

車上の人はただちに応じた。

「野崎君ですか」

そして、車の梶棒《かじぼう》は別荘の門前におろされた。

「しばらくでした」

出来合いらしい合服《あいふく》に鳥打帽の植村は、車を飛び降りると、いそいそとして挨拶《あいさつ》した。そして、三郎のあとについて門をはいりながら、ふと籾山ホテルの玄関の方を振り向くと、どうしたというのだ、ハッと色を変えて立ちすくんだ。

向こうでも、不思議なことに、進藤という男が同じ状態になっていた。彼らは互いに親の敵《かたき》でも廻《めぐ》り逢ったような恐ろしい目つきで、数秒のあいだ睨《にら》み合っていたが、やがて双方から一種異様の苦笑をもってうなずきかわすと、植村はサッサと門内に歩を運んだ。

こちらでは三郎が、むこうではホテルの主人が、この二人の異様な対面を、あっけにとられて眺めていた。彼らにはおのおの違った意味で、それが何かの凶兆のようにも思われるのであった。

十六

「植村君、どうしたのだ」

野崎三郎は、彼の案内も待たずに、ズンズン別荘の中へはいって行く植村の、あとを追いながら声をかけた。

「黙って、まあこちらへいらっしゃい」

植村は、非常に昂奮した様子で、息さえはずませながら、まるで彼の方が主人役ででもあるように、乱暴に靴を脱ぐと、いきなり敷台へ上がり、ちょっとふりむいて野崎を手招きしたまま、さも案内顔に奥の座敷へと踏み込んで行くのであった。

「彼奴《きゃつ》だ。彼奴ですよ」

ちょうどそれは、野崎が画室に使っている、最も奥まった部屋であったが、そこの半ば出来上がったカンバスの前に、植村喜八はドッカリ坐るが否や、役者のような、大袈裟な見得をして、

「彼奴が胡蝶の亭主ですよ。自分でそういっているのです。恐ろしいやつです」

と、突然、妙なことを云い出した。三郎は、さっき門前での様子から「彼奴」というのは、ホテルの客の進藤を指すものと想像したが、その進藤がお蝶の亭主とは余りに意外な事実であった。彼は、あっけに取られて、植村の青ざめた顔を眺めるほかはなかった。

「お蝶を……踊り子の胡蝶を知っているんですってね。あの浅草に出ていた……」

三郎は、植村の云う胡蝶が果たして彼のお蝶かどうかを怪しみながら、ちょうど顔形ぐらいはわかるほどに出来上がっていた、水底裸女の像を、目で教えつつ聞いて見

た。

「ああ、胡蝶ですね。そっくりだ」すると、植村はカンバスをふり向いて見て、今さら友達の才能に驚いた様子で、「すばらしい出来ですね。水の底ですか……間違いありません。この人ですよ。お蝶さんと云いましたかね。今の男は、この人の、どうも真実の亭主らしいのだ。あいつ、前科者でね。短刀をふり廻して、お蝶さんを追い駈けていたのですよ。僕が、それをどうして知ってるかというと、実はこんなことがあったのだ……」

植村はだんだん、昔のぞんざいな口調に変わりながら、かの浅草での恐ろしい経験談を語りはじめるのであった。それを語ることは、彼がこの温泉へやって来た目的の一つでもあるわけなのだ。

野崎三郎は、聞くに従って、いよいよ進藤と自称する男を怪しまないではいられなかった。彼が、ちょうどお蝶の変死をとげた時間に、籾山ホテルへ到着していること、観察すればするほど、風采と言語挙動とが妙にちぐはぐで、秘密的で、なんとなく疑わしい点など、すべて植村の経験談と一致するのである。すると、お蝶は、かつてはあの卑しげな男の女房であったのか。思い廻せば、彼女が東京を離れたがったこと、出発の際の落人めいた様子と云い、変死をとげた日の、物おじをした挙動と云い、すべて進藤の追跡を恐れ、一つには彼の口から、彼女のいまわしい身の素性の洩れることを気遣ったがために相違ない。そうとわかればなおさらに、お蝶のいじらしい心持が三郎を愛していればこそ、それほどの心遣いをしたのに相違ない彼女の心持が、彼には身も世もあらずいとおしく、懐かしく思われるのであった。

お蝶の素性が、どうであろうと、本人のお蝶にしては、それが三郎の耳にはいるくらいなら、いかに恋しい人とは云え、恋しければ恋しいだけ、むしろ彼の前から永久に姿を消してしまいたいほどに思ったことであろうけれど、三郎にとっては、彼のはげしい恋の前には、云うまでもなく一顧《いっこ》の値《あたい》もないほどの事柄であった。

彼には、お蝶を失ったことがただもう悲しまれた。若《も》しその下手人《げしゅにん》が、果たして進藤であるならば、(十中八九はそうらしいのだが)彼の首根っ子を押さえつけて、ギュウギュウ云わせながら、「俺の恋人を元々通りにして返せ、して返せ」と呶鳴りたいほどにも思うのであった。

植村の話が一段落ついた頃には、そういうわけで、野崎三郎はほとんど逆上《ぎゃくじょう》の体《てい》であった。薄らぎはじめていた心の痛手が、進藤という対象を見出したことによって、お蝶変死の当時にもまして、烈しくうずき出すのであった。話し手の植村喜八も、性来事件好きで、感激屋の彼は、云うまでもなく昂奮していた。彼らは、まっ暗に暮れてしまった座敷の中で、ランプをともすことさえ忘れ、むろん食事など思い出す余裕はなく、夢中になって話し込んでいた。「あら、まっ暗ですのね。どうしてランプをおつけにならないの」そこへ、ホテルの女中がはいって来て、頓狂《とんきょう》な声を出した。「野崎さん、お客様がいらしたのでしょう。ご飯を差し上げなくていいのですか。お湯もいかがですって、旦那が伺って来いって」

「ああ、そうだった。君どうする。お湯か、ご飯か。ここの温泉はちょっと風変わりなんだよ」三郎はやっと気がついて、「姐《ねえ》さん、ランプもつけておくれ、それから僕はご飯にしよう」

田舎者の女中は、無作法にクスクス笑いながら、竹の台ランプに灯を入れて、彼らのあいだへ運んで来た。

「じゃ、僕も先にご飯を貰《もら》いましょう。すっかり話に気をとられてしまって」

植村は、そんな場合にもかかわらず、妙に上《うわ》っ調子で言訳《いいわけ》めいた口をきいた。

十七

「進藤というお客さんが来ているそうだね」

植村喜八は、野崎などに比べて、性来《せいらい》口数の多い方であったし、それに、局外者であるだけに、探偵気取りの浮いた気持も手伝っていたのであろう。お給仕に来た女中をとらえて、さっそくこんなふうに始めるのであった。

「ええ、お出《い》でになります」

「主人の旧友だっていうのは、ほんとうかい」

「そうなのですって」妙な訛《なま》りの東京弁で、しかしなかなか話好きと見えて、女中は快活に答えるのだ。「でも、おかしいですわね。あんな人、内《うち》の旦那のお友達だなんて」彼女はそう云って、賛成を求めるように、三郎の方を見るのであった。

「おかしいって、何か変わったことでもあるのかい」

「ええ、別に変わったことってないですけれど、内の旦那とはまるで人柄《ひとがら》が違うのですもの。言葉遣いだって、することだって、土方か人足ですわ。いやな人ったらありませんわ。あら、ホホホホホ、私口がわるいですわね」

「ああ、そうそう、君に聞こうと思っていたんだ」

ふと思い出したように、三郎は懐中からこまかくたたんだ手拭を取り出して、それを拡げて見せながら、

「この豆絞りの手拭に見覚えはないかね。ついさっき、表で拾ったのだよ。いきな柄《がら》

だから、この辺の人が持っている品じゃないと思うが」

いうまでもなく、それは彼が森の中で、子守歌の主を探しているあいだに拾ったものであった。その落ちていた場所が、ちょうど子守歌の消えた辺にあたり、そこから妙な悲鳴に似たものが聞こえたことを考えると、たといお蝶の変死に直接の関係はなくとも、その豆絞りの持主《もちぬし》に対して一種の疑惑を抱かないわけにはいかぬのである。

「まあ、どこに落ちていましたの」女中はさっそく応じて「それはあの進藤さんのですわ。さっき進藤さんがお湯へはいる時、大探しに探していましたのよ。ほかに豆絞りなんか持っていらっしゃる方はありませんから、これがきっとあの人のですわ」

「そうかい。進藤さんのだったかい」

そこで、進藤に対する異様な疑惑は、一段と影を濃くしたわけであるが、三郎はそ知らぬ振りで、しかし手拭は再び懐中へ入れたまま、持主に返してくれとも云わず、更《さ》らに別の方面から質問を発して見るのであった。

「ホテルには子守歌のうまい女の人がいるね。よくいい声で唄っている。あれはいったいお客なのかい。それとも内の人なの」

このことは、これまでとても機会あるごとに、ホテルの主人をはじめ召使などに尋ねていたのであるが、誰も彼も、そんな人はいないと答えるばかりで、少しも要領を得ぬのであった。それを三郎は、今日の新しい出来事のために、更らに改めて尋ねて見る気になったのである。すると女中は、彼女もまたほかの人々と同じように、ハッとしたそぶりを見せ、わざとらしく、そのような女はいないはずだと主張するのであった。

この狼狽、ホテルの人々が、子守歌の主を尋ねられるごとに、きまったように示したところの狼狽は、いったい何を意味するのであろう。疑わしいのは独り進藤ばかりではなかった。正体の知れぬ子守歌の主もまた、奇怪な謎に相違ないのである。

三郎と植村とは、やがて、食事を済ませ、女中を帰してしまうと、豆絞りの手拭のこと、子守歌の女のこと、そして、それらの疑うべき事実が、すべて彼の一身に集中しているかに見える、異様の人物進藤のこと、などを、それからそれへと語り合うのであった。

「君は怖くはない」

三郎は、ふとそんなことを聞いて見たくなった。彼は、向こう側のホテルの中で、進藤という男がどんな心持でいるかを想像した。進藤にとっては、若《も》し彼が下手人であるとすれば、植村と顔を合わせたことは、致命傷と云ってよかった。それでもなお、彼はずうずうしく、滞在を続ける気であろうか。若しや逃げ出しはしないだろうか。或いは又植村に対して、ある恐ろしい事柄を企らんでもいはしないか。

「怖くはないさ」

植村はわざと事もなげに答えた。彼はそんな男であった。

「彼奴は、君が来たのを知って逃げ出しやしないだろうか」

「若し彼奴が犯人なら、逃げ出すはずだね。それにしても彼奴はどうして、こんなに長く滞在しているのだろうね。目的を果たしてしまったら、さっそく出発しそうなものだね」

「わからない。あいつ何をやったのだか、又何を考えているのだか、まるでわからない。ちょっとこう奥底の知れないところがある」

「ホテルの主人と友達だというのはほんとうかしら」

「ほんとうらしい。だが、それからして第一、不審だね」

「ぐるじゃないだろうね」

「まさか。ホテルの主人も、多少持て余し気味の様子なんだ。友達だ友達だといって、表面上はさも親しそうにしているけれど、なんだかお互いに敵意を持ち合っているようなところもある。実際へんなんだよ」

「一度ホテルの方へ行って様子を見るか。まさか人目のあるところで、いつかのように短刀を抜きもしまいから」

「そうだね。例のお湯もあるんだから、ともかく向こうへ行ってみよう」

三郎は、妙に真実らしくない気持であった。進藤がお蝶の下手人であったり、その進藤の動静を彼らが探りに行ったりすることが、なんだかお芝居めいて、この世の出来事らしくなかった。第一お蝶が死んでしまったということすら、ともすれば、夢の中の事件のようで、ふと覚めて見ると、当のお蝶は、いつもの通り彼の枕辺に坐っているのではないかなどと思われるのであった。ランプの赤い火に照らし出された山中の廃屋《はいおく》のたたずまいは、怪しくも夢の舞台にふさわしかった。

十八

「野崎さんには、まことにどうも、申しようのないお気の毒なことでございまして、どうかまあ、せいぜい慰めてお上げ遊ばしますように。これで私どもも心丈夫でございますよ。毎日あんなになすっていてはご病気でも出なければいいがと、お案じ申してみたところで、私どもの力では、どうお慰めの仕様もないのでございますからね」

籾山ホテルの浴場の、例の大俎の上で、植村の裸体をシャボンの泡でこね返しながら、ホテルの主人は、癖のばか丁寧な言葉遣いで、クドクドと話しかけていた。太っちょの、お人好しな赤ら顔が、淡いカンテラの光に照らされて、少し凄味《すごみ》を帯びていた。

「野崎君とは、学校時代からの知合いでね」

植村は、泡の中から、けだるい声で物を云った。

「それはそれは、何より好都合でございますね」

主人は、大きな二つの掌《てのひら》で、植村のお尻のところを、ヌルヌルやりながら、答えた。

漆喰の洗い場一面に、ボンヤリと非常に大きな影法師がうごめいている。

「さっき、入口のところに、あなたと一緒に立っていた、進藤という人ね、あの人を僕は知ってますよ。親しい間柄のようですね」

「ええ、古い友達でございましてね。やくざ者で、仕方がないのでございますよ」

「ご商売は」

「別にこれといって、きまった仕事もないような始末で」

「ちょうど野崎のあれの亡くなった日に、ここへ来られたのですって」

「そうそう、そう云えば、進藤がここへ着きましたのは、あの日の夕方でございましたよ」

彼らは、黙っている気まずさを避けるために、ごくつまらない事柄を話し合っているとでも云ったふうで、一方はさも物憂げに、一方は礼儀正しい言葉遣いで、問答を続けながら、その実、双方ともどれほどか緊張していたことであろう。植村は按摩台の上に横たわった姿勢で、そのまま筋肉が強直《きょうちょく》した感じだったし、ホテルの主人の方でも、マッサージの手が、さっきから一つところばかりを、ほとんど無意識に撫でまわしているのだった。

「あなたは、あの人と、死んだ野崎君の女とが、どんな関係だったかご存知ですか」

植村は、わざと主人の顔を見ないようにして、ほとんど目をふさぎたいような気持で、やっと、この質問を発した。そして、云ってしまってから、ハッと、飛んだことをしたという感じだった。

「関係と申しますと」

ところが、案外主人は落ちついていた。

「あの人自身が、僕に云ったことがあるんですよ。野崎君の女は以前あの人の女房だったって」その時植村はマッサージの手がピッタリ止まってしまったのを感じた。でも彼は話をやめないで、やめようにもやめられない勢いで続けて行った。「そしてね」彼はお芝居気たっぷりに声さえひそめた。「短刀を持って、あの女を追い駈けまわしていたこともあるんですよ。間男《まおとこ》をしたというのでね」

それを聞くと、相手は長いあいだ黙って、手の方はむろんお留守で、ボンヤリと何か考えている様子だったが、しばらくして、ハッと気を取りなおして、按摩を始めながら、ちょっと感慨めいた口調で、こんなふうに答えるのであった。

「そうですか」そして、又ちょっと黙って、「そうですか。私もどうもおかしいおかしいと思っていたのでございますよ。さっき、旦那様がいらして、ヒョイと顔を合わせました時にね、あいつ、まっ青になって、そのあわてようったらありませんでしたからね。それにしましても、あの男が……まさか……」

「まだ立つようなことはないでしょうね」

「進藤でございますか。そんな様子でもありませんが、若しあれにやましいところがあるのでしたら、こいつは、逃げ出したいのが人情でございましょうね」

主人は意味ありげに云うのであった。これらの言葉から察しても、彼と進藤との間柄が、さっき野崎が想像したようなものらしいことがわかった。

「実はね、こうして僕が湯にはいっているあいだ、野崎君があの男の部屋を見張っている手筈なんですよ」植村は主人の心持がわかると、だんだん大胆になりながら、「若しあの男が悪人だとしたら、あなたはあの男を庇《かば》ってやるつもりですか」

「いえ、いえ、そんな義理なんかありやしません。ひょっとして、あいつが、野崎さんの奥様のことに関係でもあるのでしたら、まさかとは存じますが、あいつのそぶりと云い、これまでの行状《ぎょうじょう》と云い、まったくないこととも云い切れませんので、若しそんなことでしたら、私どもでもただは置きません。あいつにはもう、そうでなくても、ずいぶん迷惑をかけられているのでございますからね」

「僕はね、十中八九進藤が野崎君の女を」植村はさすがにちょっと躊躇して、「殺したのではないかと思うのですよ」

「それでございます」

その時分には、植村は大俎の上に坐り込んでしまい、主人もその前にしゃがんで、よそ目には、甚だ滑稽《こっけい》な恰好をして、しかし本人たちは大真面目のヒソヒソ声で、話し合っているのだった。

「それでございますよ」主人は一段と声をひそめながら、

「あの日、野崎さんの奥様が、あんなことになりました日に、進藤はここへ参ります前に、一度森の方へ行っていた形跡があるのでございます。淋しい所で、誰も気づいていない様子でございますが、私が折よく玄関にいて、あいつのはいって来るのを見ましたのに、停車場の方からではなくて、森の中からやって参りました。その時も妙だなと思いましたけれど、お話のような深いわけがあろうとは存じませんので、つい今まで忘れていたのでございますよ」

「ヘェ、森の方からやって来たのですか、じゃ、いよいよ怪しい。それまでわかっていては、もううっちゃっておくわけにはいきませんね」

植村は、なんだか名探偵にでもなった気持で、怖い中にも云い知れぬ得意を感じながら、昂奮しきって云うのだった。

十九

それにしても、いぶかしいのは、当の進藤の落ちつきはらった態度であった。こちらでは、今にでも警察に知らせようとまで意気込んでいるのに、相手は逃げ出すどころか、かえって腰を据えて、逗留を続ける様子が見えた。若《も》し彼が犯人だとすれば、よほど確かな云い逃れがあって、それで高をくっているとしか考えられなかった。植村をはじめ、その気勢に押されて、ちょっと手出しの出来ない形だった。駐在所へ知らせておこうという説も出たけれど、それを決行するほどの確証もなく、相手が逃げるわけでもないので、ともかく、もう少し様子を見ることにした。

翌日、植村は野崎を促して、問題の魔の沼を見に出かけた。植村は、彼自身の観察によって、そこから何かの手掛りを摑むことが出来るかも知れないと考えたのであった。進藤が逃げ出すようなことは先《ま》ずないのだし、ホテルの主人をはじめ彼のそばについているのだから、この方は心配しないでもよかった。

沼は相変わらず、無表情に黙りこくって、ドンヨリ曇った空を映していた。森は深い闇をつつんで、威圧するように沼のまわりに迫っていた。

「死体が浮き上がらなかったというのは、どう考えても変だね。そんな、底なし沼なんてものがあるのだろうか」

植村は岸の朽木《くちぎ》に腰かけて、不気味そうに前の沼を眺めながら、いうのだった。

「昔から度々そんなことがあったのだそうだよ」

野崎とても、なんとなくその伝説が信じがたいものに思われた。

「ほかの方法で殺しておいて、溺死したように見せかけたのではないだろうか。そして、死骸は別の場所に隠してあるのかも知れないね」

「そういうことも、考え得るね」

「この深い森だもの、人間一人隠すぐらい、わけはないからね」

「そうだね」野崎は別のことを考えているのか、上の空で合槌《あいづち》をうっていた。

「すぐこの辺の草叢の中かも知れない」

植村は小高くなった草叢を指さしながら、気味わるげに、そんなことを云ったりした。

彼らは同じ場所で長いあいだ話し合っていた。犯罪のことがいつの間にかお蝶の思い出話に変わっていたりした。三郎は、沼を見ていると、きまったように幻想的になった。進藤などの姿は消えて、沼一面のお蝶の肉体が、悩ましく彼に迫って来た。

「おやッ」ふと植村が話を中絶して、聞き耳を立てた。彼らは、ジッと目を見合わせて、しばらく黙っていた。うしろのしげみで、物の動くけはいを感じたのだ。

「誰だッ」

植村が立ち上がって、呶鳴りつけた。鳥か何かだと思っていたのが、案外大きな生き物らしく、それの喘《あえ》ぎさえ聞こえるように思われた。植村は木の枝をかき分けながら、勇敢に生き物の方へ追って行った。大きな黒い塊《かたまり》はまだじっとして、こちらの様子を窺っていた。木の枝のペシペシ折れる音が続いた。植村と怪物とのあいだは、一歩一歩近づいて行った。野崎は植村の柄にもない虚勢《きょせい》にびくびくしながらも、彼の通った灌木の割れ目を、同じようにかき分けて進むほかはなかった。

黒い生き物は、もうじっとしていられなくなった。彼はやにわに立ち上がると、一目散に逃げはじめた。見ると、意外にも、それは二本の足で、人間のように立ってい た。顔のところは黒いもので包まれ、全身に熊のような毛が生えていた。人間であるか獣であるか、ちょっと判断の出来ない、一種異様の怪物だった。

相手がもろくも逃げ出したので、追手は俄かに元気づいた。この場合、勢いとして、あくまで追撃するほかに方法はなかった。

怪物は、非常に狼狽しているらしく、こけつまろびつ、森の下闇《したやみ》を逃げまどった。大樹の幹に隠れようとしては、思い返して走った。行く手に、すき間もなく枝をまじえた灌木の壁が現われた。人間業《にんげんわざ》でそこを通り抜けることは不可能に見えた。若し怪物がそれを迂廻《うかい》していれば、追手は近道を取って、相手に追いすがることが出来るのであった。

だが、死にもの狂いの黒怪物《こくかいぶつ》は、どう思ったのか、いきなりその茂みに突き入った。追手は、何を考える余裕もなかった。彼らもまた茂みの中へ分け入るほかはなかった。

ところが、案外にも、そこには外部からわからぬほどの細い通路がついていた。そして、二、三度それを折れ曲がると、しげみの向こう側に、削ったような山の岩肌《いわはだ》が現われて、そこにポッカリ黒い洞窟の入口が開いていた。怪物は追いつめられた兎《うさぎ》のように、その洞窟の中へ飛び込んで行った。

彼らは云うまでもなく、それに従って進んだ。洞窟は人一人やっと通れるほどの広さで、果てしもなく奥深く続いていた。二、三間も進むと、もう文目《あやめ》もわかぬ闇であった。彼らは、闇の中に、おぼろにうごめく怪物の気配をたよりに、思わずも奥深く進んで行った。それが彼らにどのような恐ろしい運命をもたらすか、そんなことを考えている余裕はなかった。

二十

勢いに乗じて十間も踏み込んだであろうか、やがて、洞窟の中には、少しの明かりも届かず、わずかに見別《みわ》けられた両側の苔むした石壁も、今は手さぐりでのほかに、まるで見えなくなった。まっ暗の中で、紫色の輪のようなものが眼の先をチラチラした。耳をすましても、怪物はどれほど奥へ逃げ延びたのか、この洞窟はどこまで続いているのか、もはやなんの気配も聞こえては来なかった。

「植村君」

「野崎君」

彼らは、少し怖くなって、闇の中で呼びかわしながら、お互いの身体を探り合った。

そして、申し合わせたように、ジリジリと、入口の方へあとじさりをはじめた。その瞬間、黒い風のようなものが、サッと彼らのそばを通り抜けて、入口の方へ飛んで行くのを感じた。荒い毛皮の手ざわりが、どうやら先程の怪物らしかった。退路《たいろ》を断たれた感じだった。云い知れぬ恐れが、思わず彼らをすくませてしまった。

「出ましょう」

「だが、待ちたまえ」

そして、二人はしばらく様子を伺っていた。と、ドドド……と、真《しん》に身のすくむ思いだった。ドドド……と、地響きを立てて、何かの崩れる音が聞こえて来た。たちまち、「危険」という感じが、彼らの頭にひらめいた。彼らは手を取り合って、一目散に洞窟の入口へ突き進んだ。

だが、走るに従って、目の前に開けて来るはずの、入口の明るみは、どこへ行ってしまったのか、まるで見えなかった。そして、やがて突き当たったのは、意外にも、洞窟の行き詰りとも見える、一面の石の壁であった。暗中、とまどいをして、帰るべきを、かえって穴の奥へと進んだのではないか。二人は咄嗟の場合、ふとそんなふうに考えた。でも、いくら暗闇の中でも、前とうしろを取り違えるはずはない。さては、今の地響きは、どうかして、――ひょっとしたら怪物の悪巧《わるだく》みで――洞窟の入口が崩れふさがってしまった物音ではなかったか。

気のせいか、石壁の向こう側では、岩崩れの土ほこりの中で、ゲラゲラ笑っている、黒怪物の声が聞こえるように思われた。もはや疑うところはなかった。彼らは明らかに怪物の術中に陥ってしまったのだ。

四本の、曲手《くまで》に曲がった手が、そこの石壁を、隙間もがなとかき探し、押し試みたけれど、なんの甲斐もなかった。崩れ落ちた部分は余程の面積らしく、、糸ほどの光もささず、根をはやした巨岩《きょがん》は、二人三人の人力《じんりょく》で、どう揺るがすべくもなかった。

「どうしよう」

植村喜八が泣き出しそうな声を出した。

「駄目だね」

野崎三郎も、さすがに、動悸が高まっていた。「生き埋め」を感じながら、二人は、暗闇の中で、お互いの激しい呼吸を聞き合った。妙に舌がもつれ、喉がかわいて、物を云うのが苦しかった。

「奥の方に抜け道があるかも知れない」

植村が叫ぶように云って、三郎の手を引っぱった。二人は闇の中を、岩角《いわかど》につき当たり、手と云わず足と云わず、擦《す》り傷をこしらえながら、でもそれには少しも気づかないで、滅多無性《めったむしょう》に洞窟の奥へと走った。

余程の距離であった。走っている彼らには、それが数丁にも感じられた。上り、下り、右に折れ、左に曲がり、時には這って通らねばならぬほど狭くなったりして、穴は永遠の闇へと穿《うが》たれていた。彼らは、その地獄への道のような暗道《あんどう》を、幾度元へ引き返そうとしたか知れない。えたいの知れぬ闇の恐れが、幾度彼らを立ちすくませたか知れない。でも、死にもの狂いで、ただ進むほかはないのだ。そのほかに、逃げ道を求めるすべはないのだ。

しかし、ついに彼らは穴の行き詰りに達した。闇ながらなんとなくそれが感じられた。両側の石壁がなくなって、少し広い場所であった。足元には、何かえたいの知れぬものが、ゴロゴロしていた。中にはフワリと柔らかいものもあった。もし彼らが念入りに手さぐりをして、その物どもの正体を明らかにしたならば、どれほどか驚いたことであろうが、彼らにしては、それどころではなかった。

今までは、両手で左右の壁にさわって来たのが、一方の壁がだんだん遠ざかって、ついには、どんなに手を伸ばして見ても、届かなくなった。彼らは止むを得ず一方の壁を伝って進んだ。そして、十五、六間も行くと、再び狭い道になり、左右の壁が同時に感じられた。

「おかしいぞ」敏感な三郎が先ずそれを悟った。「これは君あと戻りだよ。広い空地をグルッと一《ひ》と廻《まわ》りして、又元の狭い道へ帰って来たのだよ。それに違いないよ」

「そう云えば、なんだか変だね」

植村もやっとそこへ気がついた。彼らは一方の壁にさわって、空地の周囲を一と廻りして、元の道へ戻ったに過ぎないのだ。闇の中で角度がはっきりしないために、やっぱり前進しているような錯覚《さっかく》を起こしているのだ。つまりそこの空地が、ちょうど寒暖計の水銀溜《だ》めの形で、この洞窟の行き詰りになっていたのであった。

だが、若《も》しそこが行き詰りだとすると、彼らはこの「生き埋め」から、もはや永久に逃れるすべはないのである。彼らは狂乱して、空地の四周《まわり》を叩き廻った。長い暗道を二度三度あと戻りして、岩崩れでふさがれた入口を、甲斐なく探り廻った。しかし、どこにも彼らの逃げ道はなかった。この上は、何かえものを探して、岩のすき間の地肌《じはだ》を掘り返して、地上に抜け出るほかはなかった。でも、そのような柔らかい地肌が見つかるであろうか。

この洞窟は、少しの隙間もなく、頑丈な岩ばかりで取り囲まれているのではないだろうか。暗闇の手さぐりで、しかも半狂乱の彼らには、それさえはっきりわからなかった。

やがて彼らに疲労が来た。狂い疲れた二人は、又洞窟の行き詰りの空地へ戻って、そこの片隅にグッタリとくずおれてしまった。そして、刹那の焦燥が落ちつくと、今度はほんとうの底知れぬ恐怖が、心の奥から湧き上がって来た。墓穴《はかあな》の不思議な孤独が、冷たい闇の中を、徐々に占めて行った。そして、彼らの眼の先の、黄色や紫の輪が、かつて見た死人たちの、物凄い臨終の姿と入れまじった。

二十一

あの黒怪物はいったい何者であったか、彼らを洞窟にとじこめた岩崩れは果たして怪物の悪企みであったか、そして又、この物語めいた岩穴は、どうして出来たものか、部落の人々は、なぜそれを知らなかったのか、数々の疑問が彼らの頭に閃《ひらめ》いては消えた。彼らはそれを続けて考える余裕を持たなかった。

「死の恐怖」と、若《も》しや逃げ道を見落としてはいないかという、悩ましき焦慮とで、心が一杯になっていた。

「駄目だろうか」

植村の囁き声が、まったく別人のような調子で聞こえた。

「駄目かも知れない」

三郎の声も、ほとんど絶望していた。彼らは長いあいだじっとして、お互いの声の方角を見つめたまま動かなかった。闇は千鈞《せんきん》の重さで、彼らの上にのしかかる、その目に見えない圧力のために、身動きも出来ぬ感じだった。

どれほどそうしていたか、やがて、パッと、電《いなずま》のようなまばゆいばかりの光が、遙か彼らの頭上ではためいた。それは、ほんとうに電のように、ただ瞬間の光だった。でも、闇に慣れた目を、思わず両手でかばいながら、彼らはその一瞬間に、いろいろの出来事を見て取ることが出来た。

今まで彼らは洞窟の天井のことを閑却《かんきゃく》していたけれど、そこの空地は、左右の壁が広くなっているばかりでなく、天井もまた、非常に高いことがわかった。彼らのいる所は謂わば巨大な井戸の底のような場所だった。そのドウムのようになった天井の中央に小さな揚げ蓋《ぶた》《あ》がついていて（そこへよじ上るなどはまったく不可能なことであった）、今まで少しも気づかなんだけれど、そこから下の地上まで、細い縄梯子《なわばしご》ようなものが垂れていた。パッと揚げ蓋が開かれると、その穴から一《ひ》と塊《かたまり》の黒い物体が、途中縄梯子にからまりながら、でも、それにすがりつく余裕はなく、ひどい音を立てて空地の中央に墜落《ついらく》した。それは、どうやら人間らしかった。と同時に、上で誰かがたぐっているのか、長い縄梯子がスルスルと引き上げられて、そして、バタンと揚げ蓋のしまる音がした。すべてが一瞬間の出来事だった。光というのは、むろんその揚げ蓋の隙間からさし込んだもので、実際は鈍い光だったかも知れないのだが、闇に慣れた二人の眼には、それがまるで電のように感じられたのであった。

この様子では、彼らの「生き埋め」は、やっぱり怪物の悪企みに相違なかった。揚げ蓋の上で縄梯子をたぐり上げたのも、同じように彼奴の仕業ではないだろうか。そして、今墜落したのは、三番目の犠牲者であるかも知れないのだ。

「誰ですか」

三郎が大声で呶鳴って見たけれど、墜落者は死んでしまったのか、答える様子はなく、身動きのけはいも感じられなかった。そこで、彼は空地の中央へと這って行って、手探りで墜落者の身体にさわってみた。グニャリと柔らかい顔、鼻の突起、それから短い髪の毛が手にふれた。

「男だよ」彼は植村に告げておいてから、墜落者の身体を烈しくゆすぶりながら、「オイ、オイ君、しっかりしたまえ」と呼び掛けてみた。

植村もそこへ這って来て、男の足を摑み、一生懸命に揺り動かしながら、同じように呶鳴った。傷口とてもなく、身体の温かいところを見れば、彼は今の墜落で気を失ったものに相違ないのだが、いくらゆすぶってみても、なかなか蘇生《そせい》する様子がなかった。

「ヤ、いいものがあった」

突然植村が頓狂な声で叫んだ。彼は失神者の袂をガサガサ云わせている様子だったが、やがて、シュッという音がして、洞窟内が昼のように照らし出された。墜落者は袂にマッチを持っていたのだ。

彼らは、その光で、先《ま》ずお互いにチラと目を見合ってから、申し合わせたように、墜落者の顔を覗き込んだ。だが、そこに眠っている人物を見別けると、彼らは思わず驚きの叫び声を立てないではいられなかった。それは実に、彼らがお蝶の下手人とめざすところの、かの浅草公園の立ん坊、籾山ホテルの不思議な客、進藤と呼ばれていたあの男に相違ないのだった。

このように彼らをおとしいれた、先程の黒怪物は、若し人間だとすれば、彼らを敵と目ざす点から考えて、ひょっとしたら、あれは進藤が姿を変えたものではないか。彼らはおぼろげながら、そんなふうに感じていた。それが、今の様子では、その進藤もまた、彼ら同様の憂き目に遭っているではないか。とすると、そこには、彼らがこれまでまるで想像もしなかった、奇怪至極の人物が存在していなければならなかった。咄嗟の場合、その考えが、三郎を震い上がらせた。えたいの知れぬ戦慄が、ゾーッと彼の背中を這い上がった。

「どうしたんだろう。なんだか変なぐあいだね」

植村も不審顔であった。

最初のが燃えつくして、第二のマッチが擦られる頃にはそれでも、進藤はやっと気がついたのであった。彼は妙な唸り声と一緒に、上半身を起こし、一ぱいに開いた目で、びっくりしたように二人の顔を見つめた。それから、キョロキョロあたりを眺めまわしていたが、やがて事情を悟ることが出来たのか、いきなり、

「畜生《ちくしよう》め」

と叫んで、ヨロヨロと立ち上がるのだった。

又マッチが消えて、濃黒《のうこく》の闇であった。三郎と植村は、その闇の中で、兇悪な進藤の心を推《すい》しかねて、意気地なくも逃げ腰になりながら、相手の気配を伺っていた。

「お前さんがた、もうマッチはねえのかね」

闇を伝わって、進藤の声が聞こえてきた。その調子には別段悪意を含む様子もなかった。相手は弱っている。それにこちらは二人連れである。何も恐れることはないのだ。植村は相手の声に応じて第三のマッチを擦った。

「君、妙なところで逢ったね」

彼はそう云いながら、マッチをかざしてぐっと顔をつき出した。

「いつか、浅草で逢ったっけね」男は存外《ぞんがい》おだやかだった。

「お前さんこそ、どうしてこんな所にいるんだ。この穴はどっかへ抜けられやしないのかね」

「君は誰かにつき落とされたんだよ。あいつはいったい誰なんだい」

植村は、先ずそれを聞きたかった。

「なあにね、落とされたわけでもないんだが、それよりも、抜け道はねえかしら。まさかこれっきり生き埋めてえわけでもなかろうね」

「ところが抜け道はふさがれてしまったのだ。うっかりすると、われわれ三人は生き埋めなんだよ」

「そりゃ、ほんとうかね」

さすがに悪党らしく、相手はいっこう騒がなかった。そして、今消えようとするマッチの光で、いそがしくあたりを見廻していたが、何に驚いたのか、アッと云って、飛びのく恰好をした。

「飛んでもねえ。俺たちぁ、墓場の中にいるんだぜ。見ねえ、そこいらに転がっているのは、みんな骸骨《がいこつ》じゃねえか」

あわただしく第四のマッチが擦られた。三郎も植村も、逃げ道を探すので夢中になって、今まで少しも気がつかず、幾度もそれを踏みつけていたのだが、見れば、その辺の地上に、まるで瀬戸物《せともの》のかけらででもあるように、無造作に転がっている白いものは、疑いもなく人間の骨であった。中には完全に五体を備えた、まだ生々しいのもまじっていた。気のせいか、俄かに烈しい臭気が感ぜられた。それと同時に、云いがたき死の恐怖が、一層の力強さで、彼らの身内に迫って来た。

「ちょっと、そのマッチを貸して見な」

しばらくたって、進藤が闇の中で云った。そして、手さぐりで植村からマッチを受け取ると、それを擦って、洞窟の隅々を検《しら》べはじめるのだった。云うまでもなく、彼もまた三郎らと同じように、甲斐なくも、外界への逃げ道を探すものに相違なかった。

彼はマッチの棒を、上に向けて、なるべく燃える時間を長くしながら、ソロソロと、空地の壁に沿って歩いて行った。じめじめと濡れているような、角《かく》ばった岩壁に、マッチの光が赤く映って、その上に巨大な人影がゆらめいた。影どもは、遙か頭上から、憐れな小人たちを、ユラユラと嘲笑《あざわら》っていた。それが、不思議にも、三郎の目には、この上もなく壮麗な一幅の絵として映った。

「ヤ、お定《さだ》さんだ。お定さんの死骸だ」

突然進藤が叫んだ。彼は岩壁の窪みになった所を覗き込んで、そこへマッチをさし向けながら、女の死骸を動かしていた。

「死骸だって」

三郎と植村とは、もはや驚く力もなく、夢見るような心持で、そこへ近づいて行った。

「ソラ、お定さんだ。お前がたは知るまいが、ホテルのおやじのお神《かみ》さんなんだ」

進藤が肩に手をかけて引き起こした女の顔は、苦悶にひん曲がってはいたけれど、死んでから大して時間がたっていないらしく、その水々《みずみず》しさが、かえって一そう不気味に思われた。

三郎は死女の顔を一《ひ》と目《め》見ると、サーッと冷水をあびた感じで、そこへ立ちすくんだ。それは実に、彼がかつて、籾山ホテルへ到着した日、暗闇の廊下の鏡の中に見た、あの女の顔に相違ないのであった。

二十二

「これがホテルのお神さんだというのか」

三郎はホテルの主人に細君のあることは、かつて聞かなかったけれど、こうした場合、進藤の言葉に嘘があろうとも思えなかった。では、何かの事情で、主人がわざとそれを隠していたのであろうか。それはともかく、そのホテルのお神さんが、森の中の洞窟で死んでいるというのは、実に奇怪な事実であった。

「どうして、君はそれを知っているのだね」

三郎がそんなふうに尋ねかけた時、ちょうどマッチが燃え尽して、すべての光景が闇の中へ吸い込まれた。進藤はさっそく次のマッチを擦ったが、しかし、三郎の問いには答えないで、だんだんイライラしながら、急ぎ足に空地の周囲を一《ひ》と廻《まわ》りすると、いきなりかの狭い暗道へとはいって行った。さすがの彼も、骸骨だとか、死体だとかにおじけづいて、じっとしていられなくなったものに相違ない。

それからしばらくのあいだ、進藤は物狂わしき体《てい》で、ちょうど三郎らがやったと同じ、甲斐なき努力を繰り返していたが、やがて、暗道の中から、喜ばしげな彼の大声が、しかしそれ故にかえって物凄く響いて来た。

「オーイ、お前がたも手伝ってくれィ、ここから抜け出せるよゥ……」

ほとんど絶望の姿で元の場所に残っていた二人は、それを聞くとハッとして立ち上がった。そして、浅間《あさま》しくも互いに先を争いながら、壁づたいに、闇の中を声する方へ急ぐのであった。

「ここだ、ここだ」

暗道をはいって少し進むと、案外近い所で進藤の声がして、何本目かのマッチがシュッと擦られた。見ると、そこは穴が少し広くなっていて、石壁の一部に、大きな楔《くさび》形《がた》の地肌が現われ、すでに掘鑿《くっさく》の仕事を始めたと見えて、進藤の九寸五分(注12)が、掻き荒らされた地肌に、グサとばかり突き立っていた。

「ア、土だ」

二人は思わず歓声を上げて、その辺に落ちていた石塊《せきかい》を拾うと、むしゃぶりつくように、地肌を目がけて突進した。それがどれほど厚味のあるものだか、そこを掘って行けば果たして地上に出ることが出来るかどうか、そんなことを考えている暇はなかった。本能的な力が彼らを滅多無性に働かせた。恐ろしいもので、半狂乱の三人の力は、またたくうちに、そこに人一人はいれるほどの窪みを作った。

「この分ならうまく助かるかも知れない」

彼らはだんだん勇気づいて行った。三人のゼイゼイ云う呼吸の音と、短刀や石塊が忙しく土にぶっつかる音ばかりが、闇の中に物凄く響いた。

洞窟の中には、夜も昼もなかった。彼らが生き埋めにされてから、どれほどの時間が経過したか、進藤も三郎たちも、時計を持っていないので、それを計ることが出来なかったが、彼らの気持だけでは、たっぷり一と月も、その掘鑿事業を続けていたように感ぜられた。初め柔らかそうに見えた地肌は、掘り進むに従って固くなった。のみならず、仕事の困難と同時に、烈しい疲労と飢渇《きかつ》とが、恐ろしい力で迫って来た。でも、彼らはあきらめなかった。若《も》し絶対に逃れ道がないときまってしまえば、かえって助かるのだが、そうではなく、この掘鑿に一縷《いちる》の望みが懸けられるだけ、そして、それが唯一の逃げ道であるだけに、彼らの焦躁はひどかった。彼らは少し休んでは長いあいだ働いた。三郎たちは慣れぬ掌《たなそこ》に豆が出てはつぶれた。血まみれの六本の腕が、機械のように動いていた。

何故にかく生き埋めにされたかの疑問も、進藤に対する敵意も恐れも、黒怪物のことも、お定さんという不思議な女のことも、そのようなものは一切彼らの頭に上らなかった。ただもう、この土を掘り切るか、中途で倒れるか、一か八か、生か死かの土壇《どたん》場《ば》であった。

しまいには、三人ともほとんど夢中で仕事を続けていた。惰性《だせい》で働いていると云ってもよかった。だが、たとい彼ら自身に意識はなくとも、仕事はズンズン進捗《しんちょく》して行った。いつの間にか五、六間の洞穴《ほらあな》が出来ていた。掘った土がたまると、誰かが例の広い空地へ捨てに走った。

「アハハハハ、態《ざま》あ見ろ」

突然、長い沈黙を破って、三郎が笑い出した。狂気めいた笑いだった。他の二人は彼がとうとう気が違ったのかと思わず仕事の手を休めた。

「アハハハハ、態あ見ろ、君、これから先は、掘ろうたって掘れやしないよ。行き止まりだよ。見たまえ、この岩肌を」

夢中で仕事をしていた二人は、その言葉にやっと気づいて、しびれ切った手を伸ばし、前の壁を探って見た。先ず手に触れるものは柔らかい土、それから、その奥に厳然と鉄のような岩の肌、うろたえて、上下左右と探りまわしても、岩の切れ目は、どこにも見当たらないのであった。

進藤の手によって、残り少なのマッチが擦られた。一面の黒い土、そして、その奥から彼らの方に笑いかけているものは、青味がかった、果て知れぬ一枚の大岩に相違ないのだった。

二十三

長い労働から来た極度の疲労と、そして、もはやこの洞窟を出る見込みの絶えた絶望とで、彼ら三人は、掘りかけた洞の中にうずくまって、お互いに顔を見合わせようにも光はなく、ただ遣《や》る瀬《せ》ない溜息を聞き合うばかりであった。

この大きな洞穴が、ほんとうに岩ばかりで出来ているのだろうか、どこかもっとほかの場所にも、ここと同じ柔らかい土の部分があるのではなかろうか、それを見落としたばっかりに、そのわずかなことのために、彼らの死ぬか生きるかの運命がきまってしまったのではあるまいか。第一、大岩のためにふさがれたと思った入口が、案外薄くて、この洞穴の土を掘ったのと同じ労力をかければ、ひょっとしたらそこから外に出ることが出来たのではないか。彼らはてんでに、未練《みれん》らしく、そんなことを考えていた。

「もっと、ほかんとこを探して見ようじゃねえか、まだへこたれるにゃちッと早え」

三人のうちでは、一ばん精力家なはずの進藤が、でも、どっか底力のない、上っすべりな声で云った。

「だって、君、もう僕たちは身体が続きやしない。ハハハハハ」

植村は、せいせい肩で息をしながら、やけくそな調子で物凄く笑った。もうあきらめ果てた形だった。

「弱いことを云うな。死ぬか生きるかだ。命や惜しくねえのか。なんでもいいから、もう一遍探すんだ。云うことを聞かねえと、ぶんなぐるぞ」

この際、決してなぐられるのが怖いのではなかった。彼らにしてもやっぱり、まだ未練があったのだ。野崎と植村は、疲れきってほとんど無感覚になった腰を、やっと伸ばして、進藤の後に随《したが》った。

「マッチはあと幾本ある」

先に立った進藤は、彼にも似合わない、心得のある質問をした。

「十四本きゃないよ」

植村は、闇の中で、丹念《たんねん》に勘定してから、心細く答えた。

「まあいい、それをつけな。なるべく長くもたせるんだぜ」

マッチが擦られた。青黒く光った、地獄の底の細道のような暗道が、末は底知れぬ闇に消えていた。

それから幾時間のあいだ、世にも痛ましき、生と死の争闘が続けられた。暗道の中は、隈《くま》なく探し廻って、少しでも柔らかそうな箇所は、片っぱしから掘り試みた。しかし、どれもこれも無駄に終わった。入口の岩も、或いは叩き、或いは押し試み、三人の全力を尽したけれど、磐石《ばんじゃく》のように小揺《こゆる》ぎもせず、その厚味がどれほどあるのか、外部からかすかな光も洩れてはこなかった。最後には、彼らは、つき当たりの広い場所に引き返して、そこの岩に足がかりをこしらえ、それを伝って、高い天井に昇り、例の揚げ蓋の所に達しようと試みさえした。でも、たった一つの足がかりを作るにさえ、ナイフのほかにはなんの道具も持たぬ彼らには、たっぷり一日の仕事だった。一間《けん》も昇らぬうちに死の方が先にやって来るのは知れきっていた。

「もう、助からねえ。もう、駄目だ」

進藤がため息と共にとうとう弱音《よわね》をはいた。さすが強情我慢の悪党も、ついに絶望する時が来たのだ。ましてあとの二人はもはや虫の息だった。さて絶望となると、堪《こら》えに堪えていた飢《うえ》と渇きが、猛然として彼らを襲った。火と燃える喉の下で、煎餅《せんべい》のようにひしゃげた胃袋が、錐《きり》でもむような疼痛《とうつう》を訴えはじめた。彼ら自身では、この穴にとじこめられてから、ほとんど数カ月もたったように感じていたが、その実やっと二日か三日のあいだに相違なかった。でも、二、三日にしろ、その間ずっと、飲まず食わずで、あの烈しい心遣い、あの過激な労働、今や死にもまさる飢渇《きかつ》の苦しみが襲って来たのは、実に無理もないことであった。

もう物を言うものもなかった。果て知れぬ暗闇の中に、小さな小さな三つの生き物が、死に瀕《ひん》して横たわっていた。泥のような睡眠が始まった。眠ってはならぬと眼を開いても、開いても、そこもやっぱり同じ闇、いつ眠って、いつ起きているのだか、そのけじめさえつかなかった。どれほど永い時間眠ったのか、ハッと目覚めて耳をすませば、墓場の静けさがあたりを占めていた。もう呼吸も止まってしまったのか、ほかの二人の息遣いの音すら聞こえては来なかった。彼らはもう死んでしまったのかも知れない。ふとそんなことが考えられた。でも、悲しむ気力なぞ、もはや残ってもいなかった。

「マッチは幾本ある」

長い長い沈黙のあとで、どこか遠くの方から、唸るような声が聞こえて来た。それは、進藤がまだ執念深くマッチのことを気にしているのだった。このような際ですら人間の本能は、闇を恐れるものに相違なかった。

それから又長い沈黙が続いた。答えるものもなければ、尋ねたものも、再び問い返す気力を失っていた。しかし、もう忘れた時分になって、飛んでもない方角から、シュウシュウと、不思議な虫の鳴き声のようなものが聞こえて来た。

「三……本」

植村が、やっと三本のマッチを勘定したのだった。するとと、進藤のいる方角で、ゴソゴソと、帯でも解くらしい音がしたと思うと、フワリと、植村の鼻の先へ、柔らかいものが落ちた。

「それに火をつけな。少しゃ明るくなるだろう」

進藤が着物を脱いで、それで焚火をしようというのだ。彼はこの地獄のような暗闇に、耐えられなくなったのである。野崎や植村とても、同じ思いに相違なかった。植村が何度もやりそくないながら、それでもやっとマッチを擦った。やがて一《ひ》とかたまりの布がメラメラと燃えはじめた。

広い空洞が、遠くの隅々までも、赤黒く染め出された。不気味な大入道が、一そうハッキリと、彼らのうしろの壁に、ゆらいでいた。彼らのうずくまっている反対の側には、お定さんという、ホテルの主人の細君が、生人形《いきにんぎょう》のように横たわり、その前の広っぱには、さまざまの形をした白骨が、むしろ綺麗に光って見えた。三人は初めて落ちついてお互いに顔を見ることが出来たが、その表情は、妙なところに気味のわるい筋がふくれ上がり、そのくせ顔全体は瀕死の病人のように憔悴して、頬や目のふちなど、恐ろしいほど、落ち窪んでいた。そうして、お互いがお互いを眺め合った刹那、不思議なことには、彼らは幽霊のように物凄い笑《わらい》を笑いかわした。

二十四

あってそこに僅かの水が溜っていたのだ。
いたのか、疾風《しっぷう》のように広っぱの一方へ駈け出した。その行く手には、小さな窪みが
突然、進藤が恐ろしい勢いで叫ぶと共に、飛び上がって、どこにそんな力が残って
「ア、水だ」

野崎も植村も、それを見ると、気違いのようにはね起きて、互いに負けじと、水溜り
「水だ、水だ」
に向かって突進した。もうそうなると、彼らは三匹の飢え渇いた獣《けもの》だった。

彼らは水溜りの上で、物も云わずに摑み合った。一滴の水のためには、彼らは命の
やり取りもしかねなかった。ついには三つの頭が、窪みの上に折りかさなって、頭と
頭とをこじ合わせて、犬のようにベタベタと水をなめた。ほの暗い光では、それが果
たして清水なのか、腐り水なのか、それとも、ひょっとしたら人間の血潮《ちしお》が溜ってい
たのか、弁別《べんべつ》のしようもなく、又そのようなことに構ってもいられなかった。泥水で
あろうと、なんであろうと、彼らには甘露《かんろ》の味わいであった。そして、わずかの水溜り
は、またたく暇に干上がってしまった。

たとい一瞬の喜びであろうとも、少しばかりの水分を摂《と》ったために、その次には、更に一層の飢と渇きが襲って来るとしても、ともかくも彼らは一時なりとも、胃袋の痛みを忘れることが出来た。やっと甦《よみがえ》った気持であった。しかしながら、それと同時に、先程まではほとんど麻痺《まひ》していた心の痛みが、又もや、以前にもました勢いで、彼らを悩ましはじめるのだった。

「どうして、こんな目に遭うのだろう。まるで見当がつかないが」

その時、やっとそこへ気がついたかのように、野崎が口を切った。ただもう生き埋めを逃れようと、外へ出ることばかり思って、それの仕事に夢中になって、三人が三人とも、ほかの事まで考える余裕がなく、もう絶望となった今になって、水のためにいくらか力づいたからでもあったが、やっとそのことが、彼らの話題に上ったのである。

「どうしてだかわかるものか。このまま死ぬにきまっている俺たちに、生き埋めにされた理由なんかなんの要がある。それよりも、誰か、俺の首をしめて殺してくれ。これからまた、飢えて飢えて、悶え死にをするのかと思うと、俺は耐《たま》らない。野崎、君お願いだ、俺の首をしめてくれ」

空元気《からげんき》の植村が、第一に捨て鉢の弱音を吐いた。

「まあ待て、人間、十日や二十日食わなくっても、滅多に死ぬものじゃない。どういうわけでこんな目に遭ったか、その原因を考えているうちには、どうしたことで、抜け出す工夫が思い浮かばぬものでもない。幸い、今の水で少し元気づいたから、この暇に、よく考えて見ようじゃないか。三人の智恵を絞れば、なんとか方法がつきそうなものではないか」

野崎は、どこか芯《しん》の強いところがあった。

「俺も実は、さっきから、それを考えていたのよ」進藤が由《よし》ありげに応じた。「だが、お前たちは、いったい全体、どうしてこんな穴の中へはいったんだね」

「そうだ、それを話してみよう。僕たちの方のを先に話すから、あとで、君のも聞かせてくれたまえ。それはこういうわけなんだ」

野崎はそこで、彼らが洞窟に生き埋めにされたまでの一伍一什《いちぶしじゅう》を、残るところなく物語るのであった。その時分には三人は期せずして、又元の焚火の所に集まっていた。進藤の袷の着物はもう燃え尽してしまい、その燃え残りが赤く光って、僅かにお互いの顔を見分けることが出来た。植村がもどかしがって、自分も着物を脱いで、その上に燃しつけようとすると、「暗くっても話は出来るから」と進藤がさえぎった。彼はさすがに場数《ばかず》を踏んでいるだけに、用心深く次の必要まで薪《まき》を残しておこうというのである。

二十五

「その黒い怪物てなあ、人間らしかったかね」

一《ひ》と通《とお》り聞いてしまうと進藤が尋ねた。

「むろん人間でなけりゃ、あんなに自由に、二本の足で歩けっこないよ」

「じゃあ、そうだ。きっとそうだ。お前その怪物てなあ、ほかでもねえ、籾山ホテルの親爺《おやじ》だぜ」

「エ、ホテルの主人だって、そんなばかな、ホテルの主人が、なんの必要があって、あんな真似をするんだ。第一、僕たちを生き埋めにする理窟がないじゃないか」

「それがあるんだよ」進藤は妙なことを云い出すのであった。「それがあるんだよ。まあ聞きねえ。こういうわけなんだ。いや、そいつを話す前に、聞いておきてえのは、あの絵だ。別荘の中に描きかけて放ってある、女の絵だ。あれを描いたのはお前《めえ》だろうね」

「君は見たのかい。僕だよ。僕の死んだ家内《かない》の似顔だよ」

「そうだろう。そうに違えねえ。どうも様子がおかしい、おかしいと思っていたんだ。ちょうど俺がホテルへ着いた日に、森の中の底無し沼で女が死んだって話を聞いた。俺ぁ、まさかそれがお蝶たぁ気がつかなんだ。誰も名前を云わねえで、奥様奥様ってやがるんだからね。だが、お前のそぶりと云い、それから、この男、植村とか云ったね、こいつがやって来てからというものは、なお更《さら》様子が変なんだ。しかも、この男たぁ、お前も聞いてるだろうね、ホラ、浅草の一件でお馴染なんだ。俺もどじだあな、それがなんのこったか、今日が日まで、まるで気がつかねえんだからね。ところが、ホラ、あの油絵だ。ね、俺ぁ今日初めてあいつを見たんだ。なんの気なしに別荘へはいって見たところが、お蝶そのままのやつが、ね、しかもはだかで描いてあるじゃねえか、さてはと感づいて、さっそくホテルの宿帳を調べて見るてえと、やっぱりお蝶だ。それですっかり事のいきさつがわかったてえものさ。だが、下手人は俺じゃねえ。お前たちが疑うのは、それゃ尤《もっと》もだが、決して俺じゃねえ。俺がお蝶をぶった斬ってやろうと、つけねらったなあほんとうだったが、まさかこんな山奥へ逃げているたぁ気がつかねえや。俺あホテルの親爺にちょっとばかり用があって来たんだ。ちょうどお蝶がここへ来ていようなんて、まるで思いがけもねえこった」

進藤が植村の来たのを見ても、いっこう逃げ出す様子のなかったのは、こうしたわけからであった。野崎も植村もなるほどそうであったかと肯くことが出来た。同時に、植村は、かつて進藤が浅草のバーで喋った「近いうちに大金が手にはいる」という意味の言葉を、ふと思い出した。それと、彼がこの山奥のホテルへやって来たことと何か関係があるように思われた。

「そこで、俺がこの穴へおっこったわけだがね。実はホテルの親爺奴《め》につきおとされたんだよ。お前たちはここがどこだかよく知らねえようだが、ここあ籾山ホテルの真っ下なんだぜ」

「エ、ホテルの下だって、じゃなにかい、あの森の中の穴が、ちょうどホテルの下まで続いているのかい」

「そうだよ、この真上が、親爺の部屋になっているんだ。だが、まあ聞きねえ、こういうわけだ。あのお蝶の絵を見てっから間もなくだった。一度俺の女房だったやつが死んだかと思うと、憎いやつじゃあったが、やっぱり、なんだか変てこな気持になっちまってね、ふっと考えついたなあホテルの親爺のことだ。あいつああ見えて、おっそろしい前科者なんだからね。どうした前科者だかは今に話して聞かせるがね。で、ひょっとしたらお蝶は沼にはまったんじゃなくて、あいつに殺されたのではないかっていうとこへ気がついたんだ。気がつくてえと、俺の気性として、どうにも我慢がならねえ、親爺をとっつかまえて泥を吐かせようと、いきなりあいつの部屋へ飛び込んだもんだ。だがあいにく部屋は空っぽだ。ちょうどその時分だよ、親爺のやつ獣《けだもの》の皮なんかで、姿を変えて森ん中をうろうろしていたなあ」

着物の燃え残りもいつしか消えて、洞窟の中は又元の、墨のような闇であった。その闇の中から進藤の物凄いバスの声が、妙な余韻を伴って響いていた。声だけが暗闇の宙にただよっている感じだった。それにしても、あの場合の一杯の水の力が、どれほど彼らを元気づけたことか。死なんばかりに横たわっていた三人が、ともかくも起き上がって、進藤の如きは、声こそ力なげに低いものではあったけれど、この長話を、さして途切れもせず、さも雄弁に語り続けているのだ。

それはともかく、野崎や植村にしては、聞く事ごとに、非常な驚きを感じないではいられなかった。ホテルの主人が前科者で、嘗ての黒怪物がやはりその主人にほかならぬとは、余りと云えば意外千万な事実であった。彼らは、この進藤の言葉を俄かに信じていいかどうかに、迷わぬわけにはいかぬのだ。そういう進藤こそ、現に前科者に相違ないのだし、ひょっとしたら、このような作り話を構えて彼らを欺き、何かためにするところがないとも限らぬのである。二人は、進藤の長話を傾聴しながらも、少しも気を許すことが出来なかった。

二十六

「親爺は留守だったけれど」進藤は更《さ》らに語り続けた。「留守を幸いに、俺は家探しをやろうと考えた。若《も》しやつがお蝶の下手人だとすれば、何か証拠が残っている筈だからね。今に話すが、これにゃあ、ちっとわけがあるこった。証拠がなけれゃならねえわけがあったんだ。で、俺はやつの部屋じゅうを、あっちこっちと探しまわった。あの棚の上に妙な壺《つぼ》が沢山《たくさん》並んでいるね。あれの中まで調べた。だがなんにもねえ。さすがあ悪党め、油断はねえやね。で、もう止しにして引き上げようとするてえと、ふっと気づいたなぁ、畳だ。一枚畳が妙にゴボゴボしているんだ。こいつぁ変だと、さっそくめくって見ると、驚くじゃねえか、その下の床板が、お前、ちゃんとがんどう返しになっているんだ。……

「止しゃいいのに、俺はそいつを開いて床下へはいって見た。そこに広い部屋があって、隅っこの方に、例の親爺の道楽の食い物の壺だとか、二つ三つ行李なんかがおいてある。八畳敷ぐらいの穴倉なんだが、がんどう返しの蓋が開いているので、隅の方までよく見える。俺は、その行李の中が怪しいと思ったもんだから、そこへしゃがんで、蓋を開こうとしていたんだ。するってえと、その時だ、うしろの方で、なんだか人間の息遣いみてえなものが聞こえるじゃねえか、親爺めうせあがったかと、ヒョイと振り向くと、さすがの俺もギョッとした。てなあ、そこんとこに、穴倉の床のとこに、またもう一つ石のがんどう返しがついていて、まだ下の方へ抜ける道があるんだね。なんぼなんでも、穴倉の下に又穴倉をこしらえてあろうたあ気がつかねえや。その石の蓋をジリリ、ジリリと押し上げて、現われて来たやつてえのが、お前たちが見たっていう黒い怪物なんだ。熊のお化《ばけ》みてえなやつなんだ。それだけならいいんだが、そいつが骸骨をね、それも一つじゃあねえ、沢山の骸骨を紐でゆわえて、手に提げていたんだよ。薄暗い穴倉の中でそんな化物に出っくわしたんだからね。びっくりもしようじゃあねえか。俺あ、あっと云って逃げ出そうとすると、相手の野郎も驚きやがって、何んだか変な吠《ほ》えるような声を出したかと思うていと、骸骨どもをそこへ放り出したまま、いきなり俺を目がけて飛びかかって来たんだ。面喰らったあね。まさかそいつがホテルの親爺たあ気がつかねえ。アッと思うまに押さえつけられるてえと、お前たちも見たろうね、あすこの天井の穴から、まっさかさまよ。何しろ不意を喰ったんでね、ばかな目に遭ってしまった……。

「そういったわけで、ここはつまりホテルの下に当たるんだ。あの天井の上に、今云った穴倉があるわけなんだ。だが、ここからわめいて見たところで、聞こえるはずもなけりゃ、あの親爺めが、俺たちを助けてくれるはずもねえ。つまり俺たちゃ、あいつの命にかかわる、恐ろしい秘密をかぎ出してしまったんだからね。ところで、あいつの秘密だがね。俺ぁいろいろ考えて見たんだ。お前たちの話だとか、俺の見たことだとかを元にしてだんだん考えて見たんだ。でね、つまるところ、あのホテルの親爺てやつは、おっそろしい人殺しだということが、わかって来たんだよ。もっともそれにゃ、お前たちの知らねえわけもあるんだ。あいつが、そんな人殺しをやったわけだね……これは俺とあいつと二人だけの秘密なんだ。お互いにどんなことがあっても他言《たごん》しねえという固い約束なんだ。だが、こうなりゃあ秘密も約束もあるもんか。俺ぁ云うよ。せめて、無念ばらしにそいつを喋ってから死ぬんだ。いかに騒いで見たって、助かる当てがあるじゃあなし、どうせ今にも死んじまうお互いだ。まあ、念仏《ねんぶつ》がわりに、俺の話を聞いてくんねぇ……」

進藤の声は、闇の中から、不思議と雄弁に響いて来た。一つには、それは、彼をこの死地におとしいれた仇敵《きゅうてき》に対する呪《のろ》いの声でもあったろうけれど、又一つには、手をつかねて死を待つほかに、なんのすべもない、洞窟内の恐怖と寂寥《せきりょう》を、そうでもしてまぎらさねば、彼は堪えられなかったものに相違ない。聴き手の野崎や植村にしても同じ思いだった。せめて暗闇からの声でも聞いているあいだは、死の恐怖と、又しても襲って来た、耐えがたき飢えと渇きをいくらかでも忘れていることが出来たのである。それは世にも不思議な光景であった。いや光景ではなくて、銘々の感じであった。闇のために視覚を失った彼らは、例えば深海に住むという目のない魚類のように、そのかわりには異常に鋭くなった聴覚と触覚とをもって、お互いの声と、呼吸と、圧《おさ》えつけるような外気とを感じていた。

　さて、進藤の奇怪なる物語は、次のように始められた。

二十七

「もう一《ひ》と昔《むかし》も前のこった。その時分俺の商売は船乗りだった。船乗りてったって、キャピテンだとか、メーツ(注13)だとか、そんな偉いんじゃあねえ、俗に云う水夫なんだ。平《ひら》の下《した》っ端《ぱ》の水夫なんだ。もっとも船は補助機関つきの帆船だったが、おもに外国航路で、世界のはてまでも、おし渡ったもんだ。これで、目色毛色の変わった女も、ずいぶん抱いたことがある。あの時分を思い出すと、なぜ船乗りを止《よ》しちまったかと、後悔でならねえ。

「ちょうどその時、俺たちの船はチャーターの都合で、南洋通いをやっていた。ジャワ、セレベスなんかへ、こっちの雑貨を積んで行っては、あちらの物産と交換するんだ。当時にしちゃずいぶん冒険な仕事だったのよ。その時積み込んだのは、コプラ（注14）だったっけが、そいつを船腹一ぱいにして、風を見て、メナド（注15）という港を出たのが、日本で云や桜の時分、なんしろ赤道の下だから、真夏の暑さよ。一直線に神戸《こうべ》へ向かったが、その途中だ、フィリッピンのミンダナオ島てえのを左に見て、やがて、どちらを向いても、陸の影も見えねえ、マリアナ海のまっ唯中へ出た時分、おっそろしいしけだ。二百噸足らずの小さな帆船だからね。初めのあいだは帆の力で、うまく大波をのり越えていたっけが、力と頼む帆柱が折れ、帆が風にふきちぎれちゃあ、もうおしまいだ、補助機関なんて、なんのましゃくにも合やしねえ、甲板《かんぱん》だか海の中だかわからねえ、またたく間に、仲間の奴らが、三人四人と波にさらわれて、行方知れずだ。メリメリと云って、船が裂けた時にゃあ、むろん命はねえものと覚悟をきめていた……どうして助かったのか、ほんとうに天運だね。気がついて見るてえと、いつの間にか天気がなおって、海は鏡のようだ。大海のまっ唯中にボートが一艘《いっそう》、それにとっついて命を助かったのが、俺のほかにチーフメートのやつとコックが一人、それから荷主の旦那がうまく助かっていた。都合四人だね。むろん親船は影も形もねえ。甲板の救命ボートにつかまっていたやつだけが助かったわけなんだ。

「ボートといったって、しけのためにめちゃめちゃにやられて、オールもなけれゃあ、舵《かじ》もねえ。たといそんなものがあったところで、第一、方角も何もまるで見当もつかねえんだから、漕いでみたって仕様がないのだ。運を天に任せて、波のまにまに漂っているほかはねえ。そのうちにうまく島でもめっけるか、どっかの船にでもぶっつかるか、さもなきゃボートの中で飢え死するか、三つに一つだ。それはまあいいとして、ぼつぼつ喉が渇いて来るんだね。見渡す限り水ばかりの中にいて、飲み水てえものが一滴もねえ。海の水を飲もうとするんだけれど、とてもあの塩っぱいものが、いかに喉が渇けばとて、飲み込めるもんじゃあねえ。その苦しさてえものは、実にどうも、地獄だったね。

「三日のあいだ、そうして夢心地で、海の上を漂っていた。むろん腹のすいたなあ通り越していらあ。喉は火のようで、舌なんざあまっ黒くこげちまって、物を云うことも出来ねえ。餓鬼道《がきどう》の苦しみだ。信天翁《あほうどり》のやつめ、俺たちをからかうように、さも暢気《のんき》そうにその辺をとび廻っていやがる。俺あ、信天翁がうらやましかったね。それとも、海ん中の魚だ。魚になって、冷たい海の底を、思う存分塩水を飲みながら、泳ぎ廻りたいと思ったよ。そんなでいて、やっぱり疲れているんだね、時々は腹のへったのも何も忘れたように、泥のように寝ちまうんだ、それが目がさめた時の気持というもなあ、なんともかんとも云うことが出来ねえ。日本の家にいて、柔らかい蒲団の中に、色女か何かと一緒に寝ている夢なんか見てるんだ。枕下《まくらもと》にゃあ、美しいガラスの入れ物にすき通った水が一杯はいっている。うまそうな饅頭《まんじゅう》が山のように置いてある。食い放題、飲み放題なんだ。そいつが、目が覚めて見るてえと、見渡す限り陸もなんにもねえ、海のまん中で、赤道の下の焼けるようなお天道様《てんとうさま》がジリジリと頭の上に光っている。喉はもう石炭殻《せきたんがら》のように焼けきっちまって、舌を動かすとコツンコツンと音がするくれえだ。腹はへったんじゃあねえ。まるで焼け火箸《ひばし》で突っかれるように、ズキン、ズキンと痛むんだ……ちょうど今の俺たちだ。洞穴の中と、海の上との違えがあるだけでね……」

野崎と植村とは、ともすればうとうとと寝入りそうになるのを、やっとこらえて、闇の中を幸い、したい放題の、少しでも楽な姿勢で寝そべって、不思議な声を聞いていた。進藤の話し声だと思っていても、それがいつの間にか一つの景色として彼らの目に浮かんでいたりした。殊におしまいの方の飢渇の話などは、今の実感であるだけに、過去と現在とが、妙なぐあいに入れまじって、「柔らかい蒲団の中に」「すき通った水が一杯」「山のような饅頭」などのところは、そのまま彼ら自身の夢として、話のままに或いは喜び或いは失望するのであった。そんなことにはお構いなく、進藤の話し声は、だんだん低く、しわがれては行くものの、でも執念深く、気違いのように、いつまでもいつまでも続いた。ふと気をゆるめると、ある瞬間には、それがまるで人の声ではなくて、何か器械の音のように、無意味なリズムとして響いて来た。

二十八

「一度腐ったさかなが、ボートのそばに浮いてきたことがあったっけ。すると、四人が四人とも、ちょうどさっきの俺たちだ。餓鬼《がき》のように、舷《ふなばた》にのり出して、そいつを取り合い、お互いに引きちぎるようにして、腐っていようがなんであろうが、まるで目がくらんでいる。骨も残さずモリモリと食っちまった。可《か》なり大きなさかなだったもんだから、俺たちぁそれでちょっと人心地《ひとごこち》がついた。ええもんで、ちょうどさっき俺たちがあれだけの水を飲んで、こんなに威勢がよくなったように、その時も、物も云わなかった奴が、ボツボツ話をする気になったからね……。

「それからてえものは、又さかなが浮いては来ねえかと、俺たちぁもう、ボートのまわりばっかり見つめていたっけ。だが、たった一度っきりで、大洋のまん中に、そうそう腐ったさかなが浮いていよう道理がねえ。ところが、一人のやつが、荷主の旦那だったがね、うめえことを考えついた。着ていたシャツの糸を解いてね、そいつを長くつないで、その先にネクタイのピンを結びつけて、今度は生きたさかなを釣ろうってわけなんだ。だが、考えて見るとなんにもえさがねえ。いかに根気よく糸を垂れてたって、魚の食いつく道理がねえや。せっかくの名案が、糠《ぬか》よろこびで、おじゃんよ……。

「そうこうするうちに、もう五日めだ。俺にゃハッキリわからなかったが、チーフメートのやつが勘定していたから、まあそうなんだろう。五日目となるてえともうたまらねえ。中にゃあ、よく肥っている荷主の旦那なぞは、一ばん早く腹がへるのかもしれねえ。なんだか恥かしそうに、靴の皮を潮水でふやかしているんだ。どうするのかと思って見てると、そいつを食うつもりなんだね。それを見て、ほかのやつも真似を始めたが、どうして獣の皮が食えるもんじゃあねえ。まあしゃぶるんだが、塩っぽくて、喉の渇きがひどくなるばっかしだ。なんの腹の足しになるわけのものじゃあねえ。そのほかまあさまざまの事やって見たが、どいつもこいつも骨折り損のくたびれ儲《もう》けさ。でね、俺なんざあ、もうあきらめて、死なば死ねと思って、ボートの中へひっくり返って、目をつむっちまったんだ。そのうちにほかの奴らも俺の真似をして、転がった様子だ……。

「そうしてしばらくうとうとしていたが、ふと気がついて見ると、俺の隣でなんだかゴソゴソやっている奴がある。細目を開いて見ると、チーフメートのやつが、なんだかシャツの切れのようなものを、(注16)かんぜよりにして、ジャックナイフでそいつの長さを揃えているんだ。云うまでもねえ籤《くじ》なんだね。籤をこさえて、いったい全体どうしようと云うんだ。奴《やっこ》さん気でも狂ったのじゃあるまいかと、妙に怖くなってね、『オイ、何をしているんだ』って聞くと、奴さん、筋ばかりになった顔を、青くして、黙っているんだ。その目つきが、まるで命がけの喧嘩でもしようって塩梅《あんばい》で実に凄いんだね。だまあって、じっと俺の顔を見つめている。何か知らねえが、深いわけがありそうなんだ。でね、俺の方でも、しばらく奴さんの顔を見つめているうちに、ハッと読めたんだ。なるほど、そうでもしなきゃ、この場のしのぎがつかねえてことが、俺にもハッキリわかって来たんだ。そりゃほかでもねえ。籤で負けたやつを、皆して共食いしようという、おっそろしい考えなんだ……ハハハハ……」

陰にこもって、低く低く、空洞の中をさ迷うかと見えるこの進藤の不思議な笑い声が、あとの二人を思わず震い上がらせた。彼らには、進藤のこの当面の問題とはなんの関係もない、長話を、どう解釈していいのかわからなかった。若《も》しかしたら、それには彼の深い魂胆《こんたん》が含まれていたのではないか。世に恐るべき、ある事柄を、それとなく暗示していたのではないか。彼らは、そこに気がつくと、目に見えぬ大敵に向かって身構えをしないではいられなかった。

二十九

「そいつを見るてえと、俺あ、なんぼなんでもゾーッとしないじゃあいられなかった」

闇の中から、不思議な蓄音機のように、進藤のしわがれ声が続いた。

「メーツさん、そりゃあなんだねって、俺や、まあ聞いて見たんだ。すると、メーツのやつ、ニヤリと笑ってね、その鐵をもってパサパサ船板を叩きながら、俺はもう辛抱が出来ねえんだと、ぶっきら棒に云うのだ。云わずと知れた、共食いでもしなきゃあ、もう腹がへって我慢がならねえということさ。わかったかね、共食いでもしなきゃあ、我慢がならねえということなんだ……。

「オイ、聞いてるのかね……なんだかいやに静かじゃないか。……しっかりしねえ……でね、メーツさんと俺とが口をきいたもんだから、ほかの二人が、もちろんグタグタに弱っているんだけれど、まあ何か耳よりな話でもあるかと思ったんだね、こう鎌首《かまくび》を持ちゃげて、こっちを覗くんだ。すると、俺が凄い顔で今の鐵を睨んでいる、メーツさんがその俺の顔を睨み返しているといった塩梅で、お互いにもう食う事しきゃ考えていねえ場合だから、たちまちハッと気がつくのだ。籤の使い道がわかるんだ。その時の四人が見合わした顔てぇものは、まったくなかったね。俺あこれまでずいぶん怖い目にも遭っているんだし、ちっとやそっとのことじゃあ驚かねえんだが、あの時ばっかしゃあ、まったく怖かった。俺ぁ小さい時分、婆さんから、あの薄っ気味わるい地獄極楽《じごくごくらく》の絵巻物をよく見せてもらったことがあるんだが、その時、ボートの上の有様がね、なんだかその地獄極楽の絵じゃあないかと思われたんだよ……」

闇が人間を気違いにするということが、若《も》しあるのだったら、わけのわからぬ長談《ながだん》議《ぎ》を始めた進藤ばかりでなく、聞き手の二人も、もう半ば気が狂っていたのかもしれないのだ。なぜといって、例えば野崎三郎の心持を云うならば、彼には進藤の話し声が、ほんとうに人の声なのだか、それとも、彼自身の幻聴なのだか区別がつかぬほど、心が乱れていた。事実、筋の通った話し声のほかに、もう一つの、不思議な音楽が、電話が混線するようなぐあいに、途切れ途切れに、聞こえて来る。それが何か支那楽の胡弓《こきゅう》の音らしく妙に眠気を誘う調子なのだ。そして、その調子が、彼をたった一人で、千尋《ちひろ》の海の底に沈んででもいるような、なんとも形容の出来ない、淋しい、たよりない気持に引き込んで行くのだった。

「……それでね、結局俺たちは、その籤を引いたのさ」進藤の話し声が長いあいだとぎれたかと思うと、又思い出したように続くのだ。

「四人が四人とも、幽霊のようにまっ青になっちまってね、歯の根をガタガタ云わせながら、その切れのかんぜよりを引いたんだ。世の中にあのくれえ真剣なばくちというものは、滅多にあるもんじゃあねえ。太っちょうの荷主の旦那なぞは、手を出したり引込めたりして、こうして思い出して見るてえと、まるっきりニワカ(注17)さね。だが、そんときぁ命がけのはたし合いだ。たった一本の籤を引きそくなったらそれで命ぁねえのだからね。俺は、もうやけくそになっていたもんだから、なにをビクビクしてるんだ、これを見ねえって調子でね、先《ま》ず第一に籤を引いた。一等短いのが殺されるわけだったが、俺のはうまいぐあいに長い籤だ。それからコックが引いて、荷主の旦那も、仕方なしに引いたんだが、皆長いやつばかりなんだ。して見るてえとメーツの奴、自分で籤をこさえて、自分が番に当たっちまったんだね。その時の奴の泣き面《つら》てえものは、まったく、笑ってるのだか泣いてるのだかわからねえ、実に不思議なものだった。しばらくのあいだ、気抜けがしたように、黙りこくっていたっけが、ヒョッコリ笑い出してね。お前たちはあれを本気にしていたのか、俺の冗談なのがわからねえかってね、卑怯にも俺たちをごまかそうとするんだ。奴の気持を考えると、まったく可哀そうじゃあったがね。だがほんとうに腹がへった気持てえものは、可哀そうだとか、気の毒だとか、そんなものとはまるっきり別物なんだ。気の毒だなと、どこやらで思っちぁいるんだが、手の方はひとりでに、こう奴の首をしめに伸びて行くんだ。……」

野崎三郎は、その時、彼の首のまわりに、突然、ニッチャリした指が触れたような感じがした。ハッとして、手をやって見ると、しかし、気のせいであったのか、そのあたりには、空っぽの闇があるばかりで、人の気配もしない。進藤の声は、反対に、今までよりはずっと遠くの方から、話をしながらだんだんいざって行ったものか、ほとんど向こうの隅に当たって聞こえるのだ。でも、それは空腹の余り、彼の耳が遠くなったのかも知れないし、或いは又、彼の方から、知らず知らずのあいだに、不気味な進藤のそばを離れていたのかも知れないのである。

その頃から、進藤の声のほかに、もう一つの騒がしい物音が、別の隅から響きはじめた。それは決して三郎の幻聴ではなくて、進藤さえも「やかましいな、ジタバタしたって仕様がねえじゃあねえか。ちょっと静かにしろ」と呶鳴りつけたほどなのだ。いうまでもなく、それは植村喜八の空腹の悲鳴であった。三人の中では、一ばん弱虫の彼は、とうとう堪らなくなって、ドタバタとのたうち廻りながら、「痛い、痛い」と泣き声を洩らすのだ。彼は空腹の余り胃痙攣《いけいれん》のような激痛に襲われはじめたものに相違ない。

進藤は幾度か話を継ごうとしては、植村のために妨げられ、ついには癇癪《かんしゃく》を起こして、きたない罵詈《ばり》の言葉をあびせかけていたが、やがてふと、何事かに気づいた様子で、俄かに元気な口調になり、叫ぶようにこんなことを云うのだった

「オイ、いいことがある。俺たちぁ何も、すき腹をかかえて、のたうち廻ってることあねえのだ。マッチは誰が持っていたっけな。すまねえが、一本だけ擦ってくんねえ。見《けん》当《とう》をつけるんだ。ご馳走《ちそう》の見当をな」

その時マッチは植村の手にあったのだが、彼はそれを聞いても、むろんほんとうだとは思わず、なかなかマッチを擦ろうとはしなかった。

「オイ、マッチだ、マッチだ。その痛みはなんでもいいから食いさえすれば治るんだ。俺だって覚えがある。さァ、マッチを擦ってくんな。マッチを」

進藤の声は、何か非常な吉報を伝えでもするように、ばかに陽気に響くのだ。すると、激痛のために夢中になっていた植村にも、その調子がわかったのか、彼は、やっぱりウンウン唸りながら、やっとの思いで、マッチを擦った。

「お前の着物を脱いで燃やしつけるんだ。しばらくのあいだ明るくねえと都合がわるい。野崎さん手伝ってやってくんな。早く、早くしないとマッチが無駄になっちまうから」

そう云いながら、進藤自身は、さすがに鍛《きた》え上げた身体である。空腹は空腹に相違ないのだけれど、まだどこかに人間並みの精力が残っていたと見え、ガッシリとした足どりで、空洞の向こう側の方へノコノコ歩いて行くのである。あとの二人は、進藤の言葉が何を意味するか、まだ少しもわからぬながら、ともかくも、彼の指図に従った。植村の解いた兵児帯《へこおび》に火がつくと、空洞の中はパッと黄色い光に染め出された。

「驚いちゃぁいけねえぜ。ご馳走というのはこれなんだ」

進藤の大声にふとその方を見ると、彼は気早やにも、ジャックナイフを逆手《さかて》に、彼がホテルのお神さんだといった女の死骸にまたがっていた。彼はその死屍《しかばね》の腐肉《ふにく》によって植村の胃痛を治そうというのである。

焚火の光に描き出された、その時の進藤の形相は、彼が今の先形容に使った地獄極楽の絵巻物にそっくりであった。それを見る野崎らの恐怖は、ただ畜生道《ちくしょうどう》のあさましさを目のあたりにするというばかりではなくて、彼らもまた進藤の人外《じんがい》を責める心よりは、進藤と一緒になって、その女の腐肉をすすりたいという、いまわしい慾望を押さえることが出来なかった。無間地獄《むけんじごく》の苦しみであった。だが、地獄はそれだけではなかったのだ。死期を定められた人間の無恥《むち》と貪婪《どんらん》は、死屍を喰《くら》うばかりでは、まだ満足しなかったのだ。あくまで頑強な進藤は、一度ふり上げたジャックナイフを、じりじりとおろして、一《ひ》と先《ま》ず死体から離れると、ヌメヌメと厚い唇をなめ合わせ、紅《べに》糸《いと》の網のように血走った目で、食い入るように、二人の顔を見つめたのである。

おお、それから、この世のほかの空洞の中に、何事が起こったか。人間である作者には、もはや、それを描き出す力はない。余りの恐ろしさに、作者とて、唇の色が変わりもするのだ。

三十

「俺が首をしめようとして、手を伸ばすと、コックの野郎すばしっこいや、ナイフでもって、メーツさんの背中からブツリと一《ひ》と突《つ》きだ。もがきもしねえで、死んじまった……」

進藤は、執念深く彼の物語を続けていた。焚火はもう消えて、何物をも識別することは出来なかったけれど、聞き手の二人は、互いに肌を暖め合って、以前のような苦痛の叫びを発することもなく、不思議な物語に聞き入っていた。彼らは、焚火のために着物を脱いだのと、やっと胃袋の痛みが去ったので、今になって、地の底の寒さを感じはじめたのである。

「それから先は云わないだって、お前たちにゃあ、よくわかっているだろう。その時も、俺たちはけだものだったのさ。だが、幸いにも海は長いあいだ静かだったが、いつまでたっても、陸も見えなけりゃあ、助け舟も来ないのだ。そうこうするうちに、コックの野郎が、暑さに当たったんだろうね、ボートの中でお目出度《めでた》くなってしまった。俺たちぁ、そいつを水葬礼《すいそうれい》にもしないで、大切に取っておいたものだよ。だが、そんな心配にゃ及ばなかった。てえのは、やっと南洋通いの外国船にぶっつかった。こっちでも出来るだけの合図はするし、間も近かったし、それに、外国船てやつぁ、親切なもんでね。まあやっと拾い上げてもらった。聞いて見ると、俺たちのボートは、赤道近くの名物だね、無風帯《むふうたい》てぇのにはいっていたんだそうで、道理で何日たっても、陸が見えなかったのだ。だが、考えて見るてぇと、俺たちは人殺しに相違ねぇ。いや人殺しどころの騒ぎじゃあねえ。もっとひどいことをやっているんだ。だから、そいつが見つかっちゃあ大変だてんで、残っていた荷主の旦那と俺とで、死骸だとか汚い物なんかを、そっと水葬礼にしてしまった」

進藤はそこでちょっと息を切った。

「お前たちも、とっくに察しているだろう。その荷主の旦那てぇのが、今の籾山ホテルの大将なんだ。ね、わかったかい。あの親爺てぇものは、こう云った来歴があるんだ。それから、俺たちは、神戸まで送り帰されて、そこで別れたっきり、今度まで逢わなかった。俺はそれ以来てぇもの、無性に海が怖くなっちまって、ちょうど田舎に仕事があったもんだから、二、三年のあいだは、みっちり辛抱して、草深い所で稼いだ。それでいくらか出来た元手を持って、一《ひ》と旗《はた》上げようてんで、東京へ出て来たのが運のつきよ。悪い仲間が出来ちまってね、酒が強くなる、腕っ節が強くなる、悪事にゃ慣れて来る、それゃあもう、ありとあらゆる、悪い事てぇ悪い事は、すっかりやり尽した。臭い飯を食ったのも、一度や二度のことじゃあねえ。

「そのうちに、お前たちも知っている、お蝶のやつをめっけ出したんだ。いつかも話したように、あいつは、××村の娘だ、当たり前の人間は誰も相手にしねえ、そこへつけ込んで、俺がかどわかしたんだ。そして、しばらく夫婦暮らしをやっているうちに、女郎《めろう》変な若造の口車にのって、踊り子なんかになっちまった。まさか浅草の舞台へ出ていようたぁ知らねぇもんだから、俺はずいぶん探しまわった。そして、やっとの思いで見つけた時分にゃあ、今度は、野崎さん、お前の思い者になっているじゃあねえか。無体癪《むてえしゃく》にさわって、見つけたらぶった斬ってやろうと、幾度跡をつけたか知れないが、いつも邪魔がはいって、取り逃がしてばかりいるんだ。そうこうするうちに、ちっとばかり持っていた元手を、すっかり取られてしまう。ばくちでよ。お蝶はなかなか取り戻すことが出来ねえ。そのほかにもいろいろ癪にさわることがあってね。俺ぁつくづく世の中がいやになっちまったてえわけだ。それにつけて思い出すのは、ボートで生き残った荷主の旦那だ。あの時分はまだうぶでそこまで気がつかなかったけれど、あいつをいたぶりゃあちっとは纏《まと》まった金になるてえところへ、心がついたんだ。そこで、まあ、手紙を出して見たり、ひと工面をして旅をして見たり、いろいろ探したのだが、元の店は人手に渡っちまって、どこへ行ったのだか皆目行方がわからねえ。それから、ずいぶん苦労をしたもんだ。こんな山奥へ来ているため気がつかねえやね。だが、とうとう籾山ホテルてえものをつき止めて、さっそく無心状《むしんじょう》を出すと、案の定云い分通り為替《かわせ》が届いたじゃあねえか。奴さん例の一件のばれるのを、それほど恐れていたんだね。さァ、もうしめたもんだ。この分なら、腕次第でいくらでも引き出すことが出来るてぇ見込みがついたものだから、送ってもらった金でもって、身なりをこしらえると、俺ぁその足で、このホテルへやって来たものさ。

「すると、親爺め、おべっかに違いねえけれど、懐かしいとか、なるべく長く逗留してくれとか、うまいことを云うものだから、俺もいい気になって、自分の女房を親爺めに殺されたとも知らねえで、のんべんだらりと、滞在していたんだ。それあもう、そうに極《きま》っている。俺の睨んだ目に狂いはねえはずだ。それが証拠にはね、ホラお前たちも見ているだろう。あの親爺の部屋に飾っている壺だ。壜詰《びんづめ》だ。俺はあの中のものを食わされて、こいつぁ甘《うめ》えなんて、お世辞を云っていたんだが、今になって考えて見ると、あれはどうも当たり前の食い物じゃあねえ。塩漬けなんだがね。てっきりそれに違いはねえのだ。俺はひょっとしたら、俺の女房の肉を喰《く》っていたのかも知れない。

「それにゃあ、こういうこともあるんだ。あの底無し沼でね、あすこで死んだもなあ、お蝶一人じゃあねえ。その前に籾山ホテルが建ってから二人も死んだやつがある。しかもそれが一人は毛唐、一人はお角力だ。どっちにも親爺にゃあ、涎《よだれ》の垂れそうな代物《しろもの》じゃあねえか。まだまだそればっかりではないのだ。この、このね、親爺の神さんてえのが、実は気違いでね、なんにも云わねえが、子守歌だけは覚えていた。それが、噂によるてぇと、あの前の別荘でね、赤ん坊を度々、生んでは死なせ、生んでは死なせしたのだそうだ。つまるところ、赤ん坊いとしさに気がふれたてぇわけなんだ。ところがね。親爺め、そんなこたぁおくびにも出さねえ。出さねえはずだ。奴は妙にあの別荘を嫌って、前からあすこへは住まねえということだし、神さんの子守歌を嫌うことおびただしいのだ。ね、どうだね、これであの親爺がどんなにおっそろしい人畜生だかってことが、わかろうというものじゃあねえか」

さすが悪事に慣れた前科者だけあって、進藤の推理は一々首肯《しゅこう》すべきものであった。野崎と植村とはしかし、それがまっ暗闇の中から、器械の声の様に響いて来たという、その不思議な事情のために、それから又、さいぜん味わった、人外境《じんがいきょう》の経験のために、多少刺戟に慣れてしまった形で、恐怖を恐怖と感じ得ず、進藤の戦慄すべき想像が、まるで世間普通の、取るにも足らぬ出来事のようにさえ思いなされるのであった。謂《い》わばそれは、闇に住む魚類が視覚を失うと同じ理由で、恐怖に対する不感状態におちいったものにほかならぬのだ。その彼ら自身の不感状態そのものが、考えて見れば、ほかの如何なる恐怖にもまして、此の上もなく戦慄すべき事柄に相違なかった。

それはともかく、若《も》し進藤の推測が当たっているとすれば、籾山ホテルの主人こそは、世にも比類なき大悪魔と云わねばならぬ。野崎三郎が、進藤の説を補って想像を廻らしたところによると、この山奥へ温泉旅館を建てたということも、そこへ異様なトルコ風呂をこしらえ、彼自ら三助を勤めたということも、彼は底無し沼の伝説を強調したということも、何かの古い抜け穴を発見して、それを彼の私室の下から底無し沼の森への通路に利用していたことも、すべて彼の恐るべき病癖を裏書きするものにほかならぬのであった。

恐らく彼は、赤道下の大洋上で経験した甘美にして芳烈《ほうれつ》なる物の蠱惑《こわく》を忘れかねたのであろう。一つには又彼は生まれながらにして、そうした変態的《へんたいてき》味覚《みかく》の所有者であったのであろう。そして、そのたった一度の経験に、彼は身も魂も溶けるような、不可思議な陶酔《とうすい》を味わったものに相違ない。それから、これは余りにも思い過ごした推測かも知れないけれど、彼は安達ヶ原《あだちがはら》の鬼婆のように、油の少ない嬰児《えいじ》の死体を、(それが彼にとっては最も手近で、又最も発覚の危険の少ない物であっただろう)先ず塩《しお》漬《づ》けにしたのであろう。やがて、そのようなものにはあきたらなくなって、よく発達した、日本海の鯛のように身のしまった犠牲者を物色しなければならなかったのであろう。それには、トルコ風呂という便利なものを考案して、彼はちょうど猫が鼠を啖《くら》う前に、長いあいださも楽しげにそれをもてあそぶように、裸体の客たちをもてあそび、最も魅力に富むものを犠牲者に選んだのであろう(むろんお蝶はその選ばれた一人であったに相違ない。野崎三郎は、現に、彼がお蝶の肉体をもてあそび、「お立派な肉つき」と褒める言葉さえ聞いたではないか)。そして、犠牲者の行方不明を説明するためには、ちょうど都合のよい底無し沼というものがあったのだ。彼は多分、目ざす犠牲者が沼の附近をさまようのを待ち構えて、地下の抜け穴から、奇妙な変装に身を包んで犠牲者の背後に近づき、それを引っさらうと同時に、沼の中に証拠の品を残して来る手段を採ったものであろう。

それからもう一そう推測を逞《たくま》しうするならば、あの森の中に落ちていた豆絞りの手拭にしても、恐らくは彼が、彼にとっても邪魔物であるところの進藤を罪に陥《おと》すために、進藤の所持品を盗み出して、落としておいたものではないだろうか。それは野崎たちがちょうど進藤を疑っていた際なので、一倍有力な証拠品になると考えてやったことかも知れないのだ。

そして彼ら三人がこの洞窟にとじ籠められたのは、云うまでもなく、その悪事が露《ろ》顕《けん》しそうになったからだ。帰ると思った野崎が容易に帰ろうとはしなかった。進藤という恐ろしい相手までが同時に現われた。そこへ素人探偵の植村がやって来たのだ。彼として危険を感じないわけにはいかなかったのであろう。しかも、その野崎と進藤とが、揃いも揃って亡きお蝶と特別の関係を結んでいたことさえわかって来たのである。

更《さ》らにもっといけないのは、彼が密室へ監禁していた気違い女房までが、野崎の目にふれたのだ。そして、あの時などは、森の中で、彼女と野崎とが言葉をかわしそうにさえなったものだから、彼は意を決して、とうとう自分の女房をくびり殺し、その死骸を洞窟の奥へ捨てておいたものに相違ないのである。

だが、それにしても、食人鬼《しょくじんき》は、彼ら三人を洞窟にとじこめて、安閑《あんかん》と又あの不思議な営業を続けているのだろうか。彼はそれほどまでに大胆な男であろうか。

そこまで考えると、野崎の目の前には、暗闇の中に、あの太っちょうの、はげ頭の、あぶら切ったヘラヘラ笑いが、数日前までは好意を持っていた男だけに、幾層倍の不快と憎悪をもって、現われて来るのであった。

三十一

だが、それらの真相をおしはかることが出来たところで、たとい進藤の推理が一分の隙もない、正確なものであったところで、彼ら三人の運命には、なんらの変化をも与えはせぬのだ。闇と、腐れ肉と、唾棄《だき》すべき畜生道と、そして死とがあるばかりだ。

「もう一度、出口を探して見ようか」

やっと元気づいた植村喜八が、沈黙に耐えかねて、未練らしく云い出した。

「ばかな。あれだけ探しまわったじゃないか。今更《いまさ》ら、このヒョロヒョロの身体で、たとい出られそうな個所が見つかったとしても、どう働けるものか」

「そいつぁ、まあ駄目だね。この穴は岩ばっかりで出来ているのだ。人間のこしらえたものじゃあねえ。自然天然に出来た穴だから、どうあがいて見たところで、無駄だろうよ」

野崎と進藤とは口々に植村の提案を一笑に附した。だが、そう云いながら、人間の未練というものは恐ろしい。彼らもまた立ち上がって、大切なマッチも使いつくしてしまったので、ただ闇の中を手さぐりで歩くほかはないのだが、それでも、何か出口を探すような仕草を始めるのであった。

むろん、そんなことが、なんの光明をもたらそう道理はない。三人はしばらく暗中《あんちゅう》摸索《もさく》を続けているうちに、じきに疲労してしまい、肉体の疲労に精神の絶望が伴ない、又もや空洞の中に、自由勝手な寝像《ねぞう》でもって、泥のように横たわるほかはないのである。

そうしていれば、空腹はまた容赦なく襲って来る。しかし、その空腹が彼らを狂気させてしまうまでは、どう考えても、闇の中をその方へ探り寄って、畜生道のふるまいを繰り返す気にはなれないのだ。少しでも普通人の意識が残っているあいだは、不気味なばかりでなく、その変てこな匂いをかいだだけでも嘔吐《おうと》を催すようで、そばへよることさえも憚《はばか》られるのだ。

それから、そんな状態で、闇と沈黙の時が、幾時間、或いは何日間続いたことであろう。彼らは銘々、ほとんどすべての時間を昏々《こんこん》として睡り、ふと気がついては物憂い調子で、ボソボソと言葉をかわし、空腹がある程度を越した時は、なるべく音を立てないように、恥かしそうに、かの腐肉の方へ這うのであった。

不思議なことには、穴の外では仇敵《かたき》のように睨み合っていた、進藤と他の二人とは、今ではお互いに非常な親しみを感じあっていた。殊に進藤と野崎とは、共通の愛人が人手にかかったこと、その下手人が彼らを生き埋めにしたところのホテルの主人であることなどから、不思議な同感を抱き合い、お互いにお蝶の名を呼びお蝶の噂をし合って、せめてもの心やりとしているのだった。彼らはおのおの闇の中に、お蝶の幻覚を描き、彼女の声をさえ聞いていた。そして、そのお蝶のなまめかしい姿が、或いはその華やかな声が、お互いの相手の顔や声と入りまじって、例えば野崎の目には、進藤とお蝶が重なり合い、もつれ合って映るといったぐあいなのだ。そのなんとも云えぬ妙な感じが、お互いに敵意を抱かせないで、かえって友愛の情を、不可思議な懐かしさを覚えしめるのであった。

しかし、そのような状態は、いつまでも続くわけではなかった。彼らの舌を濡らすものが、それの最後の一片まで尽きてしまうと、又しても、恐ろしい餓鬼道《がきどう》の苦しみが、最初の時よりは一そう猛烈な勢いで、彼らに襲いかかるのだった。今度は、三人が三人とも悲鳴を上げないではいられなかった。まっ暗闇に、屠牛場《とぎゅうじょう》のような阿鼻《あび》叫喚《きょうかん》が響き、彼らは三匹の芋虫のように、空洞の中をのたうち廻った。せめてこの叫び声が、ホテルの部屋まで届けかしと、敵ながら、ホテルの主人の救いを求めるほかにはなんのすべもないのであった。

「助けてくれ。野崎君。苦しい、助けてくれ」

ふと聞くと、植村の、今までの唸り声とは違った、一種異様な叫びが聞こえて来た。それが今にも死にそうに、ひどく悲痛なものに感じられたので、野崎三郎は、苦しい中を、やっとの思いで、声の所までたどりつき、探って見ると、一人ではなくて、そこには二人の人物が、笛のように呼吸《いき》をはずませて、一《ひ》と言《こと》も物を云わないで、恐ろしいとっくみ合いをしているのだった。なおも探って見ると、下敷きになっているのは植村喜八、上に馬乗りになって、両手で植村の喉首を圧えつけているのは、進藤に相違なかった。

「進藤、どうしたんだ」

野崎はカラカラに乾いた声でやっと叫んだ。しかし、返事はなくて、沈黙の闘争は、死にもの狂いに続いている。何故《なにゆえ》の争闘なのか、此の場合云わずと知れきっている。進藤が餓《うえ》に耐えかねて、植村を第二の犠牲者にしようと、全力を傾けて戦っているのだ。彼はついに最後の獣心をさらけ出してしまったのであった。

野崎はふと、進藤を助けて、植村を餌食《えじき》にしようかと、まるで虫けらの弱肉強食にも似た恐ろしい考えを抱いたが、竦然《しょうぜん》として思い返して、苦悶を忍びながら、進藤の手を植村の首から離そうと努力した。だが、畜生になりきった進藤の腕力は、到底彼の及ぶところではない。食いついて見たり、ひっかいて見たり、出来るだけのことを試みたけれど、進藤の手首は、まるで青銅《せいどう》のように、ほし固まってしまって、ビクとも動くことではない。若《も》しその時ちょうど折よく、空洞の天井の落とし蓋の所に不思議な変化が起こらなかったならば、植村はついにくびり殺されていたに相違ないのである。

不思議というのは、天井の石の蓋の糸ほどの隙間から、まっ赤な(それは彼らが嘗つて見たこともないような、異様な赤さであった)、光がチラチラと差し込んで、洞内を薄ぼんやりと明るくしたのである。そして、その光は明滅《めいめつ》しながら、長いあいだ、ほとんど五、六時間のあいだも、石蓋の隙間を照らしていた。気のせいか、地響きのような気味のわるい物音が絶えず聞こえ、時々はまるで空洞の天井が崩れるかと思うほどの大震動さえまじるのであった。

この異変には、さすがの進藤もよほど驚いたと見えて、思わず植村から手を離した。その有様が今の光でぼんやりと識別出来るのだ。すると、植村は猫の顋《あご》をのがれた小鼠のように、そのような際にもかかわらず、不思議なす早さで、森に通ずる細道の方へ、一目散にかけ込むのであった。進藤は、異様な光り物に、一刹那ためらっていたけれど、そのようなことよりも、餓《うえ》に狂ったけものの方が勝ちを占め、逃げた植村を追おうともせず、今度は野崎に飛びかかって来る。野崎はからくも体をかわして、彼もまた人力以上のすばやさで、空洞の中を彼方此方と逃げ廻る。苦痛と恐怖の入りまじった大叫喚《だいきょうかん》が洞窟の丸天井を震撼《しんかん》させるのだ。そして、上部からは、まっ赤なえたいの知れぬ火光、それにまじって薄い煙が、雨のように流れこみ、時々は百雷の大音響、大震動。その霊怪なる動乱を、作者は如何に語ればよいのであろうか。

三十二

身も心も溶けるような快感にしたっていた野崎三郎は、厚い綿を隔てた向こう側から、雷のような音響と、地震のような震動が、彼の甘美な眠りをゆすり起こす如く感じて、いつとなく意識を回復していた。

彼は現在の位置と時間の関係を思い出すために、赤ん坊が這うほどののろさで、非常に長いあいだ、もどかしい思考を続けた。しかし、ついに、彼が死の眠りに入る直前までの経過がハッキリと心によみがえって来た。植村と進藤と彼とは、籾山ホテルの親爺のために、地下の洞窟にとじこめられ、あらゆる闘争の末に、飢餓と疲労に斃《たお》れたのであった。

「では俺は一度死んでいたのだ。だが、なんの因果でまた生きかえったのか。あの溶けるような死の快感を、何者が醒ましたのであろう」

それにしても、進藤と植村とはどうしているのかと、かたわらを見れば、彼はさいぜんから腿《もも》の所に妙な重さを感じていたのだが、そこに、彼に摑みかかった姿のまま、怪漢《かいかん》進藤の死骸が折り重なっていた。そして、森の方への、細い通路の入口の所には、植村がくびれた腹部を上にして、みじめに倒れていた。幸か不幸か、よみがえったのは三郎一人であることがわかった。

目の前からもやのようなものがだんだんとれて行くに従って、いろいろなことがわかって来た。彼はほかの二人がまったく死んでしまったかどうかをあらためるために、ほとんど無感覚になった、おがらのような身体を引きずって、その辺を這いまわっていたが、ふと気がついたのは、まっ暗なはずの洞窟内が、そうして死骸をしらべることが出来るほど、薄明るくなっていることだった。それが妙に彼をハッとさせた。無意識のうちにある光明を感じたのだ。不可能なことが可能になったような、戸まどいをしたような、変てこな感じだった。

やがて、その薄明かりの原因がわかった。洞窟の高い天井の上げ蓋が、いつの間にか取れて、その四角な穴から光線がはいって来るのだ。が、不思議なことは、その上にホテルの建物があるはずのが、そんな障害物は何もなくて、そこから直ぐ青空が見えているのだった。もっとも、この青空というのは、後《のち》にわかったので、最初は鼠色の空間に、チラチラ星がまたたいているので、夜だとばかり思っていたのが、実は昼間の青空であった。深い地の底から空をみる時は、昼間でも星が見えるものだが、三郎は、しばらくはそこまで気がつかなかったのだ。

その次に、三郎の注意を惹いたのは、彼が倒れていたすぐそばに、地上にめり込んでいる四角な石の板であった。考えて見るまもなく、それが天井の穴の上げ蓋に相違ない。どういうわけでか、穴をはずれて落ちて来たのだ。三郎を蘇生《そせい》させた、さっきの音響と地響きは、この石の板の落下によって起こったものであろうか。

だが、天井の蓋がとれたところで、今更《いまさ》らどう助かる見込みがあるわけではないのに、それにもかかわらず、そこからさし込む光線のせいであろうか、三郎の心は、疲労のどん底で、不思議と明るくなった。あきらめ果てていた、地上の生活が、それのさまざまな楽しさが、彼の心によみがえって来た。

一度死を経験したものは、決して二度と死ぬ気になれないという云い伝えを、彼は身をもって味わった。若《も》しそうでなかったら、絶望のあまり、今度は舌を噛んで自殺していたかも知れない。だが、彼はそんなことを考えるひまに、恐ろしい本能だ、彼の爪と犬歯《けんし》とはほとんど反射的に働いて、一度覚えた人外の甘味を、再び、さっきまで仲間であったものの死骸によって、味わっていたのだ。そして獣のような目を光らせて、ひたすらこの窮地《きゅうち》を脱する手段ばかりを探し求めるのであった。

彼が意識を失ってから板石の落下によってよみがえるまで、どれほどの時間が経過したか、非常に永いようでもあり、又ほんの一刹那の昏倒《こんとう》であったようにも思われたが、後になって、ほとんど二日間、洞窟の底に倒れていたことがわかった。そして、よみがえってから、思考力を取り戻し、化石した脈管《みゃくかん》、五臓が活動を始め、しびれ切った手足に人並の感覚が戻るまでには、たっぷり一日はかかった。彼の恐るべき肉食獣の生活はそのあいだ続いたのだが……。

そして、よみがえってから二日目の太陽が、高く昇って、洞窟内をあかあかと照らす頃、彼の思考力にすばらしい飛躍が来た。恐らく洞窟にとじこめられた最初から、彼の意識下に沈潜《ちんせん》していた一つの考えが、表面に具体的な姿を現わした。それはちょうどいくら考えても解けなかった謎がふと解けた感じだった。天井の上げ蓋が、取り去られたという、ちょっとしたきっかけが、不可能を可能にした。円錐形《えんすいけい》の洞窟の高い頂点に小さな穴が出来たところで、どうよじ登るすべもないのはわかりきっていた。だが、彼には一見子供らしい、別の考えが浮かんだのだ。大声に救いを求めて、穴の附近を通りすがる人の注意を呼ぶか。それはもちろん何回となく試みたのだけれど、反応がなかった。なんとなく、地上には人っ子一人いないのではないかと思われた。籾山ホテルも、附近の小屋も、すっかり無くなってしまったような、異様な感じだった。

三郎はそれについても、ある想像をめぐらすことが出来た。穴の上にホテルの建物が無くてすぐ青空の見えていること、地の底から感じられる地上の、なんとなく空虚《くうきょ》な、ひっそりした感じ、それと、彼が意識を失う直前に見た、穴の隙間の血のような火光、白煙などを思い合わせると、その時地上には火災が起こって、山中の僅かの建物を跡もなく焼きつくしてしまったのではないかと想像された。

それはともかく、三郎にとって、この洞窟を抜け出すことが生死の問題であった。彼は僅かに体力を回復すると、さっそく大仕事に取りかかった。それは云わば、人力と物理力との、彼の腕の力と重力との、血みどろな闘争であった。

彼は先《ま》ず残っている帯だとか襦袢《じゅばん》だとかを集めて、それを細く引き裂き、太い縄をないはじめた。二つの死骸からもあらゆる布類がはぎとられ、洞窟内に落ち散っていた繊維《せんい》という繊維が集められた。一寸でも一分でも長い縄が必要だった。

三郎は話に聞く脱獄囚のように、想像以上の忍耐力をもって、ほとんど一昼夜をついやして、乏しい材料から一本の長々とした縄を作り上げた。縄の先には、その辺に落ち散っていた生々しい人間の骨をくくりつけた。彼はそうして、その骨を遥か頭上の小さい穴に投げて、穴の外《そと》の何かに縄の端をひっかけ、それを伝って洞窟を抜け出そうとするのだ。

彼の腕力が、縄の端にくくりつけた骨をその高さまで投げ得るか、そしてちょうど穴を通り過ぎて穴の外の何物かにひっかけることが出来るか、出来ないか、それが彼の生死の分かれ道であった。狂気のようなまり投げがはじまった。彼は以前には冷笑《れいしょう》の目で見ていた野球の選手を、今は彼自身選手でなかったことを悔みながら、不様な恰好でその真似をしなければならなかった。彼は人生にこのような場面のあることを、嘗つて夢にも想像しなかった。このようなみじめな、物凄いまり投げがあろうとは。

身動きする度に、投げた縄の先が落ちてくる度に、恐ろしげなこだまの響く、がらんどうの薄暗い空洞の底で、小さな人間が、ちょうど蟻地獄に落ちた虫けらのように、哀れにももがいていた。たとい穴を抜け出すことが出来たところで、外も人気《ひとけ》のない深山《しんざん》だ。自然の恐ろしさが、一人ぽっちの淋しさが、ひしひしと彼の身辺に迫って来るのだ。

おし黙った、大きな無生物の体内で、泣いてもわめいても手応えのない、半狂乱の一人角力《ひとりずもう》であった。どんな猛獣毒蛇よりも、手出しをしない大自然は恐ろしかった。心の底からこみ上げて来る恐ろしさだった。

三郎は数時間のあいだ、この命懸けの投げ縄に、どんなに泣き出したい努力をついやしたことであろう。投げても投げても、素人投手のたまは、命の的をはずれて、意気地なく元の地上へ落ちて来た。僅か一寸の違いで穴に達しなかった時、それから又数時間同じことを繰り返したあとで、やっと縄の端が穴の外へ出たかと思うと、ひっかかるものがなくて、そのまま落ちて来た時、彼は幾度心臓の鼓動も止まる思いをしたことであろう。

だが、ついに投げ縄を始めてから二日目の夕方、彼の果てしなき努力は報いられた。縄の端は穴の外にしっかりと止まったのだ。狂喜《きょうき》した三郎は、いきなり命の綱にすがりつくと、恐ろしい勢いで、昇りはじめた。一間、二間、初めのあいだは、彼の身体が見る見る地底を離れて行った。しかし縄の中途まで昇ると、疲労した腕が云うことをきかなくなった。たぐってもたぐっても、指は同じ所を握っていた。そして、やがて、それにも耐えなくなると、ずるずると、いつしか彼は元の地底に落ちていた。休んでは昇り、休んでは昇り、悲惨な努力が続けられた。両の掌《てのひら》は擦り破れて血みどろになり、全身ぐっしょりの脂汗だった。

死の恐怖が、ただ死の恐怖のみが、この不可能に近い事柄を為しとげさせた。間もなく、もみくちゃの紙屑《かみくず》のようになった彼の身体が、穴の外の、ホテルの焼け跡の灰の中にころがっていた。

三十三

その翌朝、朝露に目醒めて、三郎はやっと灰の中から起き上がった。そして、幽霊のように、荒涼《こうりょう》たるホテルの焼け跡をさまよった。彼の想像にたがわず、籾山ホテルを初め附近の小屋などすっかり焼き払われ、燃え残りの木材もすでに取りかたづけが済んだ模様で、満山の青葉の中に、方《ほう》一丁ばかり、醜い灰色の空地が残っていた。むろんその辺に人の影もなかった。

三郎は夢に夢みる思いだった。すべての事柄が余りにも唐突《とうとつ》で、怪奇で、若《も》しそれが彼自身の経験でなかったなら、到底事実とは信じられないほどであった。

木々の若葉は微風にそよぎ、谷間のせせらぎ、小鳥の鳴き声、すべてのどかな春の山であった。だが三郎は、蘇生した喜びもさることながら、数日にわたる暗黒地獄の異様なあと味のために、この世の春を、そのまま楽しむことは出来なかった。それのみか、かえって、あの恐ろしい地底の世界に、罪業《ざいごう》の暗闇に、ある甘い誘惑を感じ始めてさえいた。

彼は茫然として、そこに佇んだ。やにわに駈け出したいような気持の一方では、どこを目当てに行けばよいのか、方角さえ定めかねた。第一、土まみれの身体には、ほとんど一糸をも纏っていないのだ。彼は先《ま》ず腰に当てるためにその辺の木の葉を集めなければならなかった。

ちょうどその時、彼は森の方から、見覚えのある附近の炭焼小屋の十五、六になる少年が、歌いながら出て来るのを見つけた、隠れたものか、呼びかけて様子を尋ねたものかと、迷ううちに、少年の方で早くも彼の異様な姿に気づき、突然立ち止まって、何か恐ろしい獣にでも出逢ったふうであった。

「驚くことはない。俺だよ」

三郎は仕方なく手招きをして見せた。

「俺だよ、ホテルに泊まっていた絵かきだよ」

そういえば、見知り越しの相手にはわかるはずであったが、少年はどうしたことか、ますますしりごみしながら、

「ホテルに泊まっていた絵かきなら、焼け死んだじゃねえか」

わかりにくい言葉で、おずおず云うのだ。

「焼け死んだって？　現にこうして生きているじゃないか。お前俺を知っているだろう」

「知らねえや。知らねえや」

三郎はふとある事に思い当たった。数日にわたる地獄の苦しみ、死の恐怖が、彼の相好《そうごう》をまるで変えてしまったかも知れないのだ。激情のために一夜にして白髪の鬼となった話も聞いている。自分では見えぬけれど、目は落ち窪み、顔には定めし死人のような皺《しわ》も刻まれたことであろう。手も足も全身どこに一つ、以前の野崎三郎のおもかげはないのであろう。

逃げ腰の少年を引き止め、彼は決して怪しい者ではないことを呑み込ませ、それからホテルの火災の顚末《てんまつ》を聞き出すまでには、彼は非常な手数をかけなければならなかった。が、その結果、実に驚くべき事実が判明した。

少年の云うところを綜合《そうごう》すると、原因はよくわからぬけれど、ともかくホテルの内

部から火を発して、折からの強風に、附近の建物を残りなく焼き払った。ホテルの召使、泊まり客をはじめ附近の人々は、皆助かった中に、四人だけ行方不明の者があった。ホテルの主人、野崎三郎、植村喜八、進藤。そして、ちょうどその人数に一致する白骨が、ホテルの焼け跡から発見されたので、村人はむろん其の筋でも、彼らだけが逃げおくれて、不幸な最期をとげたものと信じているというのであった。

だが、ホテルの主人を除いたあとの三人が、焼け死んでいないことは確かである。しかも行方不明者がほかになかったとすると、それは辻褄《つじつま》の合わぬ話だ。三つの白骨はどこから来たのか。

そのような論理をたどるまでもなく、少年の口から四人のほかは皆助かっていると聞くと、すぐさま三郎の頭を或る記憶が横ぎった。穴の底で進藤がいぶかしげに物語った白骨の謎を思い浮かべた。ホテルの主人が洞窟の揚げ蓋を持ち上げて、とまどいした進藤を驚かせた時、彼は幾つかの骸骨をかかえていた。それが何を意味したのか、語る進藤も、聞く三郎たちもまるでわからなかったが、その謎が今解けたのだ。

ホテルの主人を装った恐るべき食人鬼は、彼の旧悪を知っている進藤におびやかされ、野崎三郎からはお蝶殺しの疑惑をこうむり、その上素人探偵の植村まで落ち合って、彼ら三人のあいだに何かしら連絡さえある様子を見ては、もうじっと落ちついてはいられなかった。彼は何気なく装いながら、絶えず三人の行動を監視した。底無し沼の森の中で、三郎と植村の話を立ち聞きしたのも、むろんそのためであったが、それを三郎たちに発見されるに至って、彼はついに最後の決心をかためたのだ。この三人と一緒に、彼の恐ろしい秘密を、永久に地の底深くとじこめてしまうことを。

ホテルの建物を焼いたのも、同じく証拠湮滅《いんめつ》の手段であった。同時に焼け跡には彼自身と穴うめにした三人とに一致する骸骨（それは皆彼の不幸なえじきどもの骨なのだ）を用意して、彼らの消失について、なんらの疑いを残さぬ方法を採った。そして、食人鬼自身は、云うまでもなく、いずれかへ姿を隠しているものに相違ない。

三郎はそくざにこれだけのことを推察した。ホテルの主人が、まだどこかに生きているという見込みが、彼を元気づけた。ホテルの主人さえ見つかれば、彼の愛人お蝶の生死は確かめられる。若し殺されていたとすれば、存分敵討《かたきう》ちも出来るわけだ。三郎はさしずめそれを、ホテルの主人を探し歩くことを、生甲斐にしなければならないのか。

だが、そうして炭焼きの少年と立ち話をしているあいだに、三郎の心に妙な感情が動きはじめた。最初のほど、それは何か肉体的なむず痒《がゆ》さのようなものであったが、ふと気がつくと、ぞっとしたことには、彼の目はさいぜんから、相手のあらわな股《もも》たぶの辺に、釘づけにされているのだ。そこには、狐色の、ゴムまりのように弾力のある、豊かな肉が、むくむくと動いていた。三郎はその皮膚から立ち昇る一種の香気をさえ感じた。

ともすれば、鷲《わし》の爪のようにねじ曲がった彼の指は、少年の細首をしめつけそうになった。

「おら、用事があるだから」

少年は、三郎の気違いめいた凝視《ぎょうし》に恐れをなして、やっとそれだけ云いわけをすると、逃げるように彼の前を立ち去った。

三郎の足は、あさましくも、ほとんど反射的に少年のあとを追いそうにしたが、彼の自制心が生つばを呑み込み呑み込み、危くそれを引き止めた。

われらの主人公野崎三郎は、読者も知る如く生来異常な嗜好《しこう》の持主であった。異性に対しても、或いは食慾についても、並々ならぬ変質者であった。それ故、この新しく彼を捉えた、人肉に対する慾望も、ひょっとしたら、もともと彼の体内に、そうした萌《ほう》芽《が》があったのではないか。それが洞窟内の恐ろしい経験によって、俄かに勢いをたくましくし始めたのではあるまいか。

彼は焼け跡に立ちつくしたまま、いつまでも動かなかった。今更《いまさ》らつのるお蝶への思慕《しぼ》、ホテルの主人に対する憎悪、あさましくも骨ばかりになった植村喜八のこと、進藤のこと、そして戦慄すべき人肉嗜好の事実、それらの魑魅魍魎《ちみもうりょう》が彼の心中に巴《ともえ》の如く入り乱れた。

いつしか、夕闇がこの新しき食人鬼を包みはじめた。彼は山中の廃墟にただ一人、野崎三郎とはまったく別人かと見える、すさまじい形相をもって、いつまでもいつまでも、失神したもののように、立ちつくしていた。

三十四

籾山ホテルから、底無し沼のあたりを過ぎ、暗闇の森を奥へ奥へと進めば、三里の嶮道《けんどう》を経て、Hという山中の小部落に出る。そこには山腹に小さな盆地があって、痩せた耕地のあいだに、太古のような人家が、ぽつりぽつりと建っているのだが、その盆地へ降りる少し手前の密林のなかに、物語にでもありそうな、荒れ果てた山寺が見える。近隣の部落の仏どもを葬るのであろう。山門、本堂の荒廃《こうはい》に比べて、卒塔婆《そとば》だけは、新しいのが二本三本と見え、僅かに無住《むじゅう》の寺ではないことがわかる。花筒《はなづつ》には野生の草花、線香の煙が細々と立ち昇っているような日もないではない。

籾山ホテルが焼失してから、もう十日余りの経ったある夜のこと、この山寺のまっ暗な墓地の中で、世にも奇怪なる邂逅があった。そして、そのまるでお話のような邂逅の場面が、やがて、この陰鬱な物語の大団円を為すわけなのだが。

山奥の淋しい小部落の、殊に寺院の夜は早かった。四方の嶺々《みねみね》にさえぎられ、深い森林に隔てられて、春ながら、世間の夕暮時に、ここでは星が美しいのだ。大地は黙々として、直ちに大空の銀梨地《ぎんなしじ》と相対していた。そのあいだに、どんな生物も想像出来ないほど、深山の夜は厳《おごそ》かに静かだった。その闇の大自然の中に、たった一つうごめくものがあった。山寺に眠った墓石のあいだに、闇が闇を生んだかのように、黒く動いている。それはほかならぬ、われらの主人公野崎三郎のなれの果てであった。

十日余りのあいだ、彼はホテルの主人を探し求めて、山から山をさまよった。焼け出された部落の人々、ホテルの召使たちを見つけ出しては尋ね、停車場の改札係りなどにも聞き合わせたけれど、誰一人ホテルの主人を見かけたものはなかった。ホテルから停車場へは一本道で、停車場の所にはちょっとした村落があるのだから、その方へ出れば、誰かの目につかぬはずはなく、汽車の便をかりずには、遠くに逃げのびることも出来ない。結局落人にとって最も安全な逃げ道は、反対に山を奥へ奥へと進んで、このH部落へのがれ、そこから一ばん近い停車場に出るほかはないのだ。

三郎は相好の変わり果てたを幸いに、何人にも素性をあかさず、警察の力も借りず、ちょうど昔の敵討ちのように、単身敵のあとを追うことにした。それには、他人に事情を打ちあけようとすれば、どうしても洞窟内の秘密を曝露《ばくろ》するほかはなく、したがって彼自身のいまわしい罪が、人もあろうに、友の肉を啖《くら》ったという一大事が、東京の友人にまで知れわたるに相違ない、という恐ろしい負け目《ひめ》があったからだ。彼はその悪魔の所行に異常な魅力を感じはじめていたのだが、それ故にこそ、身も世もあらぬ恥と恐れに打ちひしがれ、以前からの厭人的《えんじんてき》な性癖が一そう募り、山奥へとこころざしたのも、ホテルの主人にめぐり逢おうためよりは、むしろ人目を逃れたい、野獣の心からであったかも知れないのだ。

部落の人からめぐまれたボロを纏い、木の実や、鳥獣の腐肉に僅かに餓えをしのいで、幾夜を山中にあかした彼は、やっとH部落までたどりついた頃は、もはや人と云うよりは、ミイラに近い状態であった。

その肉体的苦痛に加えて、彼の目の前には、絶えずお蝶の幻があった。阿片《あへん》の夢のように、異常な大きさで、お蝶の顔が、銀色の生毛《うぶげ》が、まっ赤な唇が、豊かな腿《もも》の肉が、彼の心をかき乱した。そして、恐ろしいのは、それが単に恋人を懐かしむ感情ばかりではなく、そのほかに、お蝶に対しても、今はあのいまわしい食慾をおぼえ始めたことであった。それればかりか、仇敵のホテルの主人を思い浮かべる時にさえ、ともすれば同じ食慾が伴なった。彼はもはや食人鬼になり終わったのであるか。

それ故、彼がH部落にたどりついた時、先《ま》ず彼の注意を惹いたものは、あさましくも、山寺の墓地に立つ、まだ新しい卒塔婆であった。その下に、青ざめてブヨブヨした肉塊を想像すると、悩ましさに堪えかねた。鋭い瓜で屍体の皮膚をかき裂く時の快感、血にまみれてドロドロしたものを頬ばった時の名状しがたい甘味、それらの記憶が彼を熱病患者のように打ち震わせた。

その夜彼は墓地に忍び込んだ。いうまでもなく新しい墓をあばいて、腐肉を啖わんがためである。彼はもう人間ではなかった。野獣の心がすべての道念《どうねん》を覆いかくしてしまった。

獲物もなく、疲労しきった腕では、柔らかい土を掘るのも容易ではなかった。でも、人肉餓鬼《じんにくがき》の執念が、目的を達するまでは、仕事を止めさせないのだ。墨のような闇の中で、彼は目に見えぬ魔物のように音もなく働きつづけた。

だが、彼がやっと半分も掘り進んだ時分に、思いがけぬ障碍が起こった。彼の面前にもう一つの影法師が現われたのだ。しかも、その黒影は、まるで三郎自身の影ででもあるように、同じ墓地を、ほかの側から掘りはじめたではないか。

三郎は悪夢のような恐ろしさに、汗びっしょりになって、思わずかたえの石碑の蔭に身を隠して、じっと相手の様子を窺った。闇の中に闇が動いているのだから、むろん相手が何者であるかわからない。ただ、それが彼自身の影でない証拠には、彼がその場を立ち退いても、相手はやっぱり墓掘りの仕事を続けているのだ。

烈しい恐怖が徐々に柔らぐと、妙なことだが、お芝居を見ているような、客観的な気持が来た。彼はいつの間にか、その黒影の一挙一動を、ある興味を以《もっ》て眺めるほど余裕が出来ていた。

相手は、闇の中にそのような観察者がいようなどとは、少しも悟らず、せっせと鍬《くわ》を動かしていたが、やがて、ふと何かに気づいたように、低い声で「ハテナ」と呟いた。いうまでもなく、彼はすでに何者かが同じ墓を掘り返していることを発見したのだ。だが、三郎はそんなことよりも、妙に聞き覚えのある相手の声に、飛び上がるほど驚かされた。その異様な柔らか味を帯びた調子は、彼がこの数日来探し求めていた、籾山ホテルの主人に相違ないのだ。そう思って見れば、黒影のいやに肥え太った様子と云い、荒々しい鼻呼吸《はないき》の音と云い、すべてその人の特徴に一致していた。闇の中にほんのり浮き出している相手の顔も、見つめていると、写真のピントを合わせるように、癖のある薄い眉、細い目、蒲団のような脂ぎった唇まで、まざまざと見えて来るのだ。この有様を見ては、進藤の想像が的中していたことは、もう少しの疑いもなかった。

三郎は逃げ出したいのを、じっと堪えて、この場合採るべき手段を考えた。いきなり飛びかかって行こうか、それとも大声に怒鳴りつけようか、とつ追いつ考えているうちに、彼の意志に反して、或いは意識下のお芝居気がさせた業《わざ》であったか、彼はスックと立ち上がると、ヨロヨロと相手に近づいて行った。そして、顔と顔とが一尺ばかりの距離まで接近した時、落ちついた低い声で、さも何気なく、

「今晩は」

と呼びかけた。

相手の驚きは云うまでもなかった。彼はしばらくのあいだ棒立ちになったまま、じっとこちらを見つめていた。

「誰だ」

やっとしてから、震え声が応じた。

「僕だよ。野崎三郎だよ」

三郎の声は、ニコニコ笑っているような調子だった。

闇の中にボンヤリと浮き出した二つのほの白い顔が、可なりの時間、黙々として相

対していた。

「わかったかい」三郎がもう一度囁いた。「君の落とし穴を抜け出したんだ。そして、今まで君を探していたんだ」

それでも、相手は、まだしばらくのあいだ、信用出来ないらしく、何か考えていたが、やっとしてから、妙に平気な調子で問い返した。

「敵討ちをしようてわけかね。だが、進藤のやつはどうしたんです」

「君が殺したんだ。助かったのは俺一人なんだよ」

彼らはこの問答を、まるでつまらない日常の会話のように、無感激な低い声で取りかわしていた。

「お前さんは、それじゃあ、進藤のやつから何か聞いているんだね」

「そうだよ。君の悪事をすっかり聞いてしまったわけなんだよ」

「ハハハハハハ」食人鬼は不気味に気のない笑い方をした。

「で、お前さん、俺をどうしようっていうんですね」

「お蝶のことが聞きたいのだ。お蝶を返してもらいたいのだよ」

「ハハハハハ、出来ることなら、俺も返して上げたいよ」

そう云ったまま、相手の影法師は又鍬を動かし始めた。そして、何か言葉の余韻のような曖昧《あいまい》な調子でつけ加えた。

「だが、今お前さんは、ここで何をしていたんだね。お前さんにしたって、余り大きな口はきけそうもないね」

それから又長い沈黙が来た。暗闇の中に、鍬の刃が土を嚙む音ばかり、陰鬱に響いた。

「お前さんもお蝶の身体が忘れられないのだね」しばらくすると、相手はふと掘る手を止めて、溜息まじりに云うのであった。「あいつはまあ、なんて不思議なけだものだ。蛇のように物静かで、気味がわるくって、それで、又蛇のように人を惹きつける。お前さんにしろ、俺にしろ、あの魔物に魅入られたのかも知れないね」

「すると……」

「お察しの通り、あの女は底無し沼なんかで死んだのじゃあない。進藤のやつを死ぬほど怖がっていたもんだから、しばらくホテルの地下室にかくまってやったのだよ。そして、毎日飯を運んでやっているあいだに、俺はあいつをお前さんに返すのが厭《いや》になってしまった。女の方でもね、アハハハハ、しまいには、お前さんなんかよりは、俺の方がよっぽどいいって云っていたよ。わかるだろうね、お前さんにゃあ、お蝶の変てこれんな好みが。私ぁこの年になるが、あんな不思議な女を知らない。お恥かしいことだが、私ぁあの女がいないじゃあ一日だって暮らせないほどになってしまった。お前さんたちを生き埋めにしたのも、大事なホテルの建物を焼き払ってしまったのも、みんなあの女のためなんだ……」

「すると……」

「まあさ、しまいまでお聞きなさい。するとお蝶はまだ生きているのかっていうのでしょう。ところがね、二人でホテルを逃げ出して、山の中をうろついている間に、あの女はひどい熱病にかかって、手当ての暇もなく、やっとこの村へたどりつくかつかないに、死んでしまった。野崎さん、私の心持を察して下さい。虫のいい話だが、お前さんならよく察してくれると思うのですよ」

「すると……」

「そうです。この土の下に睡っているのが、私たちのお蝶です。野崎さん、俺はお前さんの女を盗んだ上に、とうとうこんなことにしてしまった。それぱかりじゃあない。生き埋めの恨みもあるだろう。私ぁお前さんの存分になりましょう。お蝶が死んでしまえば、もうこの世に未練はない。それに、どうせ助からない身体だ。あさましい畜生道の苦しみを続けるよりは、お蝶の身寄りのお前さんの手にかかって死ねば本望《ほんもう》だ。ただね、その前にたった一つ頼みがある。どうかお蝶の死骸だけは俺に下さい。俺の自由にさせて下さい。ね、野崎さん。俺の最後の頼みだ」

闇の中でまっ赤な厚い唇が、パクパク動いて、そこから低い圧えつけるような声が、一生懸命の調子で響いていた。三郎は相手を憎む気にはなれなかった。かえって、妙な云い方だが、みだらがわしき同情を感じた。同病者に対する憎悪と同感とが交錯《こうさく》して、ある時はこの相手に変てこな肉体的の誘惑を感じさえした。しかしこの墓地に眠っている仏が、果たしてお蝶だとすると、それを相手に与えてしまうことは、どうあっても、厭だった。せめて死骸だけは、彼自身が独占したかった。

「それはいけない。お蝶は最初から俺のものだ。死骸だといって、君の自由にさせるわけにはいかぬ。それは私のものだ。だが、その代わりに、今までの恨みはすっかり忘れて上げよう。すべての罪を帳消しにして上げよう。僕さえ沈黙を守っていれば、君の身体は安全なのだ。君がまだ生きていようなどとは、誰一人知っているはずはない。君はどこへでも行って、長い老い先を暮らすがいいのだ」

「だが、お前さんは、お蝶の身体をいったいどうするつもりなんだね。死骸になんの用があるのだね」

「それはこっちで聞くことだよ。君こそ、なんのためにお蝶の死骸が欲しいのだね」

いつの間にか、二人は云ってはならぬことを口にしていた。暗闇と山中の静寂が彼らを無恥にしたのであるか。彼らのあいだには、徐々に、けだものの争いが嵩《こう》じて行った。

雲が出たのか、空には星も見えず、彼らの低い会話を縫うようにして、暖かい風がオドロオドロと吹き過ぎた。森の奥からは、気味のわるい鳥の声が、ホウホウと聞こえていた。

その翌朝、部落の人々は、前代未聞の珍事を見た。村じゅうがひっくり返るような騒ぎで、お寺の墓地には黒山の人だかりが出来た。

他国者《たこくもの》の若い女の墓があばかれて、そのそばに、女の連れであったビール樽のように肥った男が、血みどろになって倒れ、一方の大樹の枝には、おがらのように痩せ細った男が、首をくくって長くなっていた。

不思議なのは肥った男の死にざまであった。彼はまるで、狼《おおかみ》にでも食われたように、喉くびを無残にかみくだかれていた。そして、よく検べて行くと、若い女の死骸の胸が引き裂かれて、その心臓がなくなってしまっていることがわかった。

首をくくっている痩せた男は、口から胸にかけて恐ろしい血のりだった。ダラリと垂れた大きな舌には、おびただしい血塊《けっかい》が、朝日を受けて、金色《こんじき》に輝いていた。

（『苦楽』大正十五年一月号より十一月号にて作者自ら中絶し、第三十二章以下は昭和二年、全集に収める為に止むを得ず執筆した）

注1　震災
昭和三十年の春陽堂版では「戦災」と改められたが、後に桃源社版で「震災」に戻している。発表年や他社版との整合性を考え、本書も時代設定を戦前に戻す。
注2　ヘリオトロープ
ムラサキ科キダチルリソウ属の植物。また、その甘い香りの香水。
注3　湯殿
浴室。風呂場。
注4　長屋
集合住宅。細長い建物を区切って複数の世帯が居住している。
注5　東京全市
東京市は明治から昭和十八年まで存在。現在の東京区部（23区）の地域。
注6　アデウ
アデュー。フランス語の「さようなら」。
注7　伊達巻
着付けに使う細い帯。
注8　立ん坊
坂道の下で待ち、荷車の後押しを手伝って金をもらう人。

注9　角力甚句
　相撲の巡業などで披露される七五調の囃子歌。
注10　妓夫太郎
　牛太郎。遊女屋の客引きなどをする男性従業員。
注11　腹掛け
　職人の作業着。どんぶりと呼ばれるポケットが付いている。
注12　九寸五分
　刃の長さが約二十九センチの短刀。
注13　メーツ
　航海士。
注14　コプラ
　ヤシの果実の胚乳を乾燥したもの。ヤシ油の原料。
注15　メナド
　インドネシアのスラウェシ島（セレベス島）の都市。
注16　かんぜより
　観世縒。和紙を細長く切ってより合わせたひも。
注17　ニワカ
　にわか　俄狂言。素人の即興芝居。

『暗黒星』解説

落合教幸

この巻には、「闇に蠢く」と「暗黒星」が収録されている。それぞれの理由により、乱歩の他の長篇と比べてやや短い作品となっている。大正十五(一九二六)年の「闇に蠢く」は、乱歩が長篇に取り組んだ最初期の作品であり、昭和十四(一九三九)年の「暗黒星」は、検閲が厳しくなり乱歩が作品発表の場を失っていった時期の作品である。乱歩が数多くの長篇を執筆していた期間の、いわば最初と最後の時期の作品ということになる。

大正十二(一九二三)年に「二銭銅貨」で登場して以来、乱歩は短篇を発表していった。大正十三(一九二四)年の終わりに「D坂の殺人事件」「心理試験」を書いたことで自信をつけ、趣味や副業としてではなく、専業作家としてやっていくことを決意する。乱歩の作品を掲載していた『新青年』編集長の森下雨村《もりしたうそん》の意向で、大正十四(一九二五)

年には乱歩の短篇が毎号のように掲載され、現在でも知られる乱歩の代表作のいくつかが生まれている。

乱歩は若い時期に転居を繰り返したが、デビューしたばかりのこの時期に住んでいたのは大阪だった。東京の団子坂に開いた古本屋がうまくいかず、その後に東京と大阪でいくつかの職についたのだが、いずれも長くは続かなかった。当時大阪には父母や弟妹が住んでいたので、同居したり近くで暮らしたりしていた。大正十二年九月の関東大震災の時も、乱歩は大阪にいたため、被災を免れている。

大阪時代の乱歩は多くの短篇を執筆し、また同時に探偵作家や愛好家などとの交流も始まった。神戸に住んでいた横溝正史《よこみぞせいし》と知り合うのもこの頃である。

この時期、乱歩は三つの長篇を引き受けている。『苦楽』の「闇に蠢く」、『サンデー毎日』の「湖畔亭事件」、『写真報知』の「空気男」である。

『探偵小説四十年』には、「闇に蠢く」の連載開始について詳しく書かれている。

大阪のプラトン社の雑誌『苦楽』には、大正十四年の七月に「夢遊病者彦太郎の死(夢遊病者の死)」、十月に「人間椅子」を発表していた。『苦楽』の編集長であった川口松太郎《かわぐちまつたろう》は、『新青年』掲載の乱歩作品を読み、乱歩に原稿を依頼した。乱歩と川口は親しくなり、大正十四年の夏には一緒に名古屋の小酒井不木《こさかいふぼく》を訪ねたりもしている。

雑誌『苦楽』連載「闇に蠢く」(『貼雑年譜』より)

乱歩の「人間椅子」は『苦楽』読者に好評で、投票で一位を獲得したという。次に川口は乱歩に長篇連載を依頼する。長篇の依頼は乱歩にとって初めてのことだった。

そうしたなか、大正十四年末に乱歩は横溝と上京している。横溝が探偵小説で懸賞金を得たので、それを使っての旅行に同行したのだった。結果としてこの旅行が、乱歩が翌年に東京へ転居するための準備となる。

乱歩はこのときの旅行について「楽屋噺」という随筆に書き、『探偵小説四十年』でも引用している。この旅行で、二人は多くの探偵作家や出版関係者と会っている。これによれば、十一月五日には春陽堂で、七月に出た乱歩初の単行本『心理試験』に続く二冊目の『屋根裏の散歩者』の打ち合わせをしている。

乱歩たちは、先に上京していた川口と同じ、丸の内ホテルに泊まっていた。帝劇を見てから宿に帰ると、「闇に蠢く」の校正が来ていたとあるから、すでにこの時には第一回は書き上げていたことがわかる。そして「横溝君に読んで聞かせる。文章のまずいところは声でごまかす」と記録している。

乱歩は長篇の書き方に習熟しておらず、結末の見通しのないままで書き始めたという。ただ、後に乱歩は探偵作家たちとの連作などでも冒頭部分を担当し、書き出しについては特に評価の高い作家となる。この作品でも第一回は好評で、新聞広告でも大々的に宣伝された。

　こうして開始された乱歩の連載だった。だが、このあと東京へと居を移すと、乱歩は三つの長篇連載をかかえて苦しむことになった。

　連載は幾度か休載を挟むことになる。大阪から会いに来た編集者を避け、乱歩は伊豆の温泉へと逃げたりもした。偽名で宿に泊まり、見つかることを恐れてさらに別の宿に移った。「当時の私は大罪を犯して逃げ廻っている犯罪者と同じ心理であった」と乱歩は『探偵小説四十年』で書いている。こうして「闇に蠢く」は四月と九月が休載になり、しかも最後まで書ききることはできなかった。結末部分は単行本化の際に書き加えられた。

　その一方で、この年には短篇小説も書いている。「踊る一寸法師」「お勢登場」「鏡地獄」などである。このように、大正十五（一九二六）年は乱歩にとって多作の年だったが、一方で多くの失態をも重ねたようにも感じることになった。結果として翌昭和二（一九二七）年二月の「一寸法師」の連載完結を機に、乱歩は休筆に入る。

　昭和三（一九二八）年に「陰獣」で復帰した乱歩は、翌年には「孤島の鬼」、「蜘蛛男」を書き、読物雑誌に連載することへと進んでいく。結果としてこれらは大いに受け入

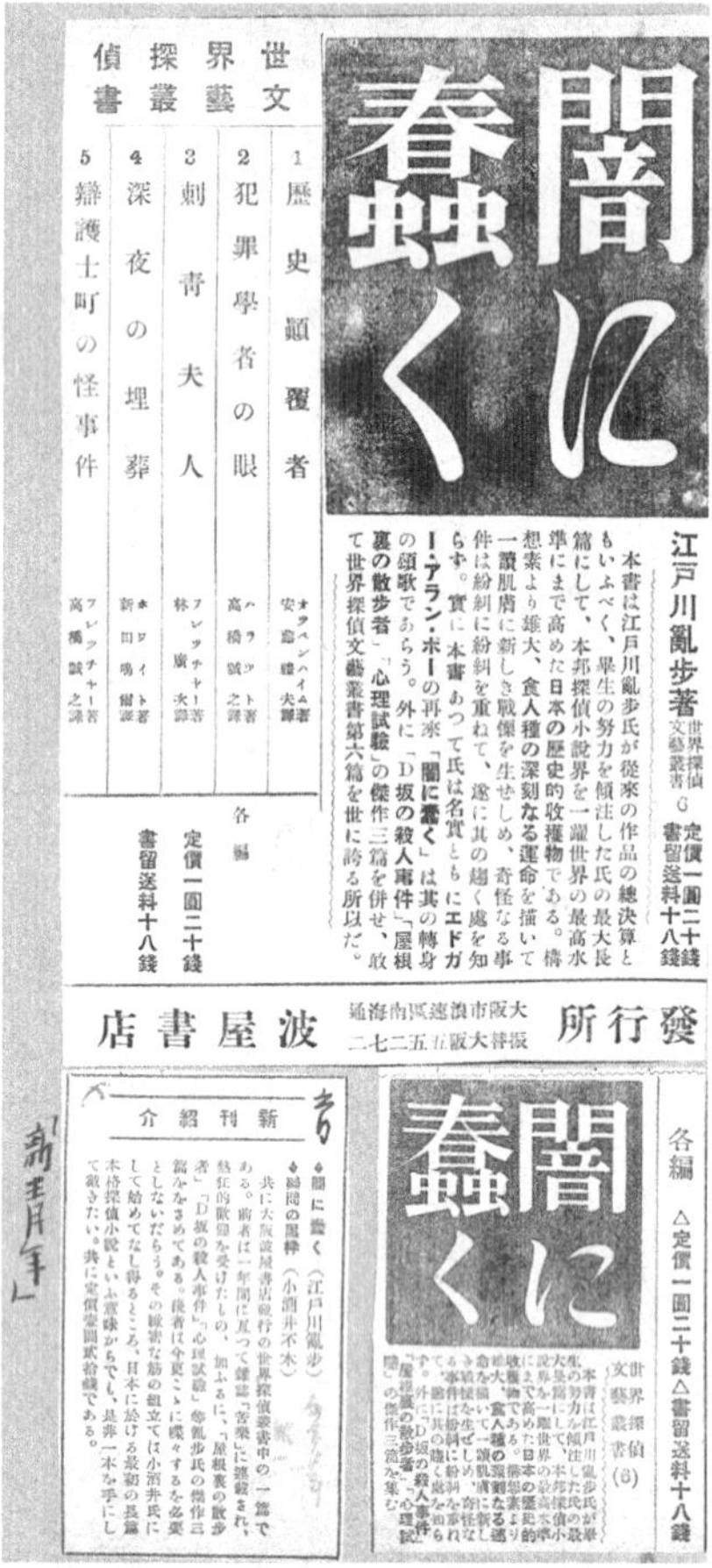

闇に蠢く

江戸川亂歩著　世界探偵文藝叢書 6
定價一圓二十錢　書留送料十八錢

本書は江戸川亂歩氏が從來の作品の總決算ともいふべく、畢生の努力を傾注した氏の最大長篇にして、本邦探偵小說界を一躍世界の最高水準にまで高めた日本の歴史的收穫物である。構想素より雄大、食人種の深刻なる運命を描いて一讀肌膚に新しき戰慄を生ぜしめ、奇怪なる事件は紛糾に紛糾を重ねて、遂に其の趨く處を知らず。實に本書あつて氏は名實ともにエドガー・アラン・ポーの再來「闇に蠢く」は其の轉身の頌歌であらう。外に「D坂の殺人事件」「屋根裏の散歩者」「心理試驗」の傑作三篇を併せ、敢て世界探偵文藝叢書第六篇を世に誇る所以だ。

世界探偵文藝叢書

1 歴史顚覆者　オツペンハイム著　安藤鐘夫譯
2 犯罪學者の眼　ハラツト著　高橋誠之譯
3 刺青夫人　フレツチヤー著　林廣次譯
4 深夜の埋葬　ホワイト著　新田鳴樹譯
5 辯護士町の怪事件　フレツチヤー著　高橋誠之譯

各編　定價一圓二十錢　書留送料十八錢

發行所　大阪市浪速區南海通　振替大阪五五二七二　波屋書店

新刊紹介

◆闇に蠢く（江戸川亂歩）
◆疑問の黒枠（小酒井不木）

共に大阪波屋書店發行の世界探偵叢書中の一篇である。前者は一年間に亘つて雜誌「苦樂」に連載され、熱狂的歡迎を受けたもの、加ふるに、「屋根裏の散歩者」「D坂の殺人事件」「心理試驗」等亂歩氏の傑作三篇をおさめてある。後者は今更こゝに喋々するを必要としないだらう。その緻密な筋の組立ては小酒井氏にして始めてなし得るところ、日本に於ける最初の長篇本格探偵小說といふ意味からでも、是非一本を手にして戴きたい。共に定價壹圓貳拾錢である。

闇に蠢く

世界探偵文藝叢書（6）

本書は江戸川亂歩氏が畢生の努力を傾注した氏の最大長篇にして、本邦探偵小說界を一躍世界の最高水準にまで高めた日本の歴史的收穫物である。構想素より雄大、食人種の深刻なる運命を描いて一讀肌膚に新しき戰慄を生ぜしめ、奇怪なる事件は紛糾に紛糾を重ねて其の趨く處を知らず。外に「D坂の殺人事件」「心理試驗」「屋根裏の散歩者」の傑作三篇を集む

各編　△定價一圓二十錢△書留送料十八錢

単行本『闇に蠢く』広告（『貼雑年譜』より）

れられ、乱歩の知名度もあがった。そして「蜘蛛男」に続く「魔術師」、「黄金仮面」「吸血鬼」などの長篇で、名探偵明智小五郎が活躍し、特異な犯罪者と対決する図式が出来上がっていった。

だが、そういったなかで乱歩は、別の可能性も探っていた。「盲獣」のような極端な表現を追求したものや、「白髪鬼」「幽霊塔」のような翻案小説など、乱歩が試行錯誤をしていくなかで生まれた作品である。「怪人二十面相」に始まる少年物もそうした試みのひとつといえるかもしれない。本格探偵小説を目指した昭和八（一九三三）年の「悪霊」は特に意気込んで書き始めたものだったが、それゆえに失敗してしまったものだった。

昭和十（一九三五）年前後は、乱歩が「日本探偵小説第二の山」というように、乱歩たちの登場した大正末期に続く、探偵小説の隆盛期であった。いくつもの探偵雑誌が生まれ、探偵小説の叢書や単行本が数多く出版された。小《お》栗《ぐり》虫《むし》太《た》郎《ろう》、木《き》々《ぎ》高《たか》太《た》郎《ろう》らが活躍した。

しかしこの盛り上がりも、木々高太郎が直木賞を受賞した昭和十二（一九三七）年の半ばごろから、雲行きが怪しくなっていった。七月に支那事変が起こり、日中戦争が進行していく。乱歩は『貼雑年譜』に「もはや遊戯文学の時代ではないのである」と書いた。

探偵小説の雑誌『ぷろふいる』『シュピオ』などが次々と廃刊となっていった。新潮社の「江戸川乱歩選集」は昭和十三（一九三八）年の九月から十四（一九三九）年の九月まで、十巻の配本だったが、その後半では多くの表現が書き直しを命じられることになった。

こうした情勢のなかで、連載が開始されたのが「暗黒星」だった。『講談倶楽部』で昭和十四年一月から十二月まで掲載されている。

この年の連載は他に、講談社の『富士』連載の「地獄の道化師」、新潮社『日の出』連載「幽鬼の塔」、そして『少年倶楽部』の「大金塊」である。これらの作品がほぼ最後となって、「隠栖を決意す」と『貼雑年譜』に書いたように、わずかの例外をのぞいて乱歩は執筆から手を引くことになるのである。

ただ、この時期の乱歩の作品は、制約を感じながら書かれたものではあったが、一方で乱歩が少し前から吸収してきた新しい探偵小説の知見も取り込もうとしている片鱗も見ることができる。

非凡閣「新作大衆小説全集」第５巻として『地獄の道化師・暗黒星』は刊行された。（この広告では「目下執筆中の二大力作」となっている）。（『貼雑年譜』より）

この時期に書かれた「地獄の道化師」「暗黒星」では、探偵はこれまでの長篇で登場してきたような怪物的な犯罪者とはやや異なった敵を相手にすることになる。また、手掛かりの示し方についても、多少の気配りをしたことがうかがえる。

社会情勢は乱歩の探偵小説の次の展開を許さなかった。敵国のスパイを探すという、時局に合わせた「偉大なる夢」だけが、戦時中に書かれた長篇となった。いつまで続くかも見通すことのできない抑圧のなか、乱歩は作家として生活することを断念しかけるところまで追い詰められていった。

こうして「闇に蠢く」に始まった乱歩の長篇探偵小説は、「暗黒星」などでいったん幕を閉じたといえるだろう。戦後には、また別の探偵小説の展開を見せることになるのだが、乱歩が本格的に小説の執筆に復帰するのはまだずっと先のことである。

監修／落合教幸
協力／平井憲太郎
立教大学江戸川乱歩記念大衆文化研究センター

本書は、『江戸川乱歩全集』（春陽堂版　昭和29年〜昭和30年刊）収録作品を底本としました。旧仮名づかいで書かれたものは、なるべく新仮名づかいに改め、筆者の筆癖はそのままにしました。漢字は変更すると作品の雰囲気を損ねる字は正字体を採用しました。難読と思われる語句には、編集部が適宜、振り仮名を付けました。

本文中には、今日の観点からみると差別的、不適切な表現がありますが、作品発表当時の時代的背景、作品自体のもつ文学性、また筆者がすでに故人であるという事情を鑑み、おおむね底本のとおりとしました。

説明が必要と思われる語句には、最終頁に注釈を付しました。

（編集部）

江戸川乱歩文庫
暗黒星《あんこくせい》
著　者　江戸川乱歩《えどがわらんぽ》

2019年5月10日　初版第1刷　発行

発行所　株式会社　春陽堂書店
103-0027　東京都中央区日本橋3-4-16
編集部　電話03-3271-0051

発行者　伊藤良則

印刷・製本　株式会社マツモト

ISBN978-4-394-30168-4 C0193